छठी लड़की

छठी लड़की

सेतु

अनुवाद

एन. मोहनन

वाणी प्रकाशन

वाणी प्रकाशन
4695, 21-ए, दरियागंज, नयी दिल्ली 110002

शाखा
अशोक राजपथ, पटना 800 004

फ़ोन : +91 11 23273167 फ़ैक्स : +91 11 23275710

www.vaniprakashan.in
vaniprakashan@gmail.com

CHHATHI LADKI
by Setu
Translated from Malayalam to Hind by N. Mohnan

ISBN : 978-93-5072-959-5
Novel

प्रथम संस्करण 2015
मूल्य : ₹ 150

थॉमसन प्रेस, नयी दिल्ली-110 020 में मुद्रित

वाणी प्रकाशन का लोगो मक़बूल फ़िदा हुसेन की कूची से

एक

कादम्बरी के जवाब का इन्तजार करना ही गलत था। वैसा सोचना भी गलत था।

शंकररामन ने अपने हाथ लगे पतों पर और अन्दर ही अन्दर उभरी यादों पर कई चिट्ठियाँ भेज दीं। वह अब कहाँ है, कोई पता नहीं। कहीं भी होगा, इसी भरोसे पर शंकररामन लिखता ही रहा।

एक भीगी सन्ध्या में बरामदे के कोने में सिमटकर शंकररामन फिर से लिख रहा है। वह टूटी दावात में स्टील की पुरानी कलम डुबो कर बेडौल अक्षर लिख रहा है। घिसे हुए निब की नोक जब प.र्श पर दबाता है तब अक्षरों के रूप बदल जाते हैं।

बारिश की खाँसी और अकाल के आषाढ़ का कम्बल दोनों बहुत पुराने हैं। सामान्य से लम्बा खत लिख रहा था शंकररामन। बीच-बीच में वह खाँस रहा था। इसलिए वह अकसर मुँह दबा लेता था ताकि खाँसी के कण खत पर न पड़ें। ऊन का शाल गले में बाँधकर, कम्बल से सिर ओढ़कर सुनसान सराय के चौकीदार के समान बैठा था शंकररामन। चारों तरफ हलकी आवाज में बारिश हो रही थी। टिन की नाली से पानी टपक रहा था।

मैले-कुचैले कागज पर बारिश की बूँदों का निशान। दूर किसी सूखे प्रान्त में बैठकर कादम्बरी उस गीलेपन में कई अर्थ ढूँढ़ निकालेगी। प्रत्येक को कई अर्थों में कादम्बरी पढ़ तो सकती है न?

लिखते-लिखते शंकररामन का दिल तो टूट गया। आँखें तो दुःख गयीं। अब तो बारिश दिल के भीतर की टिन की नाली के छेद से बरस रही है।

फिर बारिश थम गयी। अँधेरा जब छाने लगा तब सिर के ऊपर से चमगादड़ों का झुंड पंख फटफटाते हुए उड़ आया।

चमगादड़ों की फटफटाहट से कादम्बरी डर से ज्यादा शंका करती थी। और तो और वह हमेशा सवाल उठाने वाली थी। अपने आप से, गोमती से, परिचितों से, अपने चारों तरफ की दुनिया से। एक के पीछे अनेक नुकीले सवाल। मुँह तोड़ सवाल। पता नहीं किसी भी सवाल का जवाब मिला था या नहीं। पर जवाब का इन्तजार कभी नहीं करती थी कादम्बरी।

एक बार कादम्बरी ने कहा था कि मुझे ये चमगादड़ नहीं चाहिए, मैं इन्हें

पसन्द नहीं करती।

पेड़ की डालियों पर उलझी हुई बेढंगी छायाएँ। रात की आवाजों से न मेल खाने वाली दीगर दुनियाओं की रुलाहटों को लेकर वे अँधेरे के किसी अनदेखे कोने से उड़ आते हैं। दिन के उजाले में सर्द पड़े रहने के बाद रात को आँखें खोलने वालों पर भरोसा नहीं कर सकती कादम्बरी।

चमगादड़ों के आने के पहले शंकररामन लिखने को बैठा था। उनकी फटफटाहट और रोने की आवाजें अगर कागज पर लग जायें तो कादम्बरी जल्दी से जल्दी पहचान सकेगी।

खत लिखने के बीच में कभी अपनी सहज आवाजों के साथ उनका आ जाना शायद एक वजह होगा। उन्हें कादम्बरी से कुछ कहना होगा।

उस दूसरी दुनिया की सताती आवाजें गीले कागज पर लग गयी होंगी।

कादम्बरी ने एक दिन कहा था कि भीतर से आनेवाले सब कोरे अक्षर मात्र नहीं बल्कि नाद और ताल भी हैं। फिर गन्ध और स्पर्श।

ठीक है मामा; रोज की तरह उसने यों ही पूछा। जवाब का इन्तजार किये बगैर वह कितना सही है इस भाव से सिर हिलाते हुए खुद मजा लेते हुए चली गयी।

उन्हीं दिनों ही उसने नृत्य सीखना शुरू किया था...खम्भे के सहारे बैठकर शंकररामन कुछ न कुछ याद कर रहा था। उन यादों के साथ छिटपुट बारिश की नमी और पूर्वी हवा की सनसनाहट भी है। कभी सोचा तक नहीं था कि कादम्बरी कभी यादों में रह जायेगी। उतनी ही ऊर्जा और चैतन्य की थी वह।

शंकररामन याद कर रहा है। यादों के जरिये अपने को शान्त कर रहा है शंकररामन।

कादम्बरी को नृत्य सिखाने के लिए ही ग्यारह कोस दूर से जब नट्टूवन शिवमणि साइकिल चला के आने लगा तो वह उस गाँव भर की बड़ी खबर बन गया। फूल वाले शंकररामन की बेटी को नृत्य सिखाने के लिए बड़ी दूरी तय करके साइकिल पर नट्टूवन शिवमणि आ रहा है। नट्टूवन शिवमणि की बायीं आँख बिल्ली की थी और दाहिनी कौए की। बायीं कलाई पर कई प्रकार की डोरियों के बीच में सोने की चूड़ी। उसके छोर पर फण फैलाता नाग। दाहिनी कलाई पर घने ताँबे की चूड़ी पर बहुत-सी कारीगरियाँ।

जन्म नक्षत्र और मुहूर्त देखकर दक्षिणा देकर शुरू किया था। फिर भी शुरुआत बिगड़ गयी। अब गुरु का कदम बिगड़ा था। शिष्या के चेहरे पर पड़ी वह पहली गलत दृष्टि फिर वापस नहीं ले सका। वह दाहिने गाल पर निशान बनकर पड़ी हुई है।

वहाँ शिवमणि का कदम फिसल गया। अपनी घबराहट को छुपाने का परिश्रम बेकार हो गया।

कादम्बरी तो घूरकर देख रही थी। पहले नाग के फण की ओर फिर ताँबे की

चूड़ी की असंख्य कारीगरी की ओर। आखिर गुरु के चेहरे की तरफ। बायें गाल के निशान पर अनजाने ही उँगली जब पड़ गयी तब जरा सिहर गया।

नट्टूवन शिवमणि का सिर झुक गया। कलाई का नाग भी।

मुश्किल से चार-पाँच महीने तक ही यह पढ़ाई जारी रही। शिवमणि ने जब कहा कि बच्ची का भविष्य उज्ज्वल है तो कादम्बरी को हँसी आयी।

कौए और बिल्ली की आँखों के बीच में सोने के नागों की निगाहों पर नृत्य। हर एक कदम की ओर विचित्र आसक्ति के साथ घूरकर देखने वाली छोटी-छोटी नाग दृष्टियाँ। कादम्बरी ने जब यों ही कहा मुझे अब संगीत ही पसन्द है तब नट्टूवन शिवमणि ने उससे भी हाँ मिलाया।

यह तो ठीक है कि किसी नागासुर के शाप से नृत्य पर आ पड़ा, लेकिन अपने मन में संगीत ही है। अभ्यास भी कम नहीं। वैसे तो कादम्बरी को संगीत सिखाने के लिए बिल्कुल योग्य मैं ही हूँ।

लेकिन कादम्बरी तो मुँह मोड़ रही है।

वह आदमी तो ठीक नहीं है अम्मा, उसकी दृष्टि ही कुछ अलग है। उसने गोमती से चुपके से कहा।

एक आँख में बिल्ली की दृष्टि, दूसरी में कौए की। कौए की आँख काली है तो बिल्ली की झूठी।

ताल सुनते समय, कदम रखते समय मैं किस आँख की तरफ देखूँ? इसके लिए कोई जवाब नहीं था गोमती को।

फिर फण फैलाया हुआ वह स्वर्ण सर्प। उसकी छोटी आँखों की विसैली दृष्टि। रात की नींद में किन्हीं स्वर्ण सर्पों को कस लेने का अनुभव। शरीर भर रेंगने बाले सोने के कमरकस।

गोमती की समझ में कुछ भी नहीं आया।

नट्टूवन शिवमणि को दुःख हुआ। अभी तक किसी ने जिस महारहस्य को पहचाना नहीं वह कैसे इस लड़की ने जान लिया। किसने उसको बता दिया कि मुझे कौए की और बिल्ली की आँखें हैं।

शंकररामन ने मन ही मन सोचा कि वही तो है न मेरी कादम्बरी।

दुःखी होकर मन ही मन कोसते हुए ही नट्टूवन शिवमणि लौट गया था। तब भी मन में थोड़ा सा विश्वास बचा था। कभी वापस बुलायेगा। कन्या के गालों पर जो निशान पहली बार पड़ता है वह उतनी जल्दी मिटता नहीं।

उसके बाद सत्रह मील दूरी से स्कूटर चलाकर, हवा में बाल फैलाते हुए संगीतज्ञ पोन्नय्यन आया था। उम्र को छुपाने वाले मजबूत हाथ-पैर। लम्बा-चौड़ा चुस्त शरीर, ओजस्वी चेहरा, अच्छी आवाज, गहरा ज्ञान, शंकररामन को बहुत पसन्द आया। लक्षण युक्त संगीतज्ञ। संगीतज्ञ हो तो ऐसा होना चाहिए।

बहुत कड़ा आदमी था पोन्नय्यन भागवतर। कई गाँवों में विशाल शिष्य परम्परा। समय और सहूलियत होने की वजह से नहीं बल्कि एक फूल के दुकान वाले के मन को दुखाने का मन नहीं हुआ, इसलिए आये। हफ्ते में तीन दिन ही आयेंगे। बाकी सब अपनी प्रतिभा, प्रयत्न, कर्मफल, गुरु का आशीर्वाद। शुरू में ही पोन्नय्यन भागवतर ने ऐसा कह दिया।

प्रतिभा, प्रयत्न, कर्मफल तो समझ सकती है। पर गुरु कृपा कैसे मिलेगी? वह कादम्बरी की समझ में नहीं आयी।

गुरु को कैसे खुश करूँगी? कादम्बरी ने जब भौंहें चढ़ायी तो शंकररामन और गोमती ने अनसुना कर दिया। संगीत सीखा तो मुश्किल से छह-सात महीने। तब तक कादम्बरी ऊब गयी। फिर भी पोन्नय्यन भागवतर ने यह दरियादिल दिखाया कि मैं ही सिखाऊँगा। फूले हुए चेहरे के साथ घास की चटाई पर बैठी शिष्या की तरफ उसने दया के साथ देखा। प्रतिभा बहुत कम है। बहुत कुछ प्रयत्न से ठीक कर सकते हैं। पर उस के लिए मन का साथ होना भी जरूरी है।

गुरु के चेहरे की तरफ देखे बिना अनमने से कीर्तन रट रही है कादम्बरी। गोमती को बड़ा दुःख हुआ। गुरु निन्दा जैसे बड़े पाप के हिसाब को वह कैसे चुकाने जा रही है।

गुरु भी थोड़ी मुसीबत में है। वह कैसे बताएगा कि प्रतिभा के कम होने पर भी सत्रह कोस स्कूटर चलाने की थकावट इसके चेहरे को देखने भर से दूर हो जायेगी। पर अब तो कादम्बरी कहने लगी है कि संगीत नहीं चित्रकला सीखेगी।

कादम्बरी अब उस जिद्द में है।

पोन्नय्यन मास्टर को भी दुःख हुआ। हफ्ते में तीन दिन सत्रह-सत्रह मील स्कूटर चलाना, हवा में अपने बालों को फैलाना सब बेकार।

आखिर सारा राग-ताल बिगड़ गया, बालों को जरा भी फैलाये बिना स्कूटर चलाकर लौटते समय पोन्नय्यन मास्टर को सड़कों के मील पत्थरों से भी बड़ी नफरत हुई। जाते समय जितना देखा उससे सौ गुना लौटते समय।

साथ ही अपने को चित्रकला न आने का दुःख भी।

एक स्मृति मात्र मन में बनी रही। बिदा लेते समय गुरु के पैर छूकर नमस्कार करने को माँ ने बेटी से कहा। थोड़ी हिचक के साथ ही कादम्बरी पास आयी थी। एक यान्त्रिक प्रक्रिया के रूप में जब उसने झुककर पैर छू लिया तो उसके सिर पर उन्होंने धीरे से हाथ दबाया। तब उनकी उँगलियाँ काँप रही थीं। फिर अनजाने के बहाने उसके चिबुक तथा बायें गाल पर सहलाया। बहुत दिनों का मोह। याद कर रही है कि वह जरा छटपटा गयी। जब खड़ी हो गयी तो उसके मुलायम बायें गाल पर एक बड़ा निशान।

कादम्बरी जल रही थी।

फिर उसके चेहरे की तरफ गुरु देख नहीं पाये। बस, इतना काफी है, गुरु ने याद की। यादों में सँजोकर रखने के लिए यह स्पर्श। उसको मोरपंख बनाकर दिल में सँभालकर रख सकता है। स्कूटर की रफ्तार बढ़ने के साथ मास्टर ने जान लिया कि उसके बाल पीछे की ओर उड़ रहे हैं।

कभी वापस बुलायेगी, उसका मोह था। कन्या के गालों पर पहली बार पड़ने वाला निशान उतनी जल्दी मिट नहीं जायेगा।

गोमती को कुछ भी समझ में नहीं आ रहा था। चुपके से, प्यार से पूछने पर भी बेटी से कोई जवाब नहीं मिला।

वह आदमी ठीक नहीं है अम्मा, उनकी दृष्टि भी बुरी है।

गोमती को बुरा लगा।

महापाप साठ पार किये एक आदमी के बारे में ही यह कह रही है, मुरुका! गोमती को दुःख हुआ। वह तेरे लिए पिता जैसा है। उस बड़े आदमी ने कई प्रान्तों में अनेक शिष्याओं को सिखाकर बड़ा किया है। बिल्ली की और कौए की आँख वाला नहीं।

फिर पहले कभी लगे लाल आँख की बीमारी के निशान हैं। दाहिनी आँख की लालिमा तो उतना बड़ा दोष नहीं। लाल आँख की बीमारी में सड़ी आँख की ताकत पहले से ज्यादा है।

फिर भी शंकररामन और गोमती ने कोई तर्क नहीं किया। वह उनकी आदत है। कादम्बरी की बातें ही सब कुछ है। उसकी बातों के बदले में कोई बात नहीं चाहिए इस घर में।

सुना है कि देखते-देखते लड़कियाँ बड़ी हो जाती हैं पर कादम्बरी कितने धीरे-धीरे बढ़ रही है। शंकररामन अपना नाखून दाँतों से काट रहा है।

बेटी को साड़ी में देखने का बड़ा मोह है उसको। पर कादम्बरी को साड़ी से ज्यादा प्रिय है लहँगा। इसलिए साड़ी के बदले लहँगे में अपने कौमार्य को सुरक्षित रखना चाहती है वह। लहँगे के बदले साड़ी की बात सबसे पहले लड़की के मन में आनी चाहिए, इस जानकारी ने शंकररामन को मुसीबत में डाल दिया।

शहर जाते समय सड़कों के आसपास के कपड़ों की दुकानों की ओर झाँकने की आदत पहले ही शंकररामन को नहीं थी। फिर भी इस बार उसने देखा। पोंकल[1] का समय। दुकानों के सामने काँच के पिंजड़ों में, कतारों में रखी गयी कुछ सुन्दरियाँ। उनमें से एक लाल रेशमी साड़ी पहनी खुशबु[2] की जैसी, शंकररामन को देखकर पहले हँसी। फिर धीरे से आँख मारी।

---

1. तमिलनाडु का एक विशेष त्योहार।

2. तमिल फिल्म की नायिका।

कुछ देर के लिए शंकररामन सकपका गया। काँच के पिंजरे की खुशबु अम्मा मेरी तरफ आँखें मार रही है।

ये सब सुनकर गोमती हँस पड़ी। वो तो बुत है। बिल्कुल बुत।

वह तो शंकररामन को मालूम है। लेकिन सुन्दर रेशमी साड़ी पहनने से ऐसी जान मिलती है इन बुतों को? जान मिलने पर भी यह बुत कैसे खुशबु के समान हँसेगा, आँख मारेगा?

इन सबसे अनजान नहीं है शंकररामन। लेकिन काँच के पिंजरे से खुशबु बना बुत एक प्रिय सन्देश दे रहा है, वह भी सिर्फ अपनी सुन्दर बेटी को।

अपने हाथ की लाल प्लास्टिक थैली से चमचमाती एक लाल साड़ी निकालकर दिखाया तो गोमती चौंक गयी। काँच के पिंजरे की खुशबु की पहनी वही रेशमी साड़ी।

यौवन की चमचमाती उम्र में लाल रंग से कौन लड़की मोहित नहीं होती? शंकररामन को पूरा भरोसा था। पर कादम्बरी मुँह फुलाकर ही रही। रेशमी साड़ी नहीं चाहिए, लाल रंग नहीं चाहिए, खुशबु भी नहीं।

फिर बहुत कोशिश के बाद किसी न किसी प्रकार वह लाल साड़ी, नाक पर लाल पत्थर की नथनी, गले में लाल पत्थर जड़ी माला पहना कर एक बड़े आईने के सामने खड़ा कर दिया गया तो कादम्बरी आश्चर्य के साथ अपनी तरफ देखती रह गयी। आईने से खुशबु अम्मा मुझे देखकर हँस रही है।

कमरे भर में खुशबु की बू।

बहुत अच्छा है, अम्मा! खुशबु की मीठी आवाज़।

खुशबु ने जब आँख मारी तो कादम्बरी ज़रा सिमट गयी। शर्मिन्दा हो गयी, पल्लू दाँतों से काटते हुए देर तक वह खड़ी रही।

बेटी के चमचमाते चेहरे को देख शंकररामन और गोमती के दिल भर आये।

फिर अपने को बड़ी लड़की मानकर माँ का बड़ा जूता पहन कर आँगन में दो-तीन बार चलते हुए देखा उसे।

अगले दिन दोपहर को कादम्बरी सयानी हो गयी।

कुछ दिनों के बाद पिल्लैयार मन्दिर के उत्सव में उस पूरी लालिमा के साथ उसे ले गया तो कई लोग उसे देखते रह गये थे।

मन्दिर के मोड़ पर छोटी-छोटी दुकानों के सामने बीड़ी पीने वालों में से कोई जोर से जम्हाई लेते सुना। क़िसी दूसरे ने उसको दोहराया। वैसे कुछ देर तक वहाँ कई सुर की जम्हाइयाँ गूँज उठीं। उसके बाद गला फाड़ते हुए शीरकाळी[1] का एक पुराना गीत।

---

1. तमिल फिल्म का मशहूर गायक।

उससे मिलकर अपने भीतर उमड़ आये एक दूसरे सुर की जम्हाई को दबाने की कोशिश कर रहा था शंकररामन।

गोमती अपनी हँसी को दबाने की कोशिश कर रही थी। शंकररामन के भीतर भी कुछ झुंझला उठा। उसकी हँसी का मतलब अच्छी तरह मालूम है शंकररामन को, चौराहे पर हुई उन मिलीजुली जम्हाइयों का भी।

वह बहुत पहले के किसी दुलारे नाम से शुरू होता है। एक पुरानी सिनेमा से अपने को मिला नाम था वह। 'कवलए इल्लात्त मनितन!' संक्षेप में के.ई.एम.।

अच्छा खाना और दोपहर का सोना। फिर त्योहार के मैदेनों में उलझ जाना। गोमती कहा करती थी कि दोपहर के खाना खाने के बाद की जम्हाई चार कोस दूर तक सुनाई पड़ती है। मन्दिर की घंटियों के समान समय पर निष्ठा रखने वाली अपने अलग ढंग की जम्हाइयाँ।

जो भी हो, गाँव के युवकों से मिला यह दुलारा नाम अपने नाम के साथ मिलाया तो वह बहुतों के लिए के.ई.एम. शंकररामन बन गया। निकट के लोगों को वह और छोटा बन गया, सिर्फ के.ई.एम.।

बिल्कुल गूँज उठने वाले अक्षर। सुनने को भी अच्छा है, किसी ने कहा।

पहले तो एतराज किया पर बाद में जब वह अपने नाम के साथ एक आभूषण के समान एकदम जुड़ गया तो फिर शंकररामन उसका अनौचित्य ही भूल गया। नाम के पहले के इनीश्यल के समान गूँज उठने वाले ये तीन अक्षर।

लगता है कादम्बरी ने उस पर ध्यान ही नहीं दिया था। वह तो हमेशा ऐसी है। हमेशा किसी सोच-विचार में।

विचारों के अन्त में कुछ अनुत्तरित प्रश्न।

मन्दिर से वापस आया तो कादम्बरी को हल्का बुखार-सा लगा। थोड़ा-सा कम्पन।

गोमती को कोई सन्देह नहीं था। नजर लगी है। नमक और लाल मिर्ची लेकर उसको उतारा, अँगीठी में डाला तो वह फटा ही नहीं।

गोमती ने तय किया कि आगे कभी त्योहारों पर जाते समय उसको रेशमी कपड़ा नहीं चाहिए। खासकर लाल कपड़े। लाल आग है। आग भभकती है देखने वालों के दिल में, जल उठती है युवाओं के सपने में। कभी भी बुझाये बिना उसको भभकाने के लिए यौवन और सूखी पूर्वी हवा की तपिश और गर्मी।

उसको साड़ी पहनने की उम्र तो हुई नहीं। ये सब अप्पा की कुछ अनावश्यक इच्छाएँ हैं। स्कूल में पढ़ने वाली बच्ची को स्कर्ट ही अच्छा है। नहीं तो लहँगा।

कादम्बरी तो तब भी चिन्ता में है। शंकररामन को यह पूछने में बिल्कुल संकोच है कि वह क्या सोच रही है। वैसा पूछना उसको अच्छा नहीं लगता। जो उसको अच्छा नहीं लगता घर में और किसी को भी अच्छा नहीं लगना चाहिए।

कादम्बरी शंकररामन को मामा पुकारती है और गोमती को अम्मा। किसी ने बता तो नहीं दिया था, वैसी आदत पड़ गयी।

बचपन से ही उससे शंकररामन को अप्पा बुलवाने की कोशिश गोमती करती आयी थी। यह देख शंकररामन को बहुत दुःख होता था।

'कोय्याफ्ल'[1] और ताड़ का गुड़ लेकर आने वाली बूढ़ी अलमेलु दादी ने भी कई बार कहा था कि ऐसा पुकारना मत। कभी भी शंकररामन तेरा मामा नहीं बनेगा। वह तेरे लिए अप्पा है, अप्पा!

वह कैसे? कादम्बरी होठों से चेष्टा दिखाती थी।

अलमेलु दादी असमंजस में पड़ गयी कि इसे कैसे समझा देगी। लेकिन सुनी सुनाई बातों से कादम्बरी ने बहुत कुछ समझ लिया था। उसको पता नहीं था कि इन सबको इतना बड़ा रहस्य बनाते क्यों?

"मैं सिर्फ एक कादम्बरी हूँ। किसी हवा में उड़कर कहीं आ पड़ा हुआ बीज। हवा की थपथपाहट से खुद उग आयी हुई। बारिश की उँगली स्पर्श से।" उसने खुद कहा।

अम्मा, अप्पा, गाँव, नाम, परिवार, गोत्र इन सब में क्या रखा है?

कक्षा में इतिहास पढ़ाने वाले वेदनायकम ने भी लगभग ऐसा ही कहा। उसके हर संशय का अन्तिम जवाब देने का दायित्व वेदनायकम को ही था। उसके पास जवाब नहीं है तो फिर और किसी को नहीं होगा, यही उसका विश्वास था। बड़े विद्वान हैं। इतिहास और विज्ञान के अलावा वेदनायकम कुछ ज्योतिष और वैद्य भी जानते थे।

वेदनायकम की आँखें काली-काली हैं। सफेद दाँत। गहरी आँखों में बीते हुए दिनों का दुःख। पुरानी फिल्म 'कल्याण परिश'[2] के जमिनी का जैसा।

बिल्कुल बचपन में ही माँ चल बसी। गाँव भर में जब पेट का रोग फैल गया तो हैजे से माँ मर गयी। पिता तो सूखी नदियाँ पार कर बहुत पहले कभी अपने को छोड़कर चला गया। पहली पत्नी के साथ फिर से रहना शुरू कर दिया।

वेदनायकम ने कहा, मैं इस जन्म के बारे में सोचता ही नहीं मेरे सन्देह बीते और आने वाले जन्मों के बारे में ही है। यह जन्म समस्याओं से भरा हुआ है तो बीती हुई आकुलताओं से और आने वाले आशंकाओं से। सब कुछ कह दूँगा, एक दिन सिर्फ तुम्हारे लिए।

उस समय वेदनायकम की आँखों की पीड़ा गहरी हो जाती थी। घुँघराले बाल गर्मी की हवा में माथे पर पड़ते थे। अपना कहने के लिए कोई नहीं था। बचपनी

---

1. एक विशेष प्रकार का फल।
2. तमिल सिनेमा।

आदतें न होने के कारण दोस्त भी बिल्कुल कम।

कादम्बरी ने वेदनायकम को हँसते हुए अभी तक देखा ही नहीं। दस बी. की जयलक्ष्मी ने बाजी लगायी कि उसने वैसा देखा है। पर कादम्बरी अभी तक भरोसा नहीं कर पायी। वे सब सिर्फ झूठ हैं। वेदनायकम हँसते नहीं। वे हँस नहीं पाते। उसकी व्याकुलताएँ पुराने जन्म को लेकर हैं, आशंकाएँ आने वाले जन्म को लेकर।

कादम्बरी को वेदनायकम के ताड़ पत्रों से अपने जन्म रहस्य को जानने की इच्छा नहीं है। मैं सिर्फ एक कादम्बरी हूँ। कहीं से हवा में उड़ आकर बारिश में उग आयी हुई। उसने कहा।

वेदनायकम के गाल पर अब पहले से अधिक झुर्रियाँ हैं। थोड़ी देर बाद एकदम धीमी आवाज में उसको कहते हुए सुना—

अब वक्त आया नहीं, तुम एक दिन जरूर आओगी, आये बिना नहीं रह पाओगी।

तब उसका एक अवधूत का चेहरा था, आवाज थी।

उसने तो कादम्बरी को जरा भी आकर्षित नहीं किया था।

मुझे तो एक छोटी सी बात ही जाननी है। कादम्बरी ने याद की।

शंकररामन कैसे अपना अप्पा बनेगा? लेकिन कोई सीधा उत्तर दिये बिना वेदनायकम बचकाना करने का प्रयत्न कर रहा था।

आखिर जब बड़ी जबरदस्ती हुई तो एक दिन उसने कहा, पिता कई प्रकार के होते हैं। जन्म से, कर्म से, पूर्व जन्म के बन्धन से, सिर्फ नियति से...इनके साथ का सम्बन्ध भी अलग-अलग।

कौन-सा बेटर है बताना मुश्किल है। वैसा कहकर उसने जल्दी बात बदलने की कोशिश की।

लेकिन मुझे इस प्रकार की जीनस्-कीनस् विषय पर कोई भरोसा ही नहीं। ये अपना-पराया खून का रिश्ता सब झूठ है।

इन सब के ऊपर है स्नेह, प्रेम, वही मुख्य है। उसके बिना माँ-बाप सब पेपर डोल ही हैं। थोड़ी देर तक कादम्बरी वैसी ही खड़ी रही। यह मेरे प्रश्न का जवाब नहीं है। पंडित वेदनायकम एक समस्या को और भी उलझी हुई समस्या की ओर ले जा रहे हैं।

हे पंडित...

कादम्बरी ने अफसोस के साथ बुलाया।

आपने जो कहा सब ठीक है। ये सब बड़े-बड़े पंडितों की बात है। हम तो बिल्कुल नासमझ! हमारी समझ में आने वाला स्नेह ही सच्चा स्नेह है। उसके बारे में बताइए।

तब वेदनायकम के माथे पर बल पड़ गया। चेहरे पर एक अपूर्व बेबसी। आँखों

का दुःख और गहरा हो रहा था। घुँघराले बालों पर आने वाले दिनों की भस्म धूलियाँ जम रही थीं।

थोड़े इन्तजार के बाद कादम्बरी हट गयी।

पंडित को परेशान मत करना, दुखी मत बनाना। सन्देह पंडित को दुःख देता है। दुःख उदासी भी। अतल मन से कोई उभर आता तो उसका चेहरा काला पड़ जाता है। शरीर ढीला हो जाता है। आँखों पर नमी। गला भर उठता है।

वेदनायकम जो भी कहे गोमती उसे छोड़ती नहीं।

"इसके लिए वेद-शास्त्रों के पीछे जाने की जरूरत नहीं है, कादम्बरी", माँ ने बेटी से कहा। यह छूकर जानना है सुनकर नहीं। खून खून को पहचानता है, वंश परम्परा से मिलने वाले उस महा सत्य से।

यह 'अप्पा' जो है वह इस महा जगह की सबसे बड़ी सच्चाइयों में एक है। ब्रह्म के समान। यानी कि स्रष्टा। अप्पा को भूलना इस संसार का सबसे बड़ा पाप है।

गोमती फिर से अपनी शिकायतों की गाँठ खोलती रही। अपने अप्पा को अप्पा पुकारने में हिचकने वाले किसी पूर्व जन्म के पाप की गठरी ढो रहे हैं।

तब तक कादम्बरी बोलने लगी।

वे मेरे लिए अप्पा से बड़े हैं। बड़े अप्पा ईश्वर के समान।

वह एक चालाकी है, गोमती को लगा। ईश्वर के समान है तो अप्पा पुकारने में हिचकती क्यों? ईश्वर का नमन करने के लिए कितने प्रिय नाम हैं?

कादम्बरी का चेहरा कुम्हला गया। क्यों वह इस प्रकार दोहराती रहती है?

अपना अप्पा है? उसने पूछा।

हाँ, फिर क्या?

कादम्बरी जब आँखें तरेरकर देखती तो गोमती अनजाने ही सिमट जाती है। कादम्बरी अब भी अचरज में है। क्यों ये लोग इस प्रकार नकली पैरों पर नुक्कड़ नाच करते हैं? चार साल की यादों को चालीस साल की जड़ें हैं। उन यादों के जले निशानों को मिटाने का तैल इनके पास नहीं है न?

जानबूझकर नहीं, अम्मा। अम्मा को दुखाने में हिचकते हुए कादम्बरी ने कहा। बहुत कोशिश की। फिर अप्पा को अप्पा पुकार नहीं पाती। वह नाम ही मुँह में आता नहीं। कभी-कभी तो मुझे लगा कि वह तुतली बोली में ही शुरू करना था।

गोमती ने कुछ नहीं कहा।

कभी लगता है सब कुछ बोल देना ही अच्छा रहेगा। किसी दिन जानना है न? दूसरों से जानने से अच्छा है अपने माँ-बाप से जानना, है न?

फिर भी संकोच हुआ, कई बार संकोच हुआ। ये सब मेरे मुँह से नहीं जानना चाहिए। मैं उसके लिए योग्य व्यक्ति नहीं हूँ। कभी-कभी बेवक्त रोना आता है। रोना आता तो रोकना मुश्किल बनता है।

कहने योग्य व्यक्ति शंकररामन ही है। सब से दूरी बरतने की ताकत उसको है। किसी भावभेद के बिना सब कुछ कह डालकर अन्त में एक लम्बी अँगड़ाई के साथ सब कुछ समाप्त करने की कला। जानबूझकर नहीं। गम्भीर बातें करते समय उसको अँगड़ाई आ जाती है। नहीं तो लम्बी जम्हाई।

लेकिन इस बात में शंकररामन भी हिचकता है। वह जानता है कि कादम्बरी के मामले पर दूरी बरतना मुश्किल है।

बताना है, किसी दिन बताना ही है, गोमती ने सोचा। वे उसके लिए एक उचित अवसर की प्रतीक्षा में थे।

दो

गोमती याद कर रही थी, शंकररामन भी.....

सालों पहले करूमारियम्मन कोविल[1] के उत्सव के मैदान में अपनों से बिछुड़ आयी चार साल की लड़की। बड़े पीपल के पेड़ों के पीछे के अँधेरे में लाल रंग की रेशमी रिब्बन को लिपटाते हुए रोती रही दुबली-पतली लड़की।

शंकररामन और उसकी पत्नी आधी रात में हरिकथा और वेलकली[2] देखने के बाद पीपल के पीछे दरी बिछाकर सो रहे थे। बड़े सबेरे जब अचानक चौंक उठे तो लगा कि पैरों पर कुछ रिस रहा है। काँपते पैर पटकते समय लगा कि धोती का छोर कोई खींच रहा है। शंकररामन चौंक उठा। घबराकर टार्च लगा के देखा तो पाया कि बालों का एक ढेर रेंग-रेंगकर आ रहा है। उसके नीचे काला गोल चेहरा। गले में लिपटा हुआ लाल रेशमी रिब्बन।

रो-रोकर फूले हुए चेहरे वाली एक छोटी-सी लड़की। करीब चार साल की होगी।

किसी भी सवाल का कोई जवाब नहीं था। सिसकियों के बीच से बाहर आने वाले शब्द बिल्कुल अस्पष्ट थे। कोई अनसुनी पूर्वी शैली। शब्दों पर जरूरत से ज्यादा नाक का दबाव।

यह किस मोहल्ले की भाषा है?

अपनों से छूट कर आयी हो या किसी से छोड़ी गयी हो? मन्दिर और वेलकली के मैदान उपेक्षितों की जगह बन गये हैं। और भी कई सवाल। क्या पूछना है? इसका कोई स्पष्ट रूप तो नहीं था, फिर भी शंकररामन कुछ पूछता ही रहा। बदले में कई प्रकार की सिसकियाँ और कराहें मिली हैं।

गोमती बिल्कुल ईर्ष्या के साथ देख रही है। आँखों से नींद उड़ाने के प्रयास के बीच उसने देखा कि लड़की की नजर उस पर ही पड़ रही है। उसकी ओर देखे बिना जल्दबाजी में बालों को सँभालते हुए बिस्तर से जब वह उठ रही थी तब कानों पर पिछले दिन के हरिकथा वाचक की आवाज गूँजती थी।

---

1. मन्दिर का नाम जहाँ देवी की पूजा होती है।

2. एक प्रकार का संघ नृत्य जो पर्व के अवसर पर मन्दिरों के प्रांगण में होता है।

शंकररामन को ज्यादा कुछ पूछने जाँचने को नहीं लगा।

सुबह-सुबह की पहली गाड़ी पकड़ने की ठान जरा लेटने को सोचा था। पर लेटकर सो ही गया। बीच में उठने से तनाव है सिर में।

जल्दी ही वह दरी लेकर उठा। लगातार जम्हाई लेती हुई गोमती भी।

पैरों पर तब भी वह ठंडा स्पर्श। अपनी पकड़ को छोड़े बिना पैरों पर वह लिपट पड़ी है।

बस एक ही बार उसने टार्च लगाकर देखा था। वह दृश्य आगे कभी भी भूल न सकने वाला था।

जटा लगे गोल सिर के नीचे बिल्कुल गीला, कालिख और कीचड़ भरा एक छोटा-सा चेहरा। थोड़ी-सी दया के लिए भीख माँगती आँखों में उम्मीद की चमक। क्षण भर के लिए उसके मन में कहीं कोई कौंध। जैसा कभी कहीं देखा हो। कालान्तरों के किसी कोने में जीवन स्पन्दन का एक बिन्दु बनकर हवा के झोंके पड़े बालू के मैदान पर अध-मिटे पदछाप बनकर कहीं परिचित उँगलियों का स्पन्दन बनकर.....

किसी पूर्व जन्म के रिश्ते के समान शंकररामन ने उसको उठाया और उसकी आँखों की तरफ तरेरकर देखा।

तब भी शंकररामन याद करने की कोशिश कर रहा था। कहाँ था वह? कैसा था?

पीछे गोमती की डरी हुई आवाज सुनी।

बस का टाइम हो गया, आओ.....

शंकररामन तो खम्भा जैसा खड़ा रहा। गोमती ने उसके कन्धे पर टोका। वह तो उस लड़की के सिर पर सहला रहा है।

तुम क्या करने जा रहे हो?

थोड़ी घृणा के साथ नाक दबाते हुए पीछे की ओर गोमती हट रही है।

क्या है.....क्यों है.....कौन है यह?

यह तो अपना कोई है, ऐसा लगा शंकररामन को, पर कुछ कह नहीं पाया।

थोड़ी देर बाद कुछ भी कहे बिना खोया-खोया-सा शंकररामन आगे की ओर चला। खिलौने की दुकान के पिछवाड़े की टाप से चेहरा बार-बार धोने पर भी नींद छूटती नहीं। आँखों पर बीच में टूटी नींद की पीड़ा और थकान है।

शंकररामन करीने से रखी गुड़ियों के सामने जरा सन्देह के साथ खड़ा रहा। फिर कुछ ठान लिया हो जैसा वह आगे बढ़ा, पीछे सिर झुकाती हुई गोमती।

उत्सव के मैदान के छोर पर जहाँ छोटी-छोटी दुकानें समाप्त होती हैं वहाँ सुबह की पहली बस सिसकती हुई खड़ी थी। भीतर कचाकच भरा हुआ था। बस के पास पहुँचने पर ही उसको अपनी धोती के छोर की पकड़ को छोड़े बिना खड़ी लड़की की याद आयी। गोमती तो उबकी दबाने के लिए बेलुमबु सूँघ रही थी।

तुम क्या करने जा रहे हो? गोमती की आशंका बढ़ रही थी। शंकरामन ने कोई जवाब नहीं दिया। धीरे-धीरे उँगलियों को दबाते हुए वह एक राग गुनगुनाने लगा। गोमती को अच्छी तरह मालूम है कि जब जवाब बन्द हो जाता है तब ही वह गुनगुनाता है। वह लड़की तो उसको छोड़े बिना जकड़ी हुई है, थोड़ी शंका के साथ वह गोमती की तरफ झाँकती भी है।

उसको बस में चढ़ते हुए देखा। साथ वह लड़की भी। सीढ़ी पर कदम रखे बिना गोमती पलभर संकोच में खड़ी रही। शंकररामन दिखाई नहीं देता। वह तो बस की कचाकच में कहीं गुम हो गया है।

टाइम हो गया चढ़ो अम्मा जी.....बस से सटकर खड़े टिकट गिनते खाकी वाले ने मुँह पर सीटी रख दी।

फिर भी गोमती थोड़े संकोच के साथ खड़ी रही। उसने सोचा कि शंकररामन बस की सीढ़ियों पर उतर आकर उसको बुला लेगा। पर वह दिखाई ही नहीं दिया। उसको लगा कि भीतर के शोरगुल से कहीं एक लम्बी जम्हाई सुनाई पड़ी हो।

बस के पीछे से कोई पिछले दिन की 'कण्णकी कोवलन चरित्रम' की पंक्तियाँ खुरदरे आवाज में गा रहा था।

कंडक्टर चढ़ गया। इंजन की आवाज गूँज उठी। बड़ी उम्र की थकान से होण कराह उठी।

तुम आती नहीं हो क्या.....कंडक्टर की बेरुखी बढ़ गयी।

तब तक दूर से ही हाथ फहराते हुए, ऊँची आवाज करते हुए स्त्रियों की एक टोली बस की तरफ दौड़ आयी। उस भीड़ में अपने को पैर फिसलकर गिरने से बचाने की कोशिश में गोमती को लगा कि उसका सिर सन्न हो रहा है। आँखों में अँधेरा छा रहा हो, दम घुट रहा हो। कहीं ऊपर की तरफ उड़ रही हो। आँखें बन्द करके खड़े रहते समय भीतर ही भीतर कई बार मुरुकन की याद की, फिर जान पहचान के सभी देवताओं की।

फिर जब होश आया तो वह चलती बस के भीतर की भीड़ में थी। जरा भी हिले बिना डेढ़ पैरों पर खड़ी थी। दोनों तरफ से धक्का मुक्की करती बुढ़ियाँ। मुरझाये गेंदे के फूल की बू नाक में घुस रही थी। उबकी दबाने के श्रम में चेहरे को एक तरफ मोड़ा तो पास ही शंकररामन को देखा। वह एक सीट के सहारे खड़े बाहर के दृश्यों को देख रहा था। उसकी कमीज पर टँकी हुई वह लड़की।

अपनी पकड़ न छूट जाये इसी विचार से उससे सटकर खड़ी उस लड़की की ओर गोमती ने बेसब्री से देखा। मोड़ लेते बस के हिलते डुलते समय उस बच्ची की मैली फ्राक उसके शरीर पर रिस रही थी। हटकर खड़े होने पर भी वह फ्राक उसका पीछा कर रही थी। फिर भी उबकाई आ रही है। शहरी नाले के गन्दे पानी की बदबू। उत्सव के मैदान में लोटने के कारण पसीने और कीचड़ से भरी फ्राक।

जटों से उलझा हुआ पागल बाल।

चेहरे भर की आँखें हैं। उन आँखों की दीनता ने ही शंकररामन को बेचैन कर दिया होगा।

वह उससे लिपटकर खड़ी थी फिर भी वह हिला नहीं। गोमती को यह बिल्कुल समझ में नहीं आया कि वह क्यों इतना कष्ट उठाकर उस लड़की को अपने से सटाकर रख रहा है। मैं बस में चढ़ी हूँ या नहीं इस पर भी ध्यान दिये बिना उसे खड़े देखकर गोमती का मन जल उठा। उसके साथ बितायी गयी जिन्दगी के बहुत से अनपहचाने क्षणों में यह भी एक क्षण।

बस से गोमती ही पहले उतरी। लगा कि बाद में उतरे शंकररामन ने उसे देखा तक नहीं। वह किसी गहरी चिन्ता में था।

घर की तरफ चलते समय गोमती उसके पीछे कुछ दूरी बनाकर चली।

घर के आँगन तक पहुँचने पर शंकररामन थोड़ा हिचकता खड़ा रहा। फिर कुछ ठानकर सिर हिलाया। उस समय उसकी आँखों में एक अपूर्व रौनक गोमती ने देख ली। उसके संकेत को देखकर लगा कि भीतर प्रवेश करते समय उस छोटी लड़की की आँखों में संशय से ज्यादा डर था। उसने मुड़कर गोमती की तरफ देखा। दूसरी बार देखने की हिम्मत न होने के कारण वह भीतर की तरफ चल पड़ी।

बरामदे के साफ फर्श पर कीचड़ भरे छोटे पैरों के निशान। सिर झुकाकर भीतर की ओर पैर रखते समय गोमती ने उसके पैरों के निशानों की तरफ थोड़ी घृणा से देखा। अब इस घर को पुनः शुद्ध कर लेने के लिए कितने तीर्थ जल और पुरोहितों की जरूरत पड़ेगी। गोमती ने सोचा।

शंकररामन ने तो इन सबकी परवाह ही नहीं की।

उस दिन बरामदे के फर्श पर लगे पैरों के निशान फिर कई सालों तक शंकररामन के मन में बने रहे।

दो-तीन दिनों तक गोमती मुँह फुलाती रही। वह रोज दो बार नहाती थी पर अब बीच-बीच में नहाने लगी। फिर भी वह तृप्त नहीं हो पायी। शुद्ध महसूस नहीं होती। बाहर-भीतर एक ही गन्दगी।

उसका लेटा हुआ बिस्तर। उससे छुए गये बर्तन। उसकी बैठी चटाई...क्या-क्या दूर हटा के रखना है कोई निर्णय नहीं कर पा रही है। दूर रखने पर भी दिखाई देता है। कुछ भी करने पर भी मन मानता नहीं। बाहर की गन्दगी से भीतर की गन्दगी जब सताने लगती है तो बेचैनी बढ़ जाती है।

आखिर एक दिन शंकररामन बेसब्र हो उठा। गोमती के चेहरे की ओर गौर से देखा और कड़ी आवाज में बोला।

देखो गोमती, यह ईश्वर की दी हुई निधि है। बच्चों को लेकर ऐसा वैसा सोचना ही ठीक नहीं।

उसको लगा कि गोमती ने उस पर कोई ध्यान ही नहीं दिया। उसके चेहरे पर तब भी अजनबीपन। घृणा से ज्यादा नफरत।

ताड़ के गुड़ के पैकेट देते हुए अलमेलु दादी ने भी शंकररामन का समर्थन किया। यह मुरुकन की दी गयी निधि है। बच्चों को लेकर ऐसा वैसा सोचना ही पाप है।

तब दादी के बड़े-बड़े छेद वाले कानों के तोड़ा[1] झूलने लगे। तम्बाकू के दाग से पीले पड़े घिस्से दाँतों के बीच से हल्की-सी मुस्कराहट।

हमारे गाँव की एक कहावत है कि सन्तान हीन गाँव, बिन फूल की तराई आने वाले बुरे दिनों के सूचक हैं। अलमेलु दादी ने कहा।

बड़ी दादी से ऐसे एक बुरे दिन की कथा सुनी है। विश्व युद्ध के बाद के अकाल का समय। एक बड़े सूखे में नदियाँ और कुएँ सूख गये, फसलें बर्बाद हो गयीं, चौपाये मर मिटे। उन दिनों सचमुच नदी और गाँव ही नहीं बल्कि हमारी लड़कियों की कोख भी।

अंकुर विहीन, सूखी कोखों के साथ सुमंगलियाँ इन्तजार में रहीं। उनके सामने अपराध बोध से सिर झुकाकर खड़े पुरुषों की समझ में सिर्फ एक बात नहीं आयी। व्यापार के लिए बाहर जाने वालों में एकाध वहाँ अपने बीजों को एकदम होशियारी से बोकर आये हुए हैं। वैसे अपनी परम्परा के निशान छोड़े हुए भी हैं।

यह इस गाँव का एक महा शाप ही है।

फिर कितने पूजा-पाठ, कितनी प्रार्थनाएँ, पश्चात्ताप। सुमंगलियों की सूखी निःश्वासें जब भाप बनकर उठती हैं तब ऊपर काले बादल घुमड़ जाते हैं। एक दोपहर को बारिश हुई। दिन भर की बारिश। वह देर रात तक बनी रही।

तब तक तीन साल बीत चुके थे। उन दिनों सूखी मिट्टी में घास भी न उगे, कोख भी न भरी। हमारे गुरु एवं बुजुर्ग सन्तान परम्परा के अभाव में अपने वंश के ही समाप्त हो जाने के डर के अँधेरे समय के बारे में आवश्यक उपदेश एवं अनुशासन देते रहे। सूखी कोख वाली सुमंगलियों की आहें एक देश का महाशाप बन जाती हैं। बच्चों की किलकारियों से रहित गाँव अनफूली तराइयों के समान है। शापग्रस्त मिट्टी की ओर वसन्त झाँकता भी नहीं। हमेशा धूप, धूल-धक्कड़ ही। ऋतुओं का बदलाव जन्मान्तर के समान है। प्रकृति के नियमों का निषेध महा पाप है, अलमेलु दादी ने याद दिलायी। बच्चे और फूल ईश्वर के वरदान हैं। उनको प्यार करना और उन्हें तृप्त करना जरूरी है।

शंकररामन ने ऐसा सिर हिलाया कि सब समझ गया। गोमती तब भी किसी चिन्ता में लगी रही।

ऐसा कहा जाता है कि बच्चे का मूत पुण्याह से भी पवित्र है। नन्हे बच्चे की

---

1. कान का बड़ा आभूषण जो बूढ़ी स्त्रियाँ पहनती हैं।

गन्ध न जानने वाला फूल की गन्ध कैसे जान पायेगा। फूल की गन्ध न पहचानने वाला फूलों का दुकानदार कैसे बनेगा? याद कर रहा है शंकररामन। फूलवाले के परिवार की बात भी ऐसी है। इस घर की दीवारों के पीछे अनेक नाक हैं। उन सब की परिचित बू फूलों की है। हर फूल की अलग गन्ध।

फूलवाले चौराहे पर पहुँचने पर शंकररामन नाक तौलिया से दबाकर अपनी साइकिल को दूसरे रास्ते की तरफ ले जाता था। सड़ते फूलों की बू सह नहीं पाता। म्युनिसिपल गाड़ी की प्रतीक्षा में पड़े सड़े हुए फूलों की ढेर की बदबू अलग ही होती है।

अलमेलु दादी जब सिर पर टोकरी लेकर जाने को उठी तब और एक बात की याद दिलायी।

करुमारी अम्मन कोविल के त्योहार में हजारों लोग जम जाते हैं। उस भीड़ से यह तुम लोगों के पास ही आयी है। मुरुकन ने ही उसको राह दिखाया। याद रखो, यह तुम्हारे परिवार का दीप बनने जा रही है, महालक्ष्मी बनने जा रही है!

अलमेलु दादी ने जब यों कहा तब शंकररामन को लगा कि उसके चेहरे पर कोई अपूर्व चमक उभर आयी हो।

हाँ दादी। उसने यों ही सर हिलाया।

तब गोमती अपनी सूखी कोख की तरफ देखकर आह भर रही थी।

तीन बार यह शाप ग्रस्त कोख तो अंकुरित हुई थी। हर बार वह किसी अभिशप्त सन्ध्या में खाली हो गयी थी। शंकररामन को याद है कि उस समय छप्पर के ऊपर से चमगादड़ों का झुंड उतर आया था। घने अन्धकार में किसी प्राचीन गुप्त सन्देश के जैसे.....

वह एक शकुन के रूप में तब पहचान लिया गया जब गोमती तीसरी बार प्रसव वेदना के कारण पलँग पर लेटकर हाथ-पैर पटकने लगी।

अच्छा दिन था। अच्छी राशि थी। सब कुछ अच्छे बन जाने की खुशी में था शंकररामन।

अचानक गोमती जोर से रोने लगी...बिस्तर पर लेटते समय खून के गरज उठने के कारण उसका चेहरा लाल हो गया था। उसका सिर सहलाते हुए पास ही बैठते समय शंकररामन को लगा कि खिड़की के बाहर चमगादड़ों की फड़फड़ाहट की आवाज बढ़ रही है।

बड़े जोश के साथ 'सन्तानगोपालम' की पंक्तियों को रटते हुए अपने कुछ सगे-सम्बन्धियों के साथ शंकररामन जच्चाघर का पहरा कर रहा था। आखिर घने अन्धकार में पेड़ की डालियाँ तेजी से हिलने-डुलने लगीं तो पत्तों पर चमगादड़ों की आवाजें लग गयीं।

तब उसने गोमती का ऊँचा गर्जन सुना। कुछ समय के बाद दहलीज पर बैठकर

शंकररामन भी।

सिर झुकाकर थोड़े अपराध बोध के साथ ही दाई बाहर निकल आयी थी। कुछ बोले बिना अपनी वह पुरानी थैली लेकर दहलीज पारकर जाते हुए उसे शंकररामन एक बेवकूफ के समान देखता रहा।

लड़की थी। लाल लाल, मोटी, सुन्दर। पर बच्ची हिली नहीं। रोयी नहीं। एक दफा ही आँखें खोली थीं। फिर आँखें बन्द कर दीं।

गोमती ये सब याद नहीं कर पा रही है। कोई भी माता वह याद करना पसन्द नहीं करती।

फिर भी गोमती इस नन्ही कादम्बरी से क्या-क्या बर्ताव करती है। अलमेलु दादी की समझ में यह जरा भी आता नहीं। अलमेलु दादी अक्सर दोहराती रहती है कि कितनी भी तकलीफें क्यों न हों फिर भी ईश्वर की निन्दा न करना। दुखियों को रास्ता दिखाने वाला है मुरुकन।

'जाके फिर कभी आ जाऊँगी' कहकर दादी जब सीढ़ियाँ उतरी तब गोमती ने तसल्ली की साँस ली। अगली बार दादी कौन-कौन-सी नयी कहानियाँ लेकर आ जायेगी?

तीन

एक हफ्ते के बाद जब अलमेलु दादी दुबारा आयी तो उसके साथ नाई वेलू भी था।

बच्ची को सड़क के किनारे के इमली के पेड़ के नीचे पीठ पर बिठाकर रस्म के अनुसार कपड़ा ओढ़ाकर वेलू जरा पीछे हटकर खड़ा हो गया। काले प्लास्टिक बैग से अपने औजारों को एक-एक करके बड़े ध्यान से रखते समय उसके चेहरे पर एक अपूर्व गम्भीरता दिखाई पड़ी। उसने जो विशिष्ट काम अपने ऊपर ले लिया उसके बोझ से उसका सिर जरा झुक गया।

वेलू का परिवार कोषिन्जामपारा से बहुत पहले कहीं आकर बसा हुआ था। एक जमाने के मन्त्र-तन्त्र-सिद्धि से सम्पन्न परिवार की आखिरी कड़ी।

सीधे खड़े होकर वेलू ने ध्यान से देखा। बार-बार देखने पर भी तृप्त नहीं होता।

अपने सामने दिखाई पड़े प्राचीन केश गुच्छों के आडम्बर की ओर विस्मय के साथ देखकर उसने अपनी छाती पर हाथ रखा।

हाऊ!!! मेरी दादी, जटा-जूटा धारी सब कहा सुना ही है। अब प्रत्यक्ष देखने का सौभाग्य मिला है।

फिर अपना सामान लेकर ध्यान से दो कदम आगे रखा, गुरुजनों का स्मरण करके उसने कटनी शुरू कर दी। काटने पर भी समाप्त न होने वाला बड़ा जंगल। काट-काटकर उसके हाथ थक गये। देख-देखकर उसकी आँखें दुःख गयीं।

आखिर.....

हे देवी, मुझे पराजित होने न दे, कहकर हाँफते हुए पीछे की तरफ एक कदम फिर बायें तथा दायें हाथ फैलाकर आगे की तरफ तीन कदम।

उसमें लगभग सब कुछ समा गये। कुल मिलाकर थोड़ा बहुत साफ हो गया। फिर भी वह तृप्त नहीं हो पाया। दो कदम पीछे हटकर दायीं-बायीं बदल-बदलकर आँखें मारकर कुछ देर तक देखता रहा। अब तक के अपने इस धन्धे में पहली बार अपना दिल भर उठा-सा लगा।

आखिर पीछे से जब अलमेलु दादी ने कोई इशारा किया तो वह उस कोटर लगे इमली के पेड़ की तरफ मुड़ गया। कील लगाकर रखे चमड़े की पट्टी पर वह

अपना उस्तरा तेज करने लगा।

शेष रहे बालों के टुकड़ों को साफ करते समय जुँएँ हट जाने के सुख से कादम्बरी हँसी।

सिर जब साफ हो गया तो अपने पास जो गोलाकार दर्पण है उससे उसने उस बच्ची की शिरोरेखाएँ पढ़ लीं।

हाऊ!!! दादी ऐसी शिरोरेखा अभी तक मैंने देखी नहीं। पूरे इकतालीस दिन जमकर बैठके पढ़ लेने की सामग्री है इस बच्ची के सिर पर...इसके लिए पूजा-पाठ व्रतानुष्ठान ही मुश्किल की बात होगी।

अलमेलु दादी इस बहाने से हँसने लगी कि ये सब मैंने बहुत पहले ही अपनी दिव्य दृष्टि से जान लिया था।

कादम्बरी पीठ पर बैठकर, घूमकर अपने पैरों को हिलाकर मजा ले रही है। सिर के भार दूर होने का हल्कापन है उसके चेहरे पर।

कैसी हो बेटी, ठीक तो है.....

बड़े वात्सल्य के साथ उसने उसके सिर को सहलाया और चिबुक को नोच लिया। कादम्बरी को गुदगुदी हुई।

आखिर जाते समय वेलू ने जरा सन्देह के साथ अलमेलु दादी से पूछा :

तो, यह किस घर की बच्ची है दादी.....

थोड़ी हिचक के साथ ही सही दादी ने कहा, वह शंकररामन है न? उसके घर का.....

ओ! उस शंकररामन साब की.....

नाई वेलु दाँतों से उँगली काट रहा है। उसको मालूम है शंकररामन का कोई बच्चा-वच्चा नहीं है। फिर यह किसकी बच्ची है?

यह ईश्वर की बच्ची। करुमारी अम्मन का प्रसाद है। जल्दी ही अलमेलु दादी ने कहा।

ऐसा है.....

क्षण भर के लिए वेलू सकपका गया, फिर समझ में कुछ न आने पर भी सब कुछ आया-सा सिर हिलाया। उस बच्ची के सामने थोड़ी देर हाथ जोड़कर खड़ा रहा। दोनों पैरों को छू लिया। भगवान की बच्ची का बाल काटने का सौभाग्य तो मिला है।

हे देवी...मेरी रक्षा कर.....

विदा लेते समय उसने दादी को याद दिलाया। दादी ऐसा कोई और मौका आ जाये तो जरूर बता दीजिए! पुण्य मिलेगा.....

अलमेलु दादी जोर से हँसी।

ठीक है बेटा.....

थोड़ी देर के बाद अमरूद के पेड़ के नीचे के पत्थर पर कादम्बरी को पूरा नंगा बिठाकर शिरीष का चूर्ण तथा रीटा लगाकर खुद अलमेलु दादी ने ही नहलाया था। शरीर भर के व्रणों को घिस-घिसकर साफ करते समय खून और मवाद निकला तो बच्ची कराह उठी। वेदना से ज्यादा खुजली का सुख था। दादी ने ध्यान से देखा। लगा कि सूखे व्रण गहरे हैं।

जब सारी गन्दगी निकल गयी तो तीन जगहों पर जलने के बड़े-बड़े गोलाकार निशानें निकल आये। जाँघों पर, पृष्ठ पर, कन्धे पर। कभी भी न मिट जाने वाले उन निशानों से जब अलमेलु दादी की रूखी-सूखी उँगलियाँ सरकने लगीं तो अनजाने ही कादम्बरी की आँखें मुँद गयीं। वह कुछ याद कर रही हो। दादी ने कुछ पूछा नहीं। हलके त्वचा के काले-काले निशान। भट्ठी पर जलाकर रखे चिमटे अलग-अलग होंगे।

पत्थर के चारों ओर जमी हुई गन्दगी को देखकर दादी को आश्चर्य हुआ। जब सारी गन्दगी निकल गयी तो उसका शरीर शहद का-सा मुलायम बन गया। चेहरे की तो एक अलग चमक दमक। लड़की अपने नुकीले नाखूनों से सिर कन्धे को नोच रही है।

तेरा नाम क्या है? अलमेलु दादी ने बड़े प्यार से पूछा। जवाब नहीं। यों ही बैठी है बच्ची। जब दोहराती तो कुछ याद करने की कोशिश में जरा बुदबुदाया। दादी ने कान लगाया।

क्या हुआ...कुछ भी याद नहीं.....

फिर कुछ टूटी-फूटी आवाजें।

आगे पीछे कुछ गालियों को चिपकाये गये नामों के टुकड़े।

इनमें से उसका असली नाम क्या है? माँ-बाप का दिया हुआ नाम।

वह बच्ची कुछ भी कहे बिना सिर झुकाकर बैठी है। शायद उसे गालियों वाले नाम ही याद होंगे। बहुतों के द्वारा पुकार-पुकार कर बेशरम बने नाम। उन गालियों के बीच कहीं उसका वह प्यारा नाम छिपा हुआ होगा। बचपन की मासूमियत में किसी का दिया हुआ प्यारा नाम।

शंकररामन ने ही उस नाम हीन बच्ची को पुनः नाम दिया।

एक अच्छा नाम ढूँढ़ निकालने के लिए काफी मेहनत करनी पड़ी। गोमती को जब बच्चा होगा तब उसको देने के लिए कब के तैयार कर रखे कुछ नाम थे। आपस में चर्चा करके, काफी तर्क करके, कई बार बदल के मन ही मन दुलार के रखे गये लड़कियों के कई सुन्दर नाम। उनमें से किसी एक को चुन लेने का इन्तजार करता रहा तीनों बार। इस विश्वास के साथ कि अपने लिए पैदा होने वाला बच्चा अवश्य लड़की होगी। गोमती को इसमें कोई सन्देह नहीं था।

लेकिन गोमती ने उन नामों में से किसी एक को भी नहीं चुनने दिया। वे सब

मेरे अपने बच्चों के लिए सुरक्षित रखे गये नाम हैं। उनको अशुद्ध करने मैं नहीं दूँगी। शंकररामन को ऐसा हठ था कि फूलों के दुकान वाले शंकररामन के बच्चे को किसी फूल का नाम ही देना चाहिए। रंग-गन्ध वाले फूल का चम्पा, पारिजात, गुलाब, जूही नहीं तो फूलों के आगमन को सूचित करने वाले, फूलों को सहलाकर जगाने वाला वसन्त, वासन्ती, वसन्त लक्ष्मी।

गोमती ने माना नहीं। एक अपूर्व हठ के साथ उसने एतराज किया। कहीं से आयी हुई लड़की को अपने प्रिय फूलों का नाम देने के लिए वह तैयार नहीं हुई। शंकररामन के बहुत कहने पर भी उसने माना नहीं।

कुछ भी न चले तो प्रयोग करने के लिए गोमती के पास आखिरी एक हथियार है।

रसोई के बरामदे के खम्भे के सहारे बैठकर जोर से सिसककर रोना। तीन बार जब अनजाने ही उसका पेट गिर गया तो वह उसी बरामदे में बैठकर रोयी थी।

पहले तो यह सुनकर आस पड़ोस के घरों की दीवारों से बहुत सारे लोग झाँककर देखते थे। अब तो वह भी नहीं है।

फिर फूलों को छोड़कर शंकररामन ने जब अभिरामी नाम चुन लिया तब भी गोमती ने उसका विरोध किया। क्या श्री पार्वती का नाम ही मिला तुम्हें अपवित्र करने को? नाम अशुद्ध कर रहा है!

बड़ा गुस्सा तो आया फिर भी शंकररामन ने अपने को काबू में कर लिया। जब गुस्सैल हो जाती है तो वह बिल्कुल चुड़ैल बन जाती है। फिर क्या-क्या बकती है उसे कोई सुध-बुध नहीं होती। पहले ऐसी नहीं थी। अब उसका व्यवहार ऐसा है जैसे कोई अजन्मा बच्चा उसके भीतर हाथ-पैर पटककर हलचल मचाता हो। वह भी क्षण भर में।

एक बार पड़ोसी बूढ़ी से झगड़ा हुआ तो उसने उस पर ऐसा व्यंग्य किया कि बंजर गाय ज्यादा झगड़ा करती है। मन की गहराई में कहीं वह चुभ गया तो खून रिस गया। सिर झुकाकर गोमती खुद पीछे हट गयी। आधी रात कमरे में जाकर दरवाजा बन्द करके देर तक रोयी।

उसने शंकररामन से कहा कि अगले दिन सुबह देखे सपने में कुछ बच्चों के चेहरे अपने सामने से निकल जाते देखा। किसी के द्वारा खोले गये अल्बम के पन्ने अपने आप बदल रहे थे। फूलों से भरे बगीचे के समान अपने अजन्मे बच्चे। ज्यादातर लड़कियाँ। कितने मासूम चेहरे। बचपन की कितनी कुतूहलताएँ।

हर बच्चे के चित्र के पीछे उसका एक नाम था। उनमें स्वयं चुने गये कुछ नाम भी।

उनमें से एक इसको देंगे। तुमने जो तीन नाम चुनकर रखे हैं उन्हें छोड़कर और एक...शंकररामन ने याचना की।

गोमती का चेहरा जल्दी धुँधला हो गया।

वे सब सिर्फ मेरे अपने बच्चों के लिए। अपने बच्चों को मैं किसी को नहीं दूँगी।

गोमती का चेहरा और भी धुँधला होता जा रहा है। आँखें बुरी तरह जल रही हैं। गले की नसें कस रही हैं। सूखे होठ काँप रहे हैं।

अब वह क्या-क्या कहने लगेगी शंकररामन को कुछ पता नहीं है। उसने जल्दी छोड़ दिया।

कुछ भी हो नाम का तर्क जारी रहा।

आखिर क्या नाम के बिना ही मेरी बेटी को जीना पड़ेगा इसी डर में रहते समय उसको कादम्बरी नाम मिला था। वह भी जब पिल्लैयार मन्दिर में प्रार्थना करते रहते समय। अब की बार शंकररामन ने गोमती की अनुमति का इन्तजार नहीं किया। यह पिल्लैयार का दिया हुआ नाम है। उसको लेकर कोई सवाल नहीं। गोमती भी तब तक ऊब गयी थी। उसके विरोध के बढ़ने के अनुसार और-और सुन्दर नाम कहीं से खुद आते रहे।

शंकररामन ने राय माँगी सिर्फ नन्ही कादम्बरी से।

कादम्बरी, तुम्हें यह नाम अच्छा लगा?

चार वर्षीय वह लड़की अपने कीड़े काटे दाँत निकालकर मुस्कुरायी।

प्यारा नाम, है न?

तब भी वह यों हँसती रही।

कोई और नाम है, तेरे पास?

ना, उसने सिर हिलाया।

बाद में सोचकर कादम्बरी बहुत हँसी। अपना नाम चुन लेने का सौभाग्य किसी चार साल की बच्ची को पहले कभी मिला होगा?

कादम्बरी, कादम्बरी...पहले तो अकेले बैठते समय वह उस नाम को बार-बार दोहराकर मजा लेती थी। सुनने के लिए सुन्दर और सुखद नाम।

उसको लगा कि उस नाम के लिए पिल्लैयार को दाद देनी ही चाहिए। फिर अप्पा को।

अपने लिए एक नाम मिलने के बाद ही अलमेलु दादी क्या स्त्रियों के एक छोटे-से संघ के साथ कादम्बरी को मुरुकन के मन्दिर ले गयी थी। सिरभर चन्दन लगाकर 'कावडी'[1] लेकर भीड़ के बीचोबीच खड़े होते समय कादम्बरी को सचमुच बड़ा गर्व हुआ।

---

1. कावडी : मुरुकन को खुश करने के लिए कावडी लेते हैं कुछ लोग; कावडी अर्द्धवृत्ताकार का एक उपकरण है जिसमें मोर पंख लगाया जाता है; उसको कन्धे पर लेकर लोग नाचते गाते हैं।

वह शंकररामन की मनौती नहीं थी। बार-बार पूछने पर अलमेलु दादी ने कुछ हिचक के साथ ही मान लिया कि वह उसकी अपनी मनौती है। यहाँ की मुसीबतों से बेसब्र होकर उसने ऐसा किया था।

मन्दिर की तरफ गये दल के पीछे शंकररामन भी था।

अलमेलु दादी की जबरदस्ती के बावजूद गोमती नहीं गयी। दादी ने याद दिलाया था कि बेटी पहली बार कावडी लेते समय माँ का साथ न होना उतना शुभ लक्षण तो नहीं है। गोमती ने उसके लिए कोई जवाब तो नहीं दिया फिर भी उसने याद की कि उसके पास इन सबके लिए कितने उचित जवाब हैं।

बहुत दिनों के बाद भी पहले वाला वह अनबन जरा भी कम नहीं हुआ। ये सब ईश्वर की कृपा है, ऐसा वह मानती नहीं। ईश्वर की कृपा होती तो उसका उगना मेरी कोख में होना चाहिए था। किसी की अवैधानिक सन्तान को अपना मान लेने का जैसा बड़ा मन तो मुझे नहीं है।

एक बच्चे को गोद लेने की बात किसी ने सूचित की तो गोमती ने यही कहा था। मेरे भीतर से न जन्मे तो मुझे नहीं चाहिए। दो वंशों के बीच के स्नायु सम्बन्धों एवं बिना खून के रिश्तों के किसी के बारे में वह सोच भी नहीं सकती। नहीं है तो नहीं का दुःख ही है, किसी दूसरे के बच्चे को ढोने का अपमान स्त्री ही जान सकती है। खासकर जिसको कोई बच्चा नहीं हुआ हो।

शंकररामन उसके सामने निरन्तर पराजित हो रहा था। नासमझ स्त्री। अनुभव से भी न सीखने वाली। इसको समझाना काफी मुश्किल है।

कई बार शंकररामन को लगा कि यह गोमती बिल्कुल अपनी समझ में नहीं आ रही है। वह मुझसे काफी शिक्षित है। एम.ए. फस्ट ईयर। हेडमास्टर अप्पा की अच्छी पालित बेटी। अक्लमन्द। मैं तो सिर्फ मेट्रिक, वह भी थर्ड चांस। बीच में शादी न हुई होती तो वह आगे कितनी पढ़ लेती थी। इस छोटी लड़की को लेकर इतनी जिद्द एक पढ़ी-लिखी के लायक नहीं है।

वह कहे बिना नहीं रह सका।

ईश्वर को भूलना मत गोमती, शंकररामन ने कहा। इतनी पढ़ी-लिखी को मैं क्या समझऊँ। याद रखो मासूम बच्चे किसी की भी सन्तान नहीं होती। वे सिर्फ ईश्वर की सन्तानें हैं। उन्हें अपना-पराया बनाते समय हम ही ईश्वर की दृष्टि से दूर हो जाते हैं। पूजा-पाठ करने, साफ-सुथरे होने से क्या फायदा? विचारों में विशुद्धि होनी चाहिए। वह नहीं कर पाती तो मातृत्व भी अशुद्ध बन जाता है। माँ बनने से बढ़कर है माँ का हृदय होना।

बरामदे के कोने पर खाली पड़ी फूलों की टोकरियों को देखकर उसने कहा।

फूलों से भी कोमल होना चाहिए फूल वाले का मन। ईश्वर के कृपा कटाक्ष ने मुझे एक लड़कीमार बनाये बिना फूल वाला बनाया। उसके लिए प्रभु को दाद

देनी चाहिए।

लेकिन गोमती तब यही सोच रही थी कि फूलों को जानने वाला एक माँ का मन क्यों जान नहीं पा रहा है। यह भाँपकर शंकररामन ने कहा।

एक माँ के दिल में फूल की कोमलता होनी चाहिए। एक माँ को दो तरह की सन्तान हो सकती हैं, अपनी-परायी। इसको तुम्हारी अपनी कोख से न जन्मी बेटी समझनी चाहिए। वही सही बड़प्पन है। एक स्त्री के जीवन में मातृत्व से पवित्र दूसरा कुछ भी नहीं। इसको पालतू माँ समझना नहीं चाहिए। सही माँ ही समझना चाहिए। सही माँ की बड़ी-बड़ी भूलें भी सह लेने वाले बच्चे का मन पालतू माँ की छोटी-छोटी भूलें भी सह नहीं पाता। पालतू माँ और सच्ची माँ के बीच में सात समुन्दर की काली-काली जलराशि है।

शंकररामन के इस प्रकार कई बातें दोहराते रहते समय गोमती ने अँगड़ाई ली। फूल वाला जब पुराण का वचन करता है तब उसमें फूल और पुराण दोनों बराबर मिट जाता है, वह सुनने को सुख न देने वाला एक दोहराव मात्र रह जाता है।

गोमती जब जल्दी उठकर चली गयी तो शंकररामन ने सोचा कि यह तो ऐसी नहीं थी। पिछले कुछ वर्षों से उसमें जो परिवर्तन होते आ रहे हैं वे सब डरावने हैं। हर सुबह प्रार्थना के साथ ही वह उठता है। इस प्रार्थना के साथ कि आज का दिन अच्छा रहे।

उसने उम्मीद की कि छोटी कादम्बरी के आगमन से उसमें बदलाव आ जायेगा। लेकिन हुआ नहीं। अब समस्याएँ और बिगड़ रही हैं।

अचानक जब कादम्बरी दौड़कर गोदी में बैठी तो वह सब कुछ भूल गया। उसकी मासूम हँसी में सारी कालिमा गल जाती है।

उसको सटाकर उसके माथे पर सहलाते हुए शंकररामन हँसता रहा। उसके चिबुक पर नोचती हुई कादम्बरी। दरवाजे के पीछे से ये सब जरा अनमने से गोमती देख रही थी।

चार

आते ही कादम्बरी ने समझ लिया कि वह वहाँ अकेली है। सबके द्वारा उपेक्षित कहीं से आयी हुई। दोपहर को रसोई से ऊँची आवाज सुनाई पड़ी। फिर कभी भी वैसी आवाज में अप्पा को बात करते नहीं देखा है। पर अम्मा की खुरदरी आवाज में अप्पा की ढीली आवाज डूब गयी।

कादम्बरी को जल्दी ही मालूम हो गया कि वे उसको लेकर लड़ रहे हैं। इसलिए वह सब कुछ अनसुना करके उन आवाजों से जहाँ तक दूरी बरती जा सकती थी उतनी दूर आँगन के पार जो राजमल्ली[1] है उसके नीचे जा बैठती थी। फिर सब शान्त हो जाने पर अपने हाफ स्लीव कमीज को गले से उतारकर फेंकते हुए अप्पा को बाहर आते हुए देखा है। तेज कदमों से दहलीज पार करते समय अप्पा ने उसकी तरफ देखा भी नहीं था।

घर के सामने की सीढ़ी चढ़ते समय कादम्बरी क्षण भर के लिए रुक गयी। पहली बार जब उसने यहाँ अपना कदम रखा था तब लगे कीचड़ के निशान अब भी वैसे ही पड़े हुए हैं। मन के भीतर अब भी लगी रहने वाली कीचड़ भरी यादें।

उसने धीरे-धीरे घुटनों पर बैठकर अपनी कमीज के छोर से उसको साफ करने का प्रयत्न किया। पर वह एक अमिट निशान के रूप में फर्श पर कहीं लगा हुआ था।

आज का शोर-शराबा एक शुरुआत मात्र है, कादम्बरी ने सोचा। एक अनचाहे कीचड़ के दाग के समान मैं यहाँ।

फिर कुछ सोचते हुए वह अन्दर की तरफ चली गयी। मुझे तो अप्पा ही ले आये। अप्पा ही निकाल दें।

होश सँभालते समय से कादम्बरी के चारों ओर बच्चे ही बच्चे थे। गली के पास के कमरों के बरामदे में कोलाहल मचाने वाले किसी के बच्चे। गन्दे, फटे-पुराने कमीज पहने, फूले पेट, लालची आँखों वाले, भिन्न-भिन्न बोली के बच्चे। बोलियों से उन्हें आवाज अधिक थी। कई प्रकार की आवाजें। उन कौओं की भीड़ से हटकर खामोश रहना मुश्किल था।

---

1. एक फूलदार पौधा जो घर के बगीचे में लगाया जाता है।

सुबह होते ही अपने-अपने बिलों से निकलने वाले साँझ तक किसी न किसी प्रकार अपनी-अपनी अम्मा को ढूँढ़ लेते हैं।

उनमें से हमेशा अम्मा की नजरों में ही रहने के लिए ध्यान देने वाली मैं ही थी। हमेशा मन में डर था, अनजान डर। इतनी बड़ी दुनिया में मैं बिल्कुल अकेली...सारे के सारे शाप वचनों से मुझे घायल करने वाली माँ सम्पूर्ण दुनिया के प्रति अपना जो विद्वेष है उसको जहर बनाकर मेरी तरफ थूकती थी। फिर भी मुझे हमेशा उस बड़ी छाया की शीतलता की जरूरत थी। आसपास कहीं से आकर मुझे ओट लेने वाली छाया।

यहाँ की माँ तो अनजाने भी मेरी छाया अपने ऊपर पड़ने दिये बिना बच जाती है। आपस में न मिलने योग्य छायाएँ। शुरू में बड़ा दुःख तो होता था पर बाद में वह आदत बन गयी। वैसे ही अम्मा की नजरों से बचने के लिए कादम्बरी भी कोशिश करने लगी।

फिर दक्षिण भाग में फूलों का काम करने वालों को बैठने का छोटा-सा कमरा कादम्बरी की दुनिया बन गयी। पहली बार जब आयी तो शंकररामन का बिछाया गया पलँग। उसको जल्दबाजी में खरीद लायी गयी छोटी कमीजें।

पश्चिम भाग के घने पेड़ों की तरफ खुलने वाली खिड़की ही उसके लिए सबसे बड़ी तसल्ली थी। उससे देखने पर पेड़ों के घोंसलों पर आ जाने वाली चिड़ियाँ दिखाई देती थीं। पलँग पर खड़े होकर खिड़की के सलाखों पर चेहरा लगाकर उन चिड़ियों की आवाजों पर ध्यान देते समय अपने अतीत की अनोखी दुनिया की यादें उसे बेचैन करती थीं। उन छायाओं भरी यादों में कौओं के समान कोलाहल मचाने वाले बच्चे। उन्हें शाप मात्र देने वाली अम्माएँ।

सामने के आँगन में जाने से कादम्बरी डरती थी। वह माँ की दुनिया है। घर का काम समाप्त होने पर अम्मा सामने के बरामदे पर बैठती है। प्रायः उनके हाथ में कोई सचित्र पत्रिका होगी। बीच-बीच में बातें करने आने वाली आस-पड़ोस की स्त्रियाँ। उनमें से अधिकांश दादियाँ और मामियाँ होती हैं। वैसे तो अम्मा का सम्बन्ध प्रायः बुजुर्ग लोगों से था। कादम्बरी उनके सामने आने से बच जाती थी। ये स्त्रियाँ ही शायद अम्मा के कानों में कुछ न कुछ फुसफुसाती होंगी।

कई बार मुझे लगा है कि यहाँ की माँ सब कुछ निगल लेने वाली एक बड़ी छाया हो। नहीं तो सुनने पर अशान्ति जगाने वाली कुछ खुरदरी आवाजें। अचानक किसी कोने से लम्बी होती हुई कोई छाया। काली कोठरियों से आने वाली आवाजें।

खाना खाते समय साथ बिठाती नहीं गोमती। जरूरत से ज्यादा परोसी गयी उस पीतल की थाली को मेज के कोने में देखते ही कादम्बरी समझ लेती है कि वह अपने लिए है। भूख न होने पर भी उस भारी थाली को लेकर वह रसोई के बरामदे पर जाकर बैठेगी। एक बड़े आदमी के लिए जरूरी चावल और उसको भर कर सब्जियाँ। भिखमंगे को देने की तरह। मेरे लिए उतना नहीं चाहिए, कहने की

हिम्मत न होने के कारण जितना हो उतना निगल लेने के बाद जो बचा है वह सब की आँख बचाकर दूर की तरफ फेंक देती है। उसके इन्तजार में खड़े होंगे आवारा कुत्ता और कुछ रोज के कौए।

कादम्बरी को याद है, शुरू के दिनों में एक दिन सन्ध्या को सामने के बरामदे में बैठकर पैर हिलाते हुए वह बाहर के दृश्यों को देखकर बैठी थी। तब दीवार के उस पार से होकर ऊँची आवाज में बातें करती जाती स्त्रियों ने अपने को देख लिया था। बालों पर लाल फूल और गहरे रंग की साड़ियाँ पहनी स्त्रियाँ। वे घर के सामने खड़े होकर मेरी तरफ इशारा करके कुछ न कुछ कहकर हँसने लगीं। शायद यह देखकर भीतर से अम्मा दौड़कर आयी।

अम्मा की आँखों में गुस्सा जल रहा था। कादम्बरी एकदम डर गयी। अम्मा के कुछ न कहने पर भी उसको लगा कि वह उस दृष्टि से जल जायेगी।

अपने कमरे की तरफ भागते समय वह रोयी नहीं। उसको मालूम नहीं क्या है रोना? रोने की याद नहीं। सब कुछ भीतर ही भीतर दबाकर खड़े रहने को कब से सीख चुकी थी।

उस दिन की घटना के उपरान्त वह सचमुच उस छोटी कोठरी में सीमित हो चुकी थी। अपनी आवाज को कहीं न सुनाये अपनी छाया को कहीं पड़ने दिये बिना दबे पाँवों से वह चलती रही।

खिड़कियों में मुख दबाकर वह सूर्योदय की प्रतीक्षा करती रही। सुबह आँगन में लालिमायुक्त पड़ने वाली धूप के दर्शन न होने के कारण वह सूर्यास्त की प्रतीक्षा करती रही। पेड़ों के बीच से होकर दिखाई पड़ने वाले आकाश के टुकड़े की पश्चिमी छोर पर अँधेरे की ओर डूब जाने वाला सूर्य।

शंकररामन घर पर हो तो कोई समस्या नहीं। तब गोमती उसके सामने कोई नापसन्दगी दिखाती नहीं।

दुकान में भीड़ नहीं होती तो वह बीच-बीच में साइकिल पर तेज रफ्तार में आते हुए दिखाई पड़ता है। दक्षिण भाग के रास्ते का मोड़ लेते ही घंटी की आवाज पहचान में आ जाती।

कुछ न कुछ होगा अप्पा के हाथ में। पतले प्लास्टिक कवर में अप्पम वड़ा, स्टील के बर्तन में त्रिमधुर। पिल्लैयार कोविल के उस पार हनुमान जी का एक छोटा सा मन्दिर है। कादम्बरी को वहाँ का प्रसाद उड़द-वड़ा बहुत पसन्द है। वड़ा बड़ा है। एक से ही उसका पेट भर जाता है। हनुमान जी की वड़माला जब एक बार उसने अपने गले पर पहनी तो शंकररामन ने मना कर दिया।

ना ना...वो सब पाप है।

मुझे भी हनुमान जी के समान बड़ा बनना चाहिए, शक्तिमान बनना चाहिए। कादम्बरी ने भीतर ही भीतर कहा।

घर की बातों को समझकर शंकररामन ने उसको पास वाली नर्सरी स्कूल में दाखिल कराने का निश्चय किया। स्कूल ले जाने और वापस बुला लाने को एक बूढ़ी दादी का इन्तजाम किया गया। किसी भी बात पर गोमती की राय पूछी नहीं गयी। अगर पूछे तो वह झगड़े में ही परिणत हो जायेगा, यह उसको पक्का था।

उस दौरान कादम्बरी को बुखार हुआ। तेज बुखार से क्लास आये किसी छात्र का दिया हुआ उपहार। फिर भी बिना किसी परवाह के हर दिन के समान ठंडे-ठंडे पानी में नहाने की आदत वह छोड़ नहीं सकी। पर दोपहर तक बुखार चढ़ गया। किसी ने रिक्शा में उसे घर छोड़ा।

आते ही वह बिस्तर पर चादर ओढ़कर लेट गयी। उसे थके-माँदे लेटते देख गोमती का दिल तो फटफटाने लगा। शंकररामन तो दूर कहीं यात्रा पर गया हुआ था।

शाम तक बुखार बढ़ गया। माथे पर हाथ रखा तो जलने लगा। बच्ची ऊँघ रही है।

गोमती ने अनजाने ही हाथ खींच लिया। भीतर कुछ मसल रहा है। इतने दिनों में आज पहली बार वह इस बच्ची को छू रही है। पहली बार का छुअन बुखार से जलने वाले माथे पर। बिस्तर पर लोट रही है बच्ची। सिर को इधर-उधर हिलाते समय उसके सूखे काले होंठ कुछ कहने की कोशिश कर रहे थे।

गोमती ने कान लगाया। उसको लगा कि वह माँ को बुला रही है। कौन माँ...? गोमती ने सोचा। असली माँ या दाई माँ। उस दिन पहली बार गोमती ने उसके चेहरे की तरफ करुणा के साथ देखा। लगा कि वह पहली बार उस चेहरे को देख रही हो। अपरिचय के झीने आवरणों को हटाते समय उसके नीचे कहीं पसीने से तर हुआ मासूम नन्हा चेहरा। क्षण भर की थकावट में अनजाने ही अपना चेहरा उसके माथे की तरफ झुकते गोमती ने महसूस किया।

जल्दी ही चौंककर हट गयी। कुछ याद कर सिर हिलाया।

शाम होने पर भी बुखार उतरा नहीं। गोमती घबरा गयी। फूल की दुकान का छोकरा जब आया तो उससे दवाखाने से बोतल की दवा तथा चूर्ण मँगवा लिया।

उस रात को गोमती कादम्बरी के कमरे में ही चटाई लगाकर सोयी। देर रात तक वह सो नहीं पायी। पलँग से बच्ची के बीच-बीच की कराहें। खिड़कियों के उस पार चमगादड़ों की फटफटाहटों की ऊँची आवाजें। उसको लगा कि एक लम्बे अन्तराल के बाद फिर से ये चमगादड़ अपने जीवन में प्रवेश कर रहे हों।

बिल्कुल परिचित फटफटाहट की आवाजें। शयन कक्ष के दरवाजे के उस पार से पहले कई बार सुनी गयी आवाजें। रात के गहरे अँधेरे से किसी अज्ञात दुनिया की आवाजों को ले आकर वृक्ष शिखरों पर झूलने वाले चमगादड़। बेढंगे रूप, अमंगल आवाजें।

गोमती अपने शरीर पर एक प्रकार की सिकुड़न महसूस करने लगी। गले से

पसीना बह रहा है। और एक अमंगल के समान फिर से वे चमगादड़। गोमती बिल्कुल डर गयी। यात्रा के लिए निकला शंकररामन कब वापस आयेगा, कोई पता नहीं।

दिल धड़क रहा है। उस दिन पहली बार उसने अपने लिए परिचित सभी देवताओं को बुलाकर बेटी के लिए प्रार्थना की। बहुत सारी मनौतियाँ कीं।

अगले दिन भी बुखार चढ़ता-उतरता रहा। तीसरे दिन जब शंकररामन खबर पाकर दौड़ आया तब तक वह होश में नहीं थी।

उसने एक दफा ही देखा। बेटी का बुखार से जला मुख। पत्नी का रक्त हीन पीला चेहरा।

यशोधराम्मा के अस्पताल ले जाते समय बच्ची एकदम बेहोश थी। जाँच के उपरान्त डॉक्टर अम्मा का चेहरा भी बुरी तरह लाल-लाल दिखाई पड़ा।

उसने शंकररामन की तरफ घूरकर देखा।

अच्छा हुआ अभी ले आया। थोड़ी देर और बीत जाये तो.....

दो-तीन दिनों से मैं इधर नहीं था, डॉक्टर अम्मा.....

मन्दिरों के पर्वों का सीजन शुरू हो गया, है न?

सिर झुकाकर खड़ा है शंकररामन। वह कुछ कह नहीं पाता।

लेकिन, यह तो थी न तुम्हारी पत्नी.....

यशोधराम्मा ने गोमती की तरफ मुड़कर कहा, तुम जैसे पढ़े-लिखे लोग इस प्रकार करने लगे तो...बुखार बहुत चढ़ गया है...छोटी बच्ची है, बुखार को ठीक समय पर रोका नहीं गया तो...

शंकररामन सकपका गया।

बुखार कैसे भी बदल सकता है। टाइफाइड, न्युमोनिया, मेनेंजाइटिस...सब एक जैसे सीरियस हैं वह भी इस उम्र में...कुछ भी हो यही रहने दो बुखार उतरने तक।

गोमती ने अस्पताल में बिस्तर के पास तीन दिन-रात पहरा किया। शंकररामन ने कहा कि रात को मैं सँभाल लूँगा, लेकिन उसने माना नहीं।

यह मुरुकन का निर्णय है। शंकररामन ने मन ही मन कहा। उन्होंने ऐसा पछतावा ही निश्चित किया होगा।

अस्पताल से वापस आने पर गोमती के व्यवहार में जो बदलाव आने लगा उसको बहुत ही कुतूहलता के साथ शंकररामन देखता रहा।

वह बिल्कुल बदल गयी है। माँ बेटी के सामने एक अपूर्व दुनिया खिल उठी हो। अब कादम्बरी को सब के लिए माँ ही चाहिए। नहाना, खिलाना, सजाकर नर्सरी भेजना...सब ही सब माँ है।

वह खुद उस बच्ची से मिल जाने या छोटी कादम्बरी माँ को अपनी ओर खींच लेने के प्रयास को शंकररामन बहुत ही दिलचस्पी के साथ देख रहा है।

शुरू में उसके घर आते ही गोमती बच्ची को लेकर कोई न कोई शिकायत लेकर घर के सामने ही इन्तजार करती थी। छोटे-छोटे नटखटपन को भी बढ़ा-चढ़ाकर एक ही साँस में कह डालकर तसल्ली पाती गोमती के चेहरे की तरफ देखे बिना शंकररामन यों कहा करता था।

छोड़ दो...छोटी बच्ची है न?

यह सुनते ही उसका रोष और बढ़ जाता था।

आगे कुछ कहे बिना अपनी हँसी को दबाते हुए वह कादम्बरी के कमरे की तरफ ही जाता था। भीतर के कमरे के पलँग पर उनींदी पड़ी बच्ची को सहलाते हुए कुछ देर तक वह खड़ा रहता था।

नापसन्दगी दिखाते हुए कुछ न कुछ फुसफुसाते हुए जब गोमती रसोई की तरफ चली जाती तो अनसुना सा शंकररामन मुड़कर चला जाता था।

एक दिन अलमेलु दादी ने अद्‌भुत के साथ शंकररामन से कहा।

यह क्यों ऐसी है...इतने दिनों के बाद भी, अब भी बदली नहीं। उसके लिए कोई जवाब उसके पास नहीं था। एक बच्चे की तुतलाहट के सामने खाली कोख को भरी कोख से ज्यादा खुश होना चाहिए था।

एक बड़ी गलती को सुधारने के लिए अब एक नयी माँ। उसकी एक नयी बेटी।

वैसे तो बंजर माँ की गोदी में लेटकर, उसकी तपिश पाकर कादम्बरी बढ़ने लगी। अच्छा स्नेह और खाना मिलने पर उसके मधु का जैसा रंग वाला चेहरा और चिकना हो गया। आँखें चमकने लगीं। कपोल तन गया। गोमती ने जल्दी ही समझ लिया कि अपने खून से जन्मे से ज्यादा स्नेह दूसरों के खून से जन्मे को ही होता है।

फूलों की दुकान वालों के परिवार को प्रायः रात भर की नींद मुश्किल है। उनका दिन बड़े सबेरे ही शुरू होता है। चाहे ठंड हो या बारिश लगभग ढाई बजे तक गोमती उठ जाती है फिर शंकररामन भी।

तीन बजे तक वह छोटी-सी गाड़ी लेकर मुनि स्वामी आ जायेगा। गाड़ी को घर के सामने रोकते हुए अपने आने की सूचना देने ले लिए इंजन को जरा तेज करना उसकी आदत है। आस पड़ोस के लोगों की शिकायत के बावजूद उसने कभी भी उसको रोका नहीं। वैसे वे भी उसके आदी हो गये।

बाजार की फूल दुकानों के जंक्शन के थोक व्यापारियों की दुकानें तब तक जग गयी होंगी। साढ़े तीन के कोवै पैसेंजर से उतारकर रखी फूलों की ट्रोकरियों पर काले मोटे अक्षरों पर लिखे कोविल गली के शंकररामन का नाम पोर्टर लोग जल्दी ही पहचानते हैं।

तब तक पश्चिमी कमरे में फूलों का काम करने वाली पाँचों लड़कियाँ आ चुकी होंगी। किसी अनाथालय से घोड़े की गाड़ी में यहाँ पहुँचा देने वाली बेचारी लड़कियाँ।

उषाकाल के सन्नाटे में घोड़े के गले की घंटियों की आवाज दूर से सुनते ही गोमती दौड़ आकर सामने का दरवाजा खोल देगी। आँखों में शेष रही नींद को दूर करने के प्रयत्न के साथ ही ये सीढ़ियाँ चढती हैं। बच्चों की नींद दूर करने के लिए स्टील का लोटा भर गाढ़ी काली चाय गोमती तैयार कर के रखती होगी। उन पाँचों लड़कियों की गुजर उस कमरे के भीतर तरह-तरह के फूलों के साथ हैं। लँगड़ी है, कानी है, एक हाथ वाली है, कुब्जा है। सब किसी न किसी दुःख का बोझ ढोने वाली हैं।

उन सबको किसी न किसी फूल का नाम देकर बुलाने में शंकररामन को बड़ा मजा आता था।

रोजा, लाल कमल, कनकाम्बरम, चमेली, चम्पा.....

सचमुच ये ही असली फूल हैं, खुदा के अपने फूल, शंकररामन ने एक बार पत्नी से कहा।

सुबह-सुबह बदबू के साथ आने वाली लड़कियाँ शाम को फूलों की खुशबू के साथ लौट जाती हैं। हर एक लड़की को एक-एक फूल की गन्ध।

लड़कियों को अप्पा जब अच्छे-अच्छे नाम देते थे तब कादम्बरी और कुछ याद कर रही थी। इन्हें कोवै पैसेंजर में आने वाली टोकरियों में पहुँचने वाले फूलों के नाम नहीं देना चाहिए था। बहुत ही सुपरिचित लेकिन कुछ अनाम जंगली फूल हैं। जंगल की खूबसूरती। जंगल की खुशबू।

उन पाँचों लड़कियों को बहुत काम होगा। मन्दिर की मालाएँ, पूजा की सामग्रियाँ। फिर आर्डर के अनुसार तरह-तरह के बुके, गुलदस्ता, रीत, साज-सज्जा। वहाँ आने के बाद बाहर की बातों से अनजान होकर गुड़ियों के समान उनके हाथ काम करते रहेंगे। काफी पीने के लिए जब माँ बुलाती है तब ही सिर उठाती हैं।

पंडाल का काम है तो उसके लिए दो-तीन युवक आ जाते हैं। उन्हें कादम्बरी पसन्द नहीं करती। उनकी निगाह ठीक नहीं है। फूलों की टोकरियाँ लेते समय बहाने से शरीर के इधर-उधर को छू लेने में बड़ा होशियार था वह लम्बे बालों वाला छाती पर हरे रंग की छाप लगाया लड़का। बड़े ऊँचे पंडालों में अच्छी-अच्छी कारीगरियाँ करने में निपुण होने के कारण उसका मेरी ओर का देखना भी सीधा नहीं था। वह काम अच्छी तरह जानता था इसलिए वह शंकररामन के लिए बहुत प्रिय भी था।

उसकी छेड़-छाड़ को शुरू-शुरू में कादम्बरी ने अनदेखा कर दिया। आखिर बड़ी हिम्मत के साथ घर के अन्दर के तंग रास्ते के अँधेरे में जब वह चोली के भीतर हाथ डालने लगा तो उसने जोर का थप्पड़ मार दिया। ठीक जगह पर ही लग गया। फिर वह काम के लिए आया ही नहीं।

कभी-कभी इन लड़कियों की मदद करने के लिए उनके साथ फर्श पर जा बैठती है तब कादम्बरी याद किया करती है कि सचमुच इनमें और मुझमें क्या अन्तर है? मैं भी इनके बीच एक छठी लड़की बनकर बैठने वाली नहीं हूँ?

छठी लड़की। छठे फूल। मुझे भी चाहिए एक फूल का नाम।

उनमें से कादम्बरी की दोस्ती उस कनकाम्बरम से थी। उसकी एक आँख की क्षमता नष्ट हो गयी थी। दूसरी आँख भी थोड़ी कमजोर थी। सीढ़ियाँ चढ़ते समय कमरे के नीचे के फर्श की तरफ उतरते समय सहेलियाँ जब मदद करने लगतीं तो वह मना करती थी। अरे, मैं उतना कमजोर तो नहीं हूँ। मैं तो तुम्हारे कन्धों पर बदल-बदलकर झूल सकूँगी। धुँधली दृष्टि वाली होने पर भी वही अच्छी तरह काम करती थी। हाथो बहुत तेज थे। फूलों से अच्छी दोस्ती थी।

यह तो कनकाम्बरम नहीं है माँ, यह तो मंगलम है। एक दिन कादम्बरी ने माँ को समझा दिया। कितना सुन्दर नाम है। मंगलम यानी कनकाम्बरम। कनकाम्बरम यानी मंगलम।

उन लड़कियों में अपने माँ-बाप को देखने का सौभाग्य सिर्फ मंगलम को ही था। माँ से जुड़ी सारी स्मृतियाँ उसके गाल पर पड़े उस बड़े दाग से शुरू होती हैं। होश सँभालने पर माँ से भी पहले शायद उसने इस दाग को ही देखा होगा।

मकान बनाने वाले मजदूरों के बीच में सिर पर सामान उठाना मंगलम की माँ का काम था। बड़े सबेरे ही टिफिन लेकर सड़क के किनारे के पीपल के पेड़ के पीछे ठेकेदार की लारी के इन्तजार में माँ खड़ी हो जाती थी। लॉरी न आयी तो माँ खरखराती आवाज में किसी न किसी को शाप देती रहती थी।

भूरे रंग की सूखी दुबली-पतली माँ। सिर पर बोझ ढोते हुए कहीं पकड़े बिना लोहे की सीढ़ियाँ चढ़कर आकाश की तरफ जाने वाली माँ को बहुत ही डर के साथ देखती रहती थी। सिर्फ आकाश पर भरोसा रखते हुए अन्तहीन चढ़ाई। उन सब की याद में जब कभी नींद से चौंक उठकर रोती थी तब माँ यों सान्त्वना देती थी कि बेटी, आकाश कभी धोखा नहीं देता। कितने लोग इस आकाश पर चढ़ गये हैं।

पिता के नाम पर एक आदमी साथ रहता था पर उसको मेरा 'पिता' पुकारना माँ कभी पसन्द नहीं करती थी। बुरी तरह खाँस-खाँसकर आँगन की तरफ कफ थूकने वाले उस आदमी को देखना भी वह पसन्द नहीं करती थी। पता नहीं, हमेशा उसके चेहरे पर दुःख ही दुःख छाया हुआ था। जब मैं उसके पास जाती तो वह बढ़ जाता था। इसलिए माँ के मना करने पर भी मंगलम को उसके पास जाकर बैठना बहुत पसन्द था।

एक बार काम की जगह पर माथे पर हाथ सहलाते हुए एक काले कलूटे तेलुगु कामगार ने मुझे चावल की मिठाई खिलायी। माँ ने उसको अप्पा पुकारने को कहा।

आगे भी आ जाये तो रेशम की रिब्बन, काँच की चूड़ियाँ सब खरीद देने का वादा तो किया था फिर भी अम्मा के काम की जगह पर जाना वह पसन्द नहीं करती थी। किसी के सहारे के बिना आकाश की तरफ चढ़-चढ़कर जाने वाली माँ

को देखने की हिम्मत उसको नहीं थी। फिर उस तेलुगु मिस्त्री का दुलार। लगातार की खाँसी और चेहरे के दुःख को देखना तो मुश्किल था। फिर भी दूर के अप्पा से सामने का अप्पा ही उसको प्रिय था।

सुबह जब माँ काम पर जाती है तो बेटी को बड़ा डर लगता। माँ के आँचल को पकड़कर उसको जाने न देते समय माँ उसको सटाकर कहती थी हम जैसे दीन दुखियों को मुरुकन ही आश्रय है। यहाँ मेरे लिए वह सफेद आकाश ईश्वर के समान है। वह कभी भी मुझे छोड़ेगा नहीं।

फिर भी उस बेरहम आकाश ने आखिर उसको धोखा दिया।

शहर के एक कोने में निर्माणाधीन पंच तले की एक इमारत की ऊँचाई से गिरकर माँ की मृत्यु हुई थी। आकाश से एक काली चिड़िया के समान नीचे गिरकर माँ बिखर गयी। जिन्दगी भर एक महाशाप के रूप में अपना पीछा करने वाला एक दृश्य। शायद उस दृश्य का गवाह बनने के लिए होगा उस दिन मुरुकन मुझे अम्मा के साथ काम की जगह पर ले गया था।

वह एक बड़ा अभिशाप था।

फिर कितनी बार अपनी आँखों के सामने वही दृश्य दोहराता रहा। पाँचवें तल से, छठे तल से, सातवें तल से एक-एक काली कलूटी चिड़िया बनकर माँ नीचे की ओर गिरती रही। हर मंजिल से गिरने वाली चिड़िया एक-एक माँ थी।

आखिर, इमारतों के झूठे पैरों ने जिस स्वच्छ आकाश को बदसूरत नहीं किया उसकी ऊँचाइयों से एक बड़ा गिरना। वह आकाश का प्रतिशोध था। इतने समय तक बड़े अहं के साथ अपनी छाती पर चढ़ते रहने से उत्पन्न क्रोध था।

मंगलम की बायीं आँख की रोशनी उस दृश्य के साथ धुँधली हो गयी थी। माँ के पतन को देखने के लिए अभिशप्त उस आँख को और एक बार वैसा देखने की ताकत नहीं थी।

ये सारी पुरानी कथाएँ गोमती को बिल्कुल पसन्द नहीं आती थीं। मंगलम की ये कथाएँ मुझसे क्यों कहती हो? वह तो मेरे लिए सिर्फ फूलों का काम करने वाली कनकाम्बरम है। अनाथालय में रहने वाली कनकाम्बरम का अब कोई अतीत नहीं है। वैसे ही हैं इस कमरे में बैठने वाली चारों लड़कियाँ भी। हर लड़की को कहने के लिए इस प्रकार की कहानियाँ तो होंगी ही। जानबूझकर ही पुरानी बातें अभी तक पूछी नहीं। वे सब मैं सुनना नहीं चाहती। ये सब मेरे लिए फूलों जैसे हैं। फूलों का काम करके खुद वे फूल बनी हुई हैं। फूलों का जन्म मिलना ही पूर्व पुण्य है। उन फूलों का बुरा अतीत नहीं है।

कादम्बरी को लगा कि उसने जो कुछ कहा वह अपने से भी है। उन लड़कियों के समान तुम्हें भी अतीत नहीं। बुरे दिनों की कथा सुनने को मुझे भी दिलचस्पी नहीं है।

जब वह जल्दी उठकर रसोई की तरफ चली गयी तो कादम्बरी भी पीछे गयी।

अम्मा जी गुस्सा मत करो, वह बिल्कुल बेचारी है। कादम्बरी ने अम्मा के चिबुक पर हलका सा सहलाया।

वैसे तो अनाथ बच्चों के साथ की कादम्बरी की दोस्ती गोमती को बिल्कुल पसन्द नहीं थी। खासकर कनकाम्बरम के साथ की। कभी-कभी काम पूरा करके निकलते समय दोनों को कोने की दीवार से सटकर देर तक बातें करते दिखाई देता था, उसको समाप्त करने तक इन्तजार करते समय दूसरे बच्चों को आश्चर्य होता था।

कादम्बरी को इतनी कौन-सी बड़ी बातें इससे करनी हैं? वह भी उससे बड़ी उम्र की अनाथ लड़की से।

गोमती को भी यह देखकर गुस्सा आता था। कभी-कभी उसको उस कमरे से खींचकर ही बाहर लाती थी।

तुम मेरी बच्ची, वो सब कहीं से आयी हुई हैं, उनका तो न नाम है न पता। तुम उनके साथ जाकर मत बैठना।

वह बिल्कुल बेचारी है माँ। तुम क्यों ऐसा वैसा कह रही हो.....

गोमती का ऐसा कहना सुनकर शंकररामन को हँसी आती थी। कब से यह गोमती की अपनी बेटी बनी? कहाँ गये वे पुरानी छुआछूत और अभिजात संस्कार सब?

कादम्बरी को लेकर ही नहीं दूसरी लड़कियों को लेकर भी गोमती बहुत बदल गयी है।

गोमती का चेहरा चमक रहा है। उस दिन जैसे अलमेलु दादी ने कहा, यह परिवार का दिया है, महालक्ष्मी है।

कितने सालों की मनौतियों के फलस्वरूप प्राप्त बेटी है यह। इसलिए उसको लेकर मन्दिर मन्दिरों की ओर की यात्राएँ शुरू कीं।

पर कादम्बरी ने जिद्द किया कि वह सिर्फ उस पुराने करुमारियम्मन कोविल न जायेगी।

एक जन्म स्थान के रूप में उस मन्दिर का मैदान उसके छोटे मन की स्मृतियों में कहीं लगा हुआ है। कुछ उलझी हुई काली छायाओं के समान, गर्मी की रातों की थकी नींद को सताने वाले किसी पुराने दुःस्वप्न के समान।

कादम्बरी अपने दिल में एक-एक करके अंकित कर रही है। एक रात के पूरे अन्धकार से बनी दीवार पर बिना नोक के किसी पुराने चोक के टुकड़े से की गयी रेखाएँ।

पुरानी यादों को टटोलते समय हथेली में कीचड़ लग जाता है। आसपास उस कीचड़ की नमी एवं दुर्गन्ध।

सुनसान मन्दिर के मैदान का आखिरी दीया भी बुझ गया। कुछ दूर पर किसी पकवान की दुकान की पेट्रोमैक्स की रोशनी मात्र है। पीपल के पीछे बिछाये गये

चादरों पर छायाओं के बीच में लेटे हुए दो मनुष्य रूप कैसे आँखों पर पड़ गये? लगता है कि थोड़ी देर तक उस चादर की तरफ अपनी छाया छोड़ते हुए एक छोर पर कुछ देर तक खड़ी हुई हो। फिर झुककर घुटनों पर खड़ी रही होगी। घुटनों पर ही रेंगी होगी, उन रूपों की तरह।

अपरिचित उस पैर को छूते समय शुरू में जला-सा लगा। उँगली से ऊपर की ओर चढ़ आयी भाप। फिर एक वीर बहूटी के समान उन पैरों पर लटकने के लिए किस शक्ति ने प्रेरित किया?

बाद में कई बार अप्पा से पूछने को हुआ था उस समय मुझे अपने साथ ले आने की वास्तविक प्रेरणा क्या थी। दया, करुणा, हमदर्दी...या कोई पूर्वजन्म का स्नेह? अप्पा से सीधे पूछने की हिम्मत नहीं थी। वह चेहरा हमेशा किसी सुनसान मन्दिर की कब की भूल गयी किसी मूर्ति की याद दिलाता था। करुणा का महा चैतन्य।

पर उस प्रश्न का जवाब दिया था अलमेलु दादी ने।

वह स्नेह था, दादी ने कहा।

पहले कभी कुछ छोटे दिल वाले लोगों द्वारा बनाये गये वंश, गोत्र और आचारों के परे का या उससे भी शक्तिशाली और आकर्षक एक महा स्नेह।

फिर गोमती की कलंक हीन प्रार्थना का फल। पूर्व पुण्य। अपने पेट से न होने पर भी दूसरे मार्ग से हाथ लगा महा भाग्य। उग्र शक्तिशाली करुमारियम्मन की दृष्टि में ही कीचड़ में छिपे पड़े को बाहर आने का अपना एक समय होता है।

वैसे तो मुरुकन एक तरफ पीड़ा देते तो दूसरी तरफ सहलाने वाला तो है न? अलमेलु दादी ने याद दिलायी।

लेकिन, अपने जीवन में हमेशा थप्पड़ ही थप्पड़ ज्यादा रहा था। गोमती ने याद की। वह एक तरफ से नहीं सभी तरफ से।

पाँच

बेटी के बड़े होने के साथ ही साथ शंकररामन के दिल में भी कोई न कोई मोह उभर आने लगा।

चार-पाँच मील दूरी पर सिस्टरों के द्वारा चलाये जाने वाले स्कूल में ही उसको दाखिला करना शंकररामन का बड़ा मोह था। सब कुछ अंग्रेजी में ही पढ़ाया जाने वाला मशहूर स्कूल। बड़े घर के सभी बच्चे वहीं पढ़ते हैं।

पर गोमती ने इसका एतराज किया। नजदीक में ही हमारा पुराना स्कूल है जहाँ हम सबने पढ़ाई की तो इतनी दूर भेजने की क्या जरूरत है। फिर यह अंग्रेजी जो है हमारे लिए अपरिचित एक दूसरी भाषा है। समुन्दर के उस पार के किसी लाल चमड़े के अनोखे वर्ग की भाषा। बचपन से ही परदेशियों की भाषा की आदत पड़ जाय तो हमारा अपना सब कुछ नष्ट हो जाता है जैसे हमारी आदतें, परम्परा, विश्वास सब कुछ।

यह सुनकर शंकररामन को हँसी ही आ गयी। ये सब तुम्हारे उस पुराने हेडमास्टर अप्पा की सिखायी गयी पुण्य पुरातन बातें हैं। हेडमास्टर अप्पा के पुण्य पुरातन विचारों का जमाना कबसे बीत गया है। कुछ भी हो परदेशी भाषा पढ़ने से हमारी बच्ची मदाम बनने नहीं जा रही है, न बदमाश। अच्छी मुरौवतें और विश्वास सब सिखा देनेवाले हम ही हैं, वह भी घर में ही।

फिर भी.....

कोई फिर भी नहीं। तुम्हारा एम.ए. पहला वर्ष बिल्कुल वेस्ट। शंकररामन ने खिल्ली उड़ायी। जमाने के बदलने के अनुसार दिल अगर बड़ा नहीं होता तो फिर ये बी.ए., एम.ए. सब किस काम के?

फिर भी गोमती का मन मानता नहीं। सुना है कि सिस्टरों का स्कूल है तो उनकी प्रार्थनाएँ करनी होंगी। किसी दूसरे ईश्वर की वन्दना की बात सोच भी नहीं सकती।

ईश्वर एक ही है गोमती, शंकररामन ने कहा। प्रार्थनाएँ ही अलग-अलग हैं। सभी प्रार्थनाएँ हमें एक ही ईश्वर के पास ले जाती हैं।

गोमती ने लम्बी साँस के साथ हाँ किया।

शंकररामन को मालूम है कि इससे तर्क करने से कोई फायदा नहीं है इसलिए आगे कुछ कहे बिना उसने कादम्बरी को उसी स्कूल में दाखिला दिला दिया।

तब भी शंकररामन अपने भीतर के उस निजी मोह को लेकर गोमती से कुछ कहने में हिचकता था।

अय्या शास्त्री की दोनों बेटियाँ इसी स्कूल में पढ़ी थीं। अब वे दोनों बड़ी डॉक्टर हैं। और सुना है कि वे सिस्टर्स तो सभी मामलों पर कड़ी नजर रखने वाली हैं। सबको उनकी प्रार्थनाएँ तो करनी पड़ेंगी लेकिन वहाँ का अनुशासन और किसी स्कूल में नहीं मिलेगा।

लाल रंग के छोटे स्ट्राइप्स वाला ऊपर का कमीज। ब्राउन रंग के फ्राक। पीछे बाल दोनों तरफ गूँथ डालकर जब कादम्बरी सामने आकर खड़ी हो गयी तो शंकररामन को विश्वास ही न आया। हमारी बच्ची बिल्कुल बदल गयी है। उस अय्या शास्त्री की बच्चियों से कितनी सुन्दर है हमारी बेटी।

गोमती ने हाँ कर दिया। नये कपड़े में बच्ची बिल्कुल बदल गयी है।

सुबह सात बजे तक स्कूल बस आ जाती है। पास ही एक बस स्टाप है। वहाँ से बस पकड़ने के लिए और भी चार-पाँच छात्र हैं। कादम्बरी के साथ रोज सुबह बस में बिठाने के लिए गोमती ही जाती है। शाम को चार बजे जब वापस आती तो ले आने के लिए प्रायः शंकररामन ही जाता।

कादम्बरी ने जब पहली बार अंग्रेजी में एक पूरा वाक्य कहा उस दिन शंकररामन ने आस पड़ोस के सभी घरों में लड्डू बाँट दिया। सुनने के लिए कितना सुन्दर है, अच्छी आवाज में उसका अंग्रेजी में बोलना।

सिस्टरों का आदेश है कि घर में भी अंग्रेजी में ही बोलना चाहिए। तब शंकररामन जरा सकपका गया। अपना पुराना मैट्रिक इसके लिए पर्याप्त तो नहीं है। तो तुम भी किसी स्कूल में जाकर अंग्रेजी पढ़ लो, गोमती ने हँसी उड़ायी।

गोमती को तो अपने बी.ए. की हिम्मत है फिर उस एम.ए. पहले वर्ष के आधे भाग की।

बाद में कादम्बरी की शिकायत यह थी कि अम्मा की अंग्रेजी में गाँव की भाषा का असर ज्यादा है, फिर भी उसको सुनते रहना वह बहुत पसन्द करती थी।

यह तो बिल्कुल साफ-सुथरी तंग्लीश है, वह मन ही मन बताती थी। उसी प्रकार तंग्लीश और मंग्लीश बोलने वाले हैं हमारे क्लास में।

कुछ भी हो कादम्बरी को स्कूल जाने में बड़ा उत्साह था। पढ़ाई में बड़ी रुचि थी।

यह जन्म से ही अक्लमन्द है। क्लास की सभी परीक्षाओं में सौ पर एक सौ पचास प्राप्त करने की ताकतवर। स्कूल के सिस्टरों ने कहा कि छोटी उम्र में ही बड़ी-बड़ी बातें समझने की ताकत है उसको। इसको पढ़ना ही चाहिए, पढ़-पढ़कर

आकाश को छू लेना चाहिए। शाखा-प्रशाखाओं में बढ़कर पूरे गाँव को छायादार बनना चाहिए।

फिर आँखें मारते हुए सिस्टरों ने आगे कहा। यही होगी पहले पहल हमारे स्कूल को रैंक ले आने वाली।

ऐसा कहते समय भी सिस्टरों के मन में थोड़ी-सी ईर्ष्या छिपी हुई थी। यह तो शंकररामन की समझ में आया नहीं था।

यह तो किसी अच्छे पुरुष का बीज है, वे आपस में कहकर हँसती थीं। ऐसे नालायक स्वामी को ऐसी एक बच्ची का होना मुश्किल है।

सिस्टरों के सामने बड़े गर्व के साथ खड़े होते समय भी अपने भीतर के उस बड़े मोह को प्रकट करने में शंकररामन हिचकता था। इसको भी पढ़कर उस अय्या शास्त्री की बेटियों के समान बड़ी हो जानी चाहिए, डॉक्टर अम्मा बननी चाहिए।

अय्या शास्त्री के दो बेटियाँ थीं। वसुन्धरा और यशोधरा। दोनों पढ़ने में होशियार। देखने में उतना सुन्दर तो नहीं। सफेद बगुले के रंग तथा अच्छा कद होने पर भी अय्या शास्त्री का वह बेडौल लम्बा चेहरा मिला है दोनों को। फिर उस चेहरे से बिल्कुल न मिलता बड़ी नाक, पतला चिबुक। आँखें तो बिल्कुल ठीक नहीं। सब से बढ़कर गोल-गोल ऐनक। बड़ी ने जब प्रसव लेना सीखा तो छोटी ने बच्चों के इलाज करने को।

बड़ी लड़की वसुन्धरा उस देश के सभी जन्मों का गवाह बनी एकमात्र डॉक्टर अम्मा थी। एक जमाने में वसुन्धरा ने कई बार गोमती की जाँच की थी। हर बार उनको जो कुछ कहना था उन सब को उनके ही चेहरे से शंकररामन ने समझ लिया था। लेकिन हर बार उसकी जाँच करते समय उसके मुख पर उभरता अहं गोमती को बहुत सताता था। वह तीन बच्चे की माँ का गर्व था। कम सुन्दर होने का जलन था। डॉक्टर अम्मा होने पर भी अपने से कम उम्र की होने पर भी स्त्री स्त्री ही है।

पहले तो पूरी जाँच करने के उपरान्त एक विशेष प्रकार से होठ टेढ़ा कर, कन्धा हिलाकर वह कहा करती थी शंकररामन कोई लक्षण तो दिखाई नहीं देता। अपने मोह के कारण लग रहा होगा।

यह सिर्फ मोह नहीं है डॉक्टर अम्मा, उसके परे एक जन्म की सफलता है। एक प्राणी की सहज इच्छा है। वैसा कहने को लगा शंकररामन को पर अपने को रोक लिया। प्रसव लेने वाली डॉक्टर अम्मा को ईश्वर का अनुग्रह है। उनसे तर्क करना ठीक नहीं। उनकी नापसन्दगी मुश्किल बन जायेगी।

वैसे कई बार।

फिर कभी जब सारे लक्षण प्रकट हुए तब डॉक्टर अम्मा को कुछ कहने के लिए नहीं था। डॉक्टर अम्माओं के नियन्त्रण के परे प्रकृति की कृपा से मिलने वाले कुछ निशान।

वह गिर गया तीसरे महीने में। छाती पर मार-मारकर बहुत रोयी गोमती। आगे नहीं, आगे नहीं कहकर गोमती ने डंडा तोड़कर शपथ ली।

लेकिन उस डंडे का कच्चा टुकड़ा जाकर गिरा गीली, उर्वर मिट्टी पर। वह वहाँ फिर से फूटने लगा। उसके अग्र भाग में कोपलें निकल आयीं, छोटी-छोटी डालियाँ उभर आयीं।

इस बार मोहों से बढ़कर प्रार्थनाएँ ही गोमती को तसल्ली देती रहीं।

वैसे पाँचवें महीने में भीतर के स्पन्दनों को पहचानने लगे तो एक शाम को निचले पेट में बड़ा तेज दर्द होने लगा।

जल्दी ही वसुन्धराम्मा के अस्पताल ले गया तो भी दर्द बढ़ रहा था। रात भर उस अस्पताल के बिस्तर पर पीड़ा सहते हुए तथा दुखी होकर गोमती पड़ी रही। जब गोमती हल्की नींद की ओर फिसल जाती थी तब काँच की खिड़कियों के उस पार के चमगादड़ों की फटफटाहट सुनकर चौंक उठती थी। बड़े सबेरे कभी खून का निकलना शुरू हुआ। उस खून में छोटे-छोटे सफेद टुकड़े थे। अनपके जीवन के स्पन्दन थे। बहुत कोशिश करके जब डॉक्टर ने उस बहाव को रोक लिया तब तक गोमती का शरीर बिल्कुल पीला पड़ चुका था।

स्टैंड से लटकाये गये बोतल से अपने शरीर में किसी दूसरे का खून चढ़ते देख निराश होकर गोमती दिन भर लेटी रही।

अगले दिन सिर झुकाकर, पराजित के समान अस्पताल से निकलते समय शंकररामन मुड़कर भी देख नहीं सका। जरा पीछे अपनी सिसकियों को रोकने के लिए तौलिये से मुँह दबाती गोमती।

उसके बाद गोमती बिल्कुल जिद्दी बन गयी। हमें कभी कोई बच्ची पैदा हो जाये तो वह डॉक्टरी पढ़कर प्रसव लेने वाली डॉक्टर अम्मा ही बननी चाहिए। अगली पीढ़ी के बच्चे उसके हाथों में ही जन्म लेना चाहिए। अब तो वे सारा मोह सार्थक होने वाला है, कादम्बरी से होकर.....

कक्षाओं में वह सबसे आगे आने लगी तो मोह भी एक-एक करके बढ़ने लगे।

फूलवाले अनन्तरामन का बेटा, फूल वाले शंकररामन की बेटी कादम्बरी का डॉक्टर अम्मा बन जाना। गाँव भर के सारे भरे पेटों को बचाने का महा पुण्य। सृष्टि की पीड़ाओं को शान्त करके पीढ़ियों से गुजर जाने के लिए कुशल उँगलियाँ।

दिन गिन रही है गोमती। परीक्षाएँ गिन रहा है शंकररामन।

कादम्बरी की सहेलियाँ प्रायः बहुत कम थीं पर नौवीं कक्षा में पहुँचने पर उसको एक नयी सहेली मिली। कोवै से आयी हुई पविष्रम। मन्दिर की तरफ के रास्ते के दक्षिण भाग के एक घर में रहने आये नये लोग। सिर्फ दो घरों की दूरी है।

उस छोटे घर में माँ और बेटी ही हैं। एक बेटा है जो मुम्बई में है, अच्छी नौकरी में है।

पविष्रम की छोटी उम्र में ही अप्पा चल बसे। एक बैक एक्सिडेंट में। मरे पति के नाम डाक विभाग में नौकरी तो मिली फिर भी माँ तो पूजा पाठ में ही लगी रहती है। सुबह और शाम को मन्दिर का दर्शन अनिवार्य है। इसलिए मन्दिर के पास वाले किसी घर की तलाश में यहाँ आ पहुँचे हैं।

कोवै के बाहर के एक छोटे-से डाक घर में माँ नौकरी कर रही थी। वहाँ जब काम कम हो गया तो एक आदमी का तबादला अनिवार्य बन गया। तब उनमें से सबसे जूनियर माँ की बारी आ गयी। वैसे बाहर के ये लोग यहाँ आ गये।

सरकारी नौकरी हो तो ऐसी ही, अनजाने ही तबादला आ जाता है। जाने को कहें तो जाना ही चाहिए नहीं तो फिर नौकरी नहीं रहेगी। वैसे इतनी छोटी उम्र में पविष्रम का यह तीसरा स्कूल है। जहाँ-जहाँ माँ जाती है वहाँ डाकिया माल कम हो जाता है। वैसे माँ यों ही अयाचित बन जाती है।

बहुत समय तक बड़े-बड़े शहरों में रहने के कारण होगा। पविष्रम जल्दी ही दूसरे छात्रों के लिए आश्चर्य बन गयी। किसी की परवाह न करने वाली। दोनों हाथ फैलाकर लड़कों के समान वह चलती है। आवाज में भी लड़के की आवाज का खुरदरापन। वह कहा करती थी कि अगर इस यूनिफार्म का झंझट न होता तो वह लड़कों के वेश में ही आ जाती।

कादम्बरी को शुरू में ही वह बहुत पसन्द आयी। खुला व्यवहार। साफ़-साफ़ बोलती है। दूसरा क्या सोचेगा इसकी कोई परवाह नहीं। उसके हाव भाव से ऐसा लगता है कि वह कितने बड़े संसार को देख आयी है।

पविष्रम की हर बात में कोवै का जिक्र अवश्य रहता है। इसलिए जल्दी ही स्कूल में उसको एक प्यारा नाम लग गया 'कोवै पविष्रम'।

शुरू-शुरू में पविष्रम को कोई न कोई नटखटपन दिखा कर दूसरे बच्चों की हँसी उड़ाने में बड़ा शौक था। उनके लिए बिल्कुल अनजान बातें, अजनबी भाषा। जब साथी लोग असमंजस में पड़ जाते, रोने लगते तो पविष्रम सब को अपने अधीन करने वाली लड़कों की आवाज में परिहास करती थी। वह भी आसपास के सभी क्लासों में गूँजने लायक ऊँची आवाज में ही।

वैसे पविष्रम की हँसी जब स्कूल भर गूँजने लगी तो माँ के पास शिकायतें पहुँच गयीं। बेचारी माँ तो किसी कोने में अकेली बैठकर रोने के अलावा पविष्रम से कुछ कहती ही नहीं थी। उससे पविष्रम थोड़ा थम गयी। माँ का रोना वह सह नहीं पायी। फिर सहपाठियों में से कुछ को अपने साथ रखने की कोशिश शुरू की।

लेकिन लगभग सारी लड़कियाँ शुरू में उससे दोस्ती निभाने से हिचकती रहीं। अपनी साथी बनाने लायक सूरत नहीं थी उसकी। लगभग लड़का जैसा। उसके सटकर रहते समय अनावश्यक रूप से इधर-उधर छूते समय भीतर ही भीतर एक प्रकार की गुदगुदी। आँखों की तरफ घूरकर देखते समय भीतर एक छटपटाहट। ताक

पर बहाने से इधर-उधर छू लेना आता है उसको। उन होशियार लम्बी उँगलियों के रिस-रिस कर आना जल्दी पहचान में नहीं आयेगा।

पर कादम्बरी को ऐसा नहीं लगता। ये सब शहर में पली लड़की का नटखटपन होगा। इसीलिए पविष्नम की दोस्ती जल्दी ही कादम्बरी से निभ गयी। लुभाने वाली सुन्दरी। अपने तीन साल के बड़प्पन में वह कादम्बरी को हमेशा छोटी मानती थी। छोटी के रूप में ही पुचकारने और फटकारने की दिलचस्पी दिखाई।

तीन साल बड़ी होने पर भी एक ही क्लास में क्यों? एक बार जब कादम्बरी ने उसके बारे में पूछा तो पविष्नम को हँसी आ गयी। यही तो बड़ी बात है?

एक साल हार गयी, एक साल जीत नहीं हुई। फिर दाखिला लेने में एक साल की देरी। गाँव भर फैली आँख की बीमारी। सड़ी आँखों के ठीक हो पाने के लिए कितने छात्रों ने उस साल इन्तजार किया।

अच्छी तरह अंग्रेजी में बोलना आता था पविष्नम को इसलिए टीचरों को जरा डर था। वह भी बिल्कुल शुद्ध कोवै स्टाइल अंग्रेजी। व्याकरण तो बिल्कुल कठिन। अपनी अंग्रेजी में कोई कमी तो है, यह जानने के लिए टीचर्स बीच-बीच में पविष्नम के चेहरे की तरफ आँखें दौड़ाती थीं। वहाँ कोई हल्की मुस्कुराहट दिखाई दे तो वे बिल्कुल परेशान हो जाती थीं। क्या पविष्नम कोई दखलअन्दाजी करेगी? पर क्लास में कभी भी अपनी होशियारी दिखाकर पविष्नम टीचरों को परेशान नहीं करती थी। टीचरों को देने लायक सम्मान वह देती थी।

उन्हें अकेले में उनकी गलतियों को सुधार देना ही वह पसन्द करती थी। ये व्याकरणिक अशुद्धियाँ एक हद तक मैं समझ सकती हूँ टीचर, पविष्नम बहुत ही विनय के साथ कहती थी। इस छोटे गाँव के लिए इतना व्याकरण काफी है। फिर तो यह एक टेम्पिल टाउन है। सब कुछ सहने वाले हमारे पिल्लैयार हमारी ये छोटी-छोटी व्याकरणिक गलतियाँ भी बर्दाश्त किये बिना नहीं रहेंगे। फिर भी ये टूटी-फूटी अंग्रेजी मैं बर्दाश्त नहीं कर पाऊँगी। मतलब गलत स्थानों पर अर्थ समझे बिना यों ही शान के लिए लगा देने वाले कुछ शब्द...अंग्रेजों का विरोध उनकी भाषा को गड़बड़ करके नहीं करना चाहिए।

"यह अंग्रेजी तो दो तरह की है बेटा!" पविष्नम ने कादम्बरी को समझाया। बोलने और डराने की। दोनों का उचित प्रयोग करके ही अंग्रेजों ने हमारे देश का शासन किया था। बात करने की जगह बात, डराने की जगह डराना।

इस प्रकार बड़ी गम्भीरता के साथ ये सब कहते समय वह एक बुजुर्ग मामी सी लगती है। इसलिए फिर उसको 'पविष्नम मामी' नाम पड़ने पर उसने कोई नापसन्दगी नहीं दिखाई। ऐसा है तो ऐसा। इन नासमझों के लिए एक मामी की जरूरत होगी। जो भी हो वैसे उस पुराने नाम कोवै पविष्नम से वह एक तरह से बच गयी।

अंग्रेजी अच्छी तो थी पविष्नम की पर अन्य विषयों पर वह औसत छात्रा ही

थी। सब से कमजोर गणित एवं विज्ञान में थी।

पविष्रम ने कहा था कि अंग्रेजी की वजह से ही उसको इस मशहूर स्कूल में दाखिला मिला था। उसको अब भी याद है, अपने मशहूर कोवै मार्क्स देखकर विश्वास न होने के कारण कई बार हेडमिस्ट्रेस ने उसको कई तरह से देखा था। गणित के लिए शून्य, विज्ञान के लिए पाँच...इतने कम अंक मिलने वाले छात्र भी हैं इस दुनिया में? उसको छोड़ो, तुम्हें कैसे हिम्मत आयी इस स्कूल की सीढ़ियों को चढ़ने की। फिर ऐसी एक प्राणी को जन्म दी गयी माँ के प्रति हमदर्दी भी।

हेडमिस्ट्रेस का आश्चर्य तो यह था कि यह कैसे नौवीं कक्षा तक पहुँच गयी। ऐसे नमूनों को आठवीं तक लेने को भी मैं तैयार नहीं हो पाऊँगी। हर बार की तरह बच्ची बिना पिता की है कहकर जब माँ रोने लगी तो ऐसी कितनी माताओं का रोना देख चुकी हूँ जैसे भाव से टीचरम्मा ने मुख मोड़ लिया।

अम्मा का रोना देखकर पविष्रम का हठ बढ़ गया। उसने निर्णय लिया कि मैं इस स्कूल में ही पढ़ने जा रही हूँ। इन सिस्टरों को डराकर भी एडमिशन लेना जरूरी है।

तब उसके भीतर मार्क आन्तणी जाग उठा। इंटर स्कूल प्रतियोगिताओं में पहला स्थान तथा उससे अधिक प्रशंसाएँ दिलाये वही मार्क आन्तणी। माँ और बेटी को बाहर का रास्ता दिखाते हुए खड़ी उस टीचर की वह अमानवीय हरकत बिल्कुल पसन्द नहीं आयी। कितने मंचों पर अपने करामात दिखाये मार्क आन्तणी को लेकर।

फिर क्या था, उसका तांडव था। धीरे से शुरू किया, क्लाइमेक्स तक पहुँचते ही हेडमिस्ट्रेस अपनी कुर्सी पर गिर चुकी थी। ताली बजाने का मोह उसने कैसे दबाकर रखा? लोगों के सामने मदर सुपीरियरों का ताली बजाना ठीक नहीं है। लेकिन वह कोलाहल सुनकर दरवाजे पर इकट्ठी हुई सिस्टर्स और टीचरों ने जोर से तालियाँ बजायीं। प्रतियोगिताओं के लिए तैयार किया गया साढ़े तेरह मिनट का मार्क आन्तणी। इससे भी ज्यादा उग्र विष वाली टीचर्स भी इसमें फँस गयी थीं। फिर हैं ये बेचारी मदर! वैसे नौवीं कक्षा में हारी हुई लड़की किसी न किसी प्रकार फिर से नौवीं कक्षा में ही पहुँच गयी।

जब पविष्रम ने हेडमिस्ट्रेस से वादा किया कि कुछ भी हो इस साल वह नौवीं से जरूर उभर आयेगी तो माँ यह सोचकर सकपका गयी कि वह कैसे हो पायेगा। बेटी तो बिना किसी संकोच के अम्मा का हाथ पकड़कर बाहर की तरफ चली गयी।

परीक्षा आने दे, तब दिखा देगी पविष्रम की होशियारी। बरामदे में आकर बेटी ने अम्मा की तरफ देखकर आँख मारी।

कुछ भी हो, मार्क आन्तणी में फँसकर बुरी हालत में पहुँची मदर सुपीरियर ने बाद में गणित के अध्यापक सेलवन मास्टर को, विज्ञान की अध्यापिका सेलवी टीचर को अकेले बुलाकर कहा कि इस लड़की पर हमेशा ध्यान रखना। क्योंकि पब्लिक

परीक्षा में इसकी रक्षा के लिए कोई मार्क आन्तणी नहीं होगा।

आपस में कोई रिश्ता तो नहीं था सेलवन मास्टर और सेलवी टीचर के बीच में। लेकिन देखने में साम्य है। फिर भी पहचानने में कोई दिक्कत तो नहीं थी। फुल स्लीव सफेद कमीज और पतलून पहना सेलवन मास्टर। हलके रंग की कोट्टन साड़ी पहनी है सेलवी टीचर। सेलवन मास्टर के गंजेपन के बढ़ने के साथ ही सेलवी टीचर का बाल भी बढ़ता रहा।

गणित पढ़ाने वाले सेलवन मास्टर को गणित से डरने वाली पविष़म शुरू से ही पसन्द आयी। जो छोटी उम्र में गणित में कमजोर थे उनसे बाद में बड़े-बड़े आविष्कार हुए हैं। इसलिए वह बीच-बीच में उसकी तरफ जरा सन्देह के साथ देखता था। उससे बढ़कर सेलवन मास्टर को अंग्रेजी से जरा डर था, मार्क आन्तणी से उससे भी ज्यादा।

हमेशा उसको डाँटने पर भी कभी-कभी मास्टर को पविष़म से बड़ा स्नेह होता था। तब उसको लाडली पविष़क्कोड़ी सब पुकारते थे। बचपन में उसके बड़े पसन्द की फिलिम थी पविष़क्कोड़ी।

जल्दी नाराज होने वाले सेलवन मास्टर को और उकसाने में बहुत होशियार थी पविष़म। गणित के कुछ कठिन प्रश्नों को लेकर कभी-कभी उनको तंग करती रहती थी पविष़म। नहीं तो अंग्रेजी का कोई कठिन शब्द उनके सामने रख देती थी। फिर कुछ समय के लिए उसको लेकर सर का सिर मरोड़ना देखने लायक है।

आखिर और कोई चारा न होने पर उन्होंने उसके सिर पर सहलाते बहुत ही दुलार के साथ कहा।

अम्मा ताए, पविष़क्कोड़ी, आयिरम तलैवान्की अपूर्व चिन्तामणि उयिरे वान्किडाते। पोष़य्करुतुक् अन्त इंग्लिषे विट्टु कणक्के पार। अतुक्कू ब्रेईन वेणम। ओन तलयित नल्ल ब्रिटीश क्ले ताने। अतुम् सूपर एक्स्पोर्ट क्वालिटी।

यह सुनकर पविष़म जोर-जोर से हँस पड़ी। ऐसा कुछ सेलवन मास्टर के मुँह से सुनने के लिए ही उसने इतना प्रयत्न किया था। अपने सिर में सुपर एक्सपोर्ट क्वालिटी ब्रिटिश क्ले है। इसलिए अंग्रेजी के प्रति इतना लगाव है। बहुत अच्छा, सुपर कमेंट।

ठीक उलटी है सेलवी टीचर। बादाम के रंग की, लम्बे बालों वाली, बड़ी-बड़ी आँखों वाली सेलवी टीचर। पूरा विज्ञान अच्छी तरह पढ़ाती जाती है तो पविष़म को छोड़कर और सबको अच्छी तरह समझ में आता था। सेलवी टीचर से प्रश्न करने की हिम्मत नहीं है पविष़म को। उल्टा प्रश्न करके लज्जित कर देगी। फिर अंग्रेजी में भी काफी काबिलियत थी।

सारा दुःख मुम्बई वाले बड़े भाई को था।

पता नहीं इसने कैसे मेरी अच्छी माँ की कोख में आकर जन्म लिया।

अम्मा-अप्पा अच्छी तरह पढ़े-लिखे। मैं तो एम.एससी. फर्स्ट क्लास। मुम्बई के

माया सेंटर में अच्छे पद पर। यह क्यों ऐसी हो गयी? यहाँ तक पहुँची ही किसी के पुण्य पर।

तब पविष्रम नाराज हो जाती।

किसी का पुण्य नहीं है। सिर्फ सिम्पल नकल। मैं तो गणित में कमजोर हूँ पर याद रखो गणित के जानकार बहुत सारे छात्र मेरे स्कूल में हैं। वह भी बहुत अच्छे होशियार लड़के। वे ही सचमुच मेरे गुरु हैं।

गणित और विज्ञान के बिना आज के जमाने में यह कैसे बच जायेगी। गणित में अव्वल बड़े भाई की परेशानी को देखकर पविष्रम को हँसी आ गयी। मुझे गणित नहीं चाहिए तो? मुझे गणित से घृणा है तो?

"ऐसा कुछ मत कहो बेटा!" बड़े भाई ने बहुत ही वात्सल्य के साथ कहा। यह जगत ही स्रष्टा के कुछ गणित पर बना है। उसका यों रहना ही प्रकृति के बहुत सारे गणितों पर है। उस गणित को जब मनुष्य बिगाड़ देता है तब कोई न कोई आपदाएँ उत्पन्न होती हैं।

पर अरे भाई गणित दो प्रकार के हैं, वह कहने लगी। सेलवन मास्टर के गणित और जैसे भाई ने कहा प्रकृति के गणित। सेलवन मास्टर के गणित प्रकृति से कभी न जुड़ने वाले हैं।

बड़े भाई के खिलाफ बोलने की हिचक के कारण प्रायः वह मुस्कुराती ही रहती थी।

पविष्रम की दुनिया हमेशा बड़े भाई से घेर कर थी। बड़े भाई ही उसके लिए ईश्वर और गुरु सब कुछ थे। पिता की मृत्यु के बाद जब माँ अपने सीमित दायरे में सिमट गयी तब उस परिवार का सारा बोझ बड़े भाई ने ही अपने ऊपर ले लिया था। कॉलेज में पढ़ते समय भी कई घरों में ट्यूशन लेने जाते थे। उसके बाद रात में किन्हीं दुकानों में खाता ठीक करने जाते थे। फिर देर रात को ही उन्हें अपनी पुस्तकें देखने का अवसर मिलता था।

बड़े भाई माँ के जैसा है, लाल-लाल तना हुआ गोलाकार चेहरा, विशाल भाल, घनी भौंहें सब हैं। मैं तो बिल्कुल अप्पा जैसा। अम्मा कहती थी, दीवार पर अप्पा का जो चित्र लटका हुआ है उसके पीछे बाल रख देने से वह बिल्कुल 'मैं' बन जायेगा।

सात-आठ साल का अन्तर होने के कारण बचपन से ही पविष्रम का सारा कार्य बड़ा भाई ही सँभालता था। सुबह बिस्तर से ही उठा ले जाकर दाँतून कराना, नहलाना, खाना खिलाना सब कुछ वही करता था। बड़े होने तक उसके साथ ही सोती थी।

पविष्रम के खुरदरे गले में कोमलता बड़े भाई के बारे में कहते समय ही है। भैया जैसी लम्बी पुकार जब घरों के दीवारों को भेदकर दूर पहुँचती है तब ही आस पड़ोस के लोग जान लेते कि मुम्बई वाला लड़का छुट्टियों पर घर आया हुआ है। बड़ा प्रेम होते समय वह पुकार 'बालू भैया' या 'बालू' बन जायेगी। नाराज होते

समय भैया बाल सुब्रह्मण्य जैसा जरा विस्तार से पुकारती है।

कुछ लोगों के लिए ईश्वर माता-पिता के रूप में है, और कुछ को गुरुजन या गुरु समान लोग...मेरे लिए वह भैया के रूप में। बड़े गर्व के साथ ही पविष़्म वैसा कहती है।

इसलिए मुझे मन्दिरों से कोई मतलब नहीं। मेरा भैया ही ईश्वर है।

उसने कहा कि नौकरी के लिए जब भैया मुम्बई गया तब भी वह पहली बार फूट-फूटकर रोयी थी। सड़क के किनारे खून बहाकर मरे अप्पा को म्युनिसिपैलिटी के झाड़ू लगाने वाले कचरे की गाड़ी में जब ले आये तब भी वह वैसी रोयी नहीं थी। अचानक अनाथ बनी जैसी। भैया के बिना रहने के बारे में कभी सोचा तक नहीं था।

अचानक मेरे रोने ने भैया को बेचैन कर दिया होगा। उस दिन अपने को बाँहों में लेकर सिर पर सहलाते हुए उसने जो कुछ कहा वह पविष़्म को अब भी याद है।

तुम लड़की हो, बेटी। लड़की को अपने जीवन में बहुत सारी पीड़ाओं को भोगना है। इसलिए अपना यह रोना सँभालकर रख। जब कभी ससुराल की तरफ जाना पड़ेगा तब इससे भी बड़ा रोना रोना पड़ेगा तुझे। वह भी निरर्थक रोना। दो दिन के बाद तुम दोनों एक बन जायेंगे और हम सब बाहर।

भाई वैसा कहकर ऊँची आवाज में हँस पड़ा, पर पविष़्म रोना बन्द नहीं कर पायी। ससुराल को लेकर तब से मन में नफरत हो चुकी थी। पविष़्म की यह बात सुनकर कादम्बरी को हँसी आ गयी।

पविष़्म जल्दी ही बात बदलने लगी। भाई के बारे में कहते समय अनजाने ही उसकी आँखें भर आती थीं।

पाप्पनाइकपालयम महिला विद्यालय के सब से पीछे के बेंच में गणितों के उलझनों में फँसकर, अपने सिर पर भी किसी आप्पिल के गिरने के इन्तजार में बैठते समय, काट-काटकर थूके गये नाखूनों के टुकड़ों के बीच में बैठकर सभी जान-पहचान के गोरों को शाप दिया है मैंने। पविष़्म के चेहरे पर फिर से वह पहले वाली चमक आ गयी।

मतलब? कादम्बरी ने जरा डर के साथ पूछा।

मतलब कि ऐसक न्यूटन के पहले और बाद में जन्मे सभी बुद्धिजीवियों को।

क्या कभी आप्पिल गिरा?

कैसे गिरना है मेरी बच्ची, वह भी ऐसी टूटी-फूटी महिला पाठशालाओं में! फिर मिश्र पाठशाला में आ गयी तो सिर पर आप्पिल नहीं कटहल के गिरने पर भी कुछ भी नहीं लगा।

जब पविष़्म ऊँची आवाज में हँसी तो पूरा क्लास उसकी ओर मुड़ गयी। उस की परवाह किये बिना आवाज जरा कम करके पविष़्म ने जारी की।

इस गणित के समान चारों तरफ बन्दा कोई दूसरा विषय नहीं है। निश्चित सीमाओं के भीतर घूमने वाली कुछ संख्याएँ। उसकी चाल सुनिश्चित रेखाओं से होने के कारण एक प्रश्न के लिए एक ही उत्तर है। दूसरे किसी उत्तर की सम्भावना न होने के कारण गणित का कोई भविष्य नहीं। हमारे लिए अनजाने कहीं फँसे हुए दूसरे एक जवाब की तलाश है शिक्षा।

कुछ भी समझे बिना कादम्बरी आँखें फाड़कर बैठी रही। बहुत सारी बड़ी-बड़ी बातें आती हैं इस पविष्रम को। उसके सामने मैं फिर से छोटी बच्ची बनती जा रही हूँ। एक 'शिन्नपाप्पा' (नन्ही-सी बच्ची)।

पविष्रम कहती रही।

इन महाग्रन्थों के बारे में जरा सोच लो। उनके कितने पाठ। कितनी व्याख्याएँ, शोध। उसके लिए बुद्धि एवं सिद्धि की जरूरत है न कि सेलवन मास्टर के मुसीबत में डालने वाले गणितों के उत्तर ढूँढ़ने में।

कादम्बरी को लगा कि पविष्रम की बातों में कुछ है।

लेकिन उसको कैसे दसवाँ पार कर लेगा, इसकी बेचैनी थी पविष्रम की माँ को। वह कभी-कभी कादम्बरी से उसकी मदद करने की विनती करती थी। वह सुनकर पविष्रम को हँसी आती थी। यह प्यारी तो मुझे यही कर सकती थी कि परीक्षा के समय उसके जवाब के पर्चे सावधानी से मेरी तरफ सरका देना। लेकिन वह करामात नहीं चलेगी सरकारी परीक्षा में। बैठना अक्षरों के क्रम में होने के कारण हमारे बीच में होंगे कम से कम चार-पाँच मोटियाँ। कभी-कभी मेज भी अलग हो सकती है।

कुछ भी हो मैं उसको अपने जवाब के पर्चे कभी दिखा नहीं दूँगी, कादम्बरी ने ठान लिया। वे सब गलत हैं। महा पाप हैं।

मन्दिर के पास वाले साइबर कैफे के बारे में एक बार पविष्रम ने कहा था, तब कादम्बरी को कुछ भी समझ में नहीं आया था। पिल्लैयार मार्ग के अन्त में पिल्लैय्यर की आँखों के सामने की दुकान। मन्दिर की तरफ वाली सड़क पर नया-नया बना वह कैफे कादम्बरी ने भी देखा है। पहले तो सोचा कि वह कॉफी की दुकान होगी। पर चमकते बोर्ड, लाइट तथा अपनी बारी की प्रतीक्षा में खड़े युवाओं को देखकर लगा कि वह और कुछ होगा।

वह तो साइबर कैफे। हमारे चाट कैफे। पविष्रम ने कहा।

बड़े भाई ने उसे कम्प्यूटर खरीद दिया था और उसको चलाना सिखाया था।

यह कप्यूटर एक अजब चीज है, बेटा! पविष्रम ने कहा। हमारा दुगुना जीवन है। कितनी शक्ति।

उसके लिए अनजान कोई विद्या नहीं। लेकिन मन की बात समझना ही मुश्किल है। उसके भीतर कहीं छिपाकर रखा कोई जादू का पत्थर है। एक युग की स्मरण शक्ति है उस पत्थर को। एक युग का पूरा कार्य याद करने में क्षण भर की भी

जरूरत नहीं।

मदन कामराज, जगतल प्रताप जैसी कथाएँ सुनाने की चाव से पविष़म कम्प्यूटर के बारे में बता रही है।

लेकिन एक बात को लेकर कोई समझौता नहीं है कम्प्यूटर को। धीमी आवाज में एक महारहस्य सुनाने के ढंग से पविष़म ने वह कहा।

साफ-सुथरे हुए बिना उसके पास जाना नहीं चाहिए। अगर जाये तो वह मशीन मुँह फुलाकर यों ही बैठी रहेगी। वही है समझदार यन्त्र की निष्ठा। फिर यह साफ-सुथरापन तो तन-मन का एक जैसा होना जरूरी है। उसमें जरा-सा फिसलन हुआ तो तुरन्त पकड़ लेगा उसके भीतर का जादू का पत्थर...।

फिर...? कादम्बरी ने साँस सँभालकर पूछा।

वो सब सँभालने की शक्ति है उसके पास। कम्प्यूटर के भीतर से एक हाथ का बढ़-बढ़कर आना हम देख नहीं पाते। उतनी तेजी से है उसका आना। आखिर मुट्ठी बाँधकर का मुक्का चेहरे पर पड़ते ही समझ सकते हैं।

आह! माँ! कादम्बरी ने लम्बी साँस ली।

कुछ न कहना ही अच्छा है बेटा, हम लड़कियाँ जब अशुद्ध बनकर बैठते समय भी दूरी रखनी चाहिए ऐसा उसका नियम है। मुक्का पड़ने के बाद कहने से क्या फायदा।

कुछ भी हो, पविष़म की सबसे बड़ी तसल्ली यह थी कि इसको चलाने के लिए सेलवन मास्टर के गणित की जरूरत नहीं थी। यह भी नहीं, इससे मैं एक हद तक सेलवन मास्टर को भी हरा सकी हूँ। सेलवन मास्टर से होकर ताँबे की दाढ़ी वाले गोरों की एक बड़ी सेना को भी।

वैसे अपने जानी दुश्मन गणित को परास्त करने के एक यन्त्र के रूप में ही उसको कम्प्यूटर के साथ बड़ा लगाव हुआ था.....

एक बार जब बड़ा भाई छुट्टियों पर आया तो वह ही उसको इंटरनेट की जादुई दुनिया की ओर ले गया था। इससे कुछ दिनों तक पविष़म को सहेलियों के बीच अपने को चमकने का एक विषय मिला।

वाह...वह तो सचमुच एक माया बाजार ही है। माणिक्य का पत्थर निगल लिए उस यन्त्र के सामने कुछ देर तक आँखें बन्द करके प्रार्थना में मग्न होने के बाद जादू का चाबी लगाकर खोलते समय हमारे ठीक सामने पहचान की तथा अनपहचान की बातों का एक समन्दर। उसको तैरकर पार करना ही मुश्किल है। हाथ-पैर थक जायेंगे। आँख-कान बन्द हो जायेंगे।

थक जाने तक कहने पर भी पविष़म की बातें खतम नहीं होतीं तो कादम्बरी उसकी पहले की जैसी विनम्र शिष्या बन जाती है।

उस सेलवन मास्टर के गणित की पुस्तकों की भी पहुँच के परे का आदि अन्तहीन

एक ब्रह्मांड। अंडकड़ाह। तांडव नृत्य देख सकते हैं, ढोल बजते सुन सकते हैं।

कादम्बरी तो ये सब सुनकर अचम्भित होकर खड़ी है।

जिस दिन उसको अपना एक ई-मेल पता मिला उस दिन अपने सिर के चारों ओर एक अलग चमक लेकर ही पविष्म अपने दोस्तों के बीच आयी थी। पविष्म 18 याहू डॉट कॉम। अभी तो दोस्तों को पत्र लिखकर भेजने की दिक्कत तो नहीं रहेगी। कम्प्यूटर से ई-मेल खत भेज सकती हूँ। खत कम्प्यूटर में टाइप करके बुजुर्गों एवं गुरुजनों की वन्दना करके एक सफेद की दबाने पर फू...की आवाज में फुफकारते हुए खत खिड़कियों से होकर आकाश की तरफ उड़ जाते हैं। रॉकेट के समान नीचे थोड़ा-सा हलका सफेद धुआँ होगा। स्वच्छ आकाश हो तो आँगन में खड़े होकर ध्यान से देखें तो उसका जाना देख सकते हैं।

बेटा क्या तुम्हें भी चाहिए एक ई-मेल अड्रेस। कादम्बरी का चिबुक पकड़ते हुए उसकी आँखों में उतरकर देखते हुए पविष्म ने पूछा। अपने माँ-बाप को भी अनजान आकाश के उपग्रहों की कृपा से मिलने वाला एक दुलारा नाम। जरा डर के साथ सिर हिलाकर ना करते हुए कादम्बरी खड़ी रही। मुझे ग्रहों द्वारा दिया जाने वाला नाम नहीं चाहिए तो। अप्पा-अम्मा ने प्यार से जो नाम दिया वही काफी है। वह भी करुमारियम्मन की कृपा से प्राप्त नाम। उसके परे कोई मोह नहीं है।

पविष्म के प्रति आराधना तो है फिर भी एक गड़बड़ी है। उसके कहने में कितना सच है, कितना झूठ है यह समझने की दिक्कत है कादम्बरी को। क्लासों के बीच के समय में उसके चारों ओर हमेशा बच्चों की भीड़ होती है। हर दिन उसके पास कहने को कोई विषय अवश्य होता है। पुराण की कथाओं, इतिहास पुरुषों की वीरताओं से लेकर सयनस् फिक्शन, कम्प्यूटर तमाशा तक। किसी फिल्मी कहानी सुनाने के लय में जब वह कहती है तब बच्चे उसके चारों तरफ मुँह फाड़े बैठे हुए दिखाई देते हैं।

अगला क्लास लेने के लिए आने वाले टीचर यह देखकर उनकी हँसी उड़ाते थे। पविष्म मामी का हरिकथा कथन हो गया है कि नहीं, अभी मैं क्लास शुरू करूँ?

श्रोतागण अनमने से ही सही अपनी-अपनी जगह की ओर चले जाते हैं। कथा का शेष भाग सुनना हो तो इसी प्रकार का और एक अवसर मिलना होगा।

कुछ भी हो अपने चारों तरफ आराधिकाओं के बढ़ने के साथ 'पविष्म मामी' नाम जम गया। जरा ऊँचा स्थान तो है फिर भी सब के सब का वैसा पुकारना उसको अच्छा नहीं लगता था। वह तो सब से निकट के लोगों के लिए तो है।

तुम चाहें तो वैसा बुला लो। एक दिन पविष्म ने कादम्बरी से कहा।

न न, मैं तुम्हे पविष्म ही पुकारूँगी। वही सुनने को अच्छा है। कादम्बरी ने कहा।

एक दिन उसे साइबर कैफे ले जाने का उसने वादा किया तो कादम्बरी ने कोई

दिलचस्पी नहीं दिखाई। कुछ भी हो करुमारियम्मन कोविल के उत्सव के मैदान में जादुई नाले से जो दृश्य देखा उससे बड़ा तो नहीं होगा।

तूम बिल्कुल नन्ही बच्ची हो! पविष्म ने अपना हाथ सिर पर रखा। उत्सव के मैदान के जादुई नाला कहाँ, उपग्रहों से नियन्त्रित साइबर स्पेस जैसा मायालोक कहाँ?

वहाँ तुम्हें सपने में भी देख न पा सकने वाले कितने रसीले दृश्य, पविष्म ने कानों में कहा। स्त्री-पुरुष के नग्न चित्र देख सकती है। कुछ न कुछ देखते समय हमें भी कुछ लगेगा।

उसके बीच में चलने वाले चित्र भी हैं, कादम्बरी, पविष्म ने आँख मारते हुए उसके गालों पर सहलाते हुए एक झूठी हँसी के साथ ही कहा था।

नासमझी की तरह कादम्बरी देखती रही। मतलब स्त्री-पुरुष के बीच का डिंग...डिंग...ही है...पविष्म अपनी हँसी रोक नहीं पायी।

छोड़ो, वैसा कुछ नहीं...

कादम्बरी को उस पर भरोसा नहीं हुआ।

है, बेटा। मैंने ये सब देखा है। लेकिन, बड़ी सावधानी के साथ, पास वाली केबिन के लोगों से बचकर देखना है। फिर उस दुकानदार की पत्नी, लेडी पुलिस की जैसी मोटी, हम जैसी लड़कियों के पीछे से हटती ही नहीं। सच कह रही हूँ मेरी कादम्बरी, लेडी पुलिस तो है फिर भी उसके गोरे सुन्दर पेट को देखने पर वहाँ चूम लेने की इच्छा होती है।

ये सब झूठ ही हैं। इसमें कोई सन्देह नहीं था कादम्बरी को। हे...मुरुका, इस पविष्म की बातों में कितना सच है कुछ समझ में नहीं आता।

पविष्म तो तब भी बड़े जोश में थी। अपने सामने के अदृश्य कम्प्यूटर के मोनिटर में उन प्रतिबन्धित चित्रों को देखा-सा उसने कहा।

यह तो सचमुच अन्याय है न कादम्बरी? हमारे साथ ही इन टोपी हीन महिला पुलिस का झाँक कर देखना। पुरुषों को कुछ भी हो सकता है। जो पुरुष देखते हैं वह हमें देखने में क्या दोष है? स्त्री और पुरुष के मिलने से ही काम चलेगा।

वो सब कादम्बरी को मालूम नहीं। लेकिन यह तो बिल्कुल पक्का है कि अब की उसने जो कुछ कहा उसमें से आधे से अधिक बकवास है।

यह सुनकर पविष्म का हठ बढ़ गया। उसके कन्धे पर हाथ डालकर उसको अपनी ओर सटा कर उसके चिबुक पर नोचते हुए उसने कहा :

एक दिन तुम्हें वहाँ ले जाऊँगी। जो अभी तक नहीं देखा, दिखा दूँगी। लेकिन बदले में मुझे क्या दोगी?

कादम्बरी को पता नहीं था कि क्या कहना है तब पविष्म ने उसके होठों पर अपनी उँगली चलाकर एक झूठी हँसी हँस ली।

मैं माँग लूँगी, एक दिन। पविष्ठम ने आँखें मारीं।

कादम्बरी डर गयी। साइबर कैफे के बारे में इसने जो कहा वो सब ठीक है तो वे सब बुरी आदतें हैं। पिल्लैयार पथ पर पिल्लैयार की आँखों के सामने हैं ये सब। न न ये सब...

साइबर कैफे में पविष्ठम को अकेले भेजना माँ को बिल्कुल पसन्द नहीं था। पर मुम्बई वाला बड़ा भाई के कहने पर उसने मना नहीं किया। वह सब कुछ जानने वाला है न?

पविष्ठम ने जब एक दिन कहा कि—

मुझे अमेरिका में बेन नामक एक गोरा मित्र है तो सचमुच कादम्बरी अचम्भे में पड़ गयी। यह कैसा झूठ बोल रही है।

उसकी ओर ध्यान दिये बिना पविष्ठम बोलती रही :

छह फीट का कद। सोने के रंग का बाल, नीली आँखें और लाल होंठ। सिंड्रेला कथा के राजकुमार के समान सुन्दर।

वह तुमने कैसे जान लिया?

कादम्बरी ने आश्चर्य के साथ पूछा।

उसने कहा।

कैसे?

हम तो नेट में चैट कर रहे हैं न? आपस में देख नहीं पाते।

इसको कुछ भी मालूम नहीं, पविष्ठम ने हँसी उठायी।

उसने जब कम्प्यूटर चैटिंग के बारे में बता दिया तो कुछ भी समझ में न आने पर भी कादम्बरी ने 'हाँ' कर दिया।

फिर भी वह जो कह रही है उस पर पूरा विश्वास कैसे करूँगी? समुन्दर के उस पार वाले सब राक्षस वर्ग के हैं न? काले राक्षस और गोरे राक्षस। कादम्बरी ने दाँतों से उँगली काट ली।

उसको अनसुना करके पविष्ठम ने जारी की :

सुन्दर ढंग से बात करने वाला सुन्दर है, यही उक्ति है। फिर उसकी बातों में भी एक अलग सौन्दर्य है। कभी वह कुछ न कुछ अनावश्यक बातें करके हमें लज्जित कर देगा।

तब कादम्बरी ने पूछा, वह तुम्हारे बारे में कुछ पूछता नहीं?

क्यों नहीं, अच्छा हुआ। बड़ी दिलचस्पी है सब कुछ जानने के लिए, न कहने लायक सहित। वैसे मैंने भी अपने बारे में एक-एक करके बता दिया, कुछ विस्तार के साथ ही। गोरी, पतली, ऊँची कद वाली, काले घुँघराले बाल। चमकती आँखें, सुन्दर दाँत और हँसी...सब कुछ यथायोग्य ठीक-ठीक स्थान पर। तब उसको कुछ नाप-तौल जानना है। बन्दर कहीं का। मुझे तो गुस्सा आया फिर ऐसे सुन्दरों को

बचकाना भी कुछ रसीली बात तो है।

ऊँची आवाज में हँस रही है पविष्रम।

'आण्डवा'...कादम्बरी ने सिर पर हाथ रखा। हमारी पविष्रम मामी ही ये सब कह रही है। जरा काले रंग की है वह। दुबला सूखा शरीर। चिपटे हुए गाल। सामने के दाँतों में से एक तो जरा ऊपर की तरफ उभरा हुआ।

ऐसा झूठ बोलना ठीक है पविष्रम? कादम्बरी के चेहरे पर नफरत दिखाई दी।

देखो बेटा, पविष्रम ने फिर से उसके गालों पर प्यार से सहलाया। यह साइबर स्पेस है न वे सब बड़ा धोखा है। क्या सच है, क्या झूठ ये सब किसी को मालूम नहीं? सब कुछ एक विश्वास मात्र है...उस तरफ वह बेन जो कह रहा है वे सब ठीक हैं या गलत किसको मालूम है? इसलिए यह साइबर चैट है न वह भी एक तमाशा है।

फिर उसने यह रहस्य भी बता दिया। ऐसे साइबर चैट में भाग लेने वाले अपना असली नाम कभी बता नहीं देते। मैंने अपना नाम मागी कहा तो उसका असली नाम क्या होगा, कौन जानता है? डेक्कान पीठभूमि के एक छोटे-से गाँव की इक्कीस वर्षीय मागी नामक स्त्री। ऐसा कहकर रखा है! गाँव के चारों ओर के विशाल खेतों में बड़े-बड़े सूत के पेड़ हैं। जब सूत के फल फूटने लगते हैं तो हमारे आकाश भर विभिन्न सपनों को बिखेरते हुए उड़ने वाले सूत के टुकड़े हैं।

सब कुछ झूठ है, आण्डवा! कादम्बरी ने कानों को बन्द कर दिया उसने जोर लगाकर कहा कि कुछ भी हो उसके साथ साइबर कैफे की ओर कभी जायेगी नहीं। पविष्रम को अच्छा नहीं लगा।

देखो कादम्बरी, लड़की हो तो जरा बोल्ड होना जरूरी है। इस बुरे समय में लड़का लड़की का भेदभाव कुछ नहीं होगा। देखो, एक दिन मैं इन बालों को काट कर बॉय कट करके ज़ींस-टॉप पहन के इस गली से होकर चलूँगी।

अरे बाप रे...अविश्वास के साथ कादम्बरी ने सिर पर हाथ रखा।

वही थी पविष्रम। अगर वह कुछ जोर लगाकर कही तो किसी न किसी दिन कर भी डालती, कादम्बरी को पता है। बेचारी माँ ये सब सह नहीं पाती फिर भी इन सब के पीछे की ताकत मुम्बई वाला बड़ा भाई है।

एक दिन बेन का चित्र है—कहकर उसने एक कम्प्यूटर चित्र कादम्बरी को दिखाया। उतना स्पष्ट तो नहीं था फिर भी जैसे उसने कहा खूबसूरत ही है। सोने का बाल और नीली आँखों वाला राजकुमार। ई-मेल से आया चित्र है। ई-मेल से चित्र कैसे आता है इसकी जानकारी तो नहीं है फिर भी कादम्बरी ने पूछा :

तो तेरा चित्र उसने माँगा नहीं?

फिर क्या? इसके लिए ही उसने पहले ही अपना चित्र भेज दिया था। फिर तो भारत उसका सबसे बड़ा वीकनेस तो है। हमारी संस्कृति, हमारे आचार-विचार।

फिर काले घुँघराले बाल वाली काली आँखों वाली हमारी लड़कियाँ।

तो तुम्हारा चित्र...? कादम्बरी ने प्रश्न भरी आँखों से देखा।

इसके लिए क्या मुसीबत? मैं तेरा चित्र भेज दूँगी। नहीं तो किसी फिल्मी स्टार का...पविषम ने कादम्बरी के गालों पर गहरे में चूम किया।

अचानक होने के कारण कादम्बरी सिकुड़ गयी। जरा हटकर ऊँची आवाज में उसने कहा :

उसके लिए मैं अपना चित्र तो नहीं दूँगी तो?

देने की क्या जरूरत है। मेरे पास हैं न तीन। बड़ा भाई जब पिछली बार छुट्टियों पर आया था तब हम दोनों के एकसाथ का चित्र खींच लिया था न? उसमें से लूँगी तेरा अकेला एक चित्र।

न न...कादम्बरी डर के मारे खड़ी हो गयी। ऐसा कुछ करे तो मैं सब कुछ तुम्हारी माँ को बता दूँगी।

तुम क्या कहने जा रही हो...?

उस कैफे की सारी बातें...।

उतना ही है, बता दो, बता दो, जी भर बता दो। अम्मा वो सब विश्वास नहीं करेगी।

तब से कादम्बरी पविषम से डरने लगी। उसके मन में शैतान बसा हुआ है। अब क्या-क्या कर डालेगी, कौन जानता है।

दो-तीन दिन तक उससे बचकर चलती रही फिर खुद पविषम ने आकर सब कुछ कबूल कर दिया।

तुम्हारी फोटो भेजूँगी नहीं, बेटा। पविषम ने वादा किया। नेट से उस फिल्म स्टार श्रीदेवी का फोटो भेज दूँगी।

तुमसे मिले बिना एक दिन भी मैं रह नहीं पाऊँगी। पविषम ने बहुत ही आवेश के साथ उसको गले लगा लिया तो कादम्बरी जल्दी ही हट गयी।

छह

बारहवीं कक्षा की पढ़ाई जब जोरों पर चल रही थी तब एक सन्ध्या के समय इतिहास के अध्यापक वेदनायकम कादम्बरी से मिलने आये।

वाह.....

कादम्बरी को विश्वास नहीं आया। वह भीतर जाकर माँ को बुला लायी।

ये हमारे इतिहास के मास्टर हैं, वेदनायकम सर। बड़े ज्ञानी हैं। आस-पड़ोस के लोगों को सुनाने के लिए ऊँची आवाज में वह बोली। पिछले हफ्ते जब सेलवन मास्टर और सेल्वी टीचर आये तब भी वह इसी आवाज में बोली थी।

वेदनायकम नाम सुनकर गोमती शुरू में जरा सकपका गयी कि उनको बरामदे में ही बिठाना है या अन्दर।

तब तक वेदनायकम भीतर आकर सेट्टी पर बैठ चुके थे।

थोड़े संकोच के साथ ही गोमती उसके सामने आयी थी।

खूबसूरत वेदनायकम ने जब खड़े होकर नमस्कार किया तो गोमती का दिल भर गया। अच्छा कद। गाल पर बिखरे पड़े घुँघराले बाल। पुराने कल्याण परिश के कातलमन्नन्[1] (प्रेमी) जेमिनी जैसा। कल्याण परिश कितनी बार देखा और कितना रोयी। उस बेचारी सरोजादेवी के लिए। प्रेमी हमेशा प्रेमी ही है। कुछ लोग जेमिनी के रूप में और कुछ अन्य रूप-भाव में। उनमें से एक होगा यह वेदनायकम भी।

कादम्बरी तीन दिनों से स्कूल नहीं आयी है। उसके बारे में जानने के लिए आये थे मास्टर।

वेदनायकम के चेहरे की घबराहट देखकर कादम्बरी को हँसी आयी। बुखार है सर। कादम्बरी ने हँसते हुए कहा।

डॉक्टर से मिली? कौन-कौन-सी दवाएँ ले रही है? पूरा जानना है वेदनायकम को।

बुखार से सूखे उसके चेहरे की तरफ देखते-देखते उसका दुःख बढ़ रहा था। इसको सिम्पल मत समझो। वेदनायकम ने कहा। ऐसा बुखार डेंजरस होता है। गाँव

---

1. एक मशहूर तमिल फिल्म।

भर में ऐसा ही बुखार है। अपना ध्यान रखना।

चिन्ता की बात नहीं है सर, आजकल में सब ठीक हो जायेगा। कादम्बरी ने उसको शान्त करने की कोशिश की।

इतिहास पढ़ाने वाले सर ऐसे बुखार से पीड़ित सभी छात्रों के घर इस प्रकार जानकारी लेने जा सकते हैं? कादम्बरी को आश्चर्य हुआ।

कुछ भी हो गोमती को अच्छा लगा। उस सेलवन मास्टर और सेल्वी टीचर के जैसे नहीं। चमकता चेहरा, समझदार। फिर बड़ा स्वागत सत्कार हुआ। सुखियन[1], उड़द का वड़ा, वेंकायम् उत्तप्पम। बहुत बढ़िया फिल्टर कॉफी।

खाने के बाद हाथ धोते समय वेदनायकम ने कहा :

हाय, बिल्कुल फुल हो गया। तुम्हारी माँ बहुत ही अच्छी होस्ट्स है। इतना कुछ खा नहीं सकता।

ये सब गेस्ट के लिए है सर। हमारे लिए रोज इडली ही है। सोमवार से लेकर इतवार तक। वह भी बड़े स्टोण जैसी इडली। कोई स्वीट्स मिलना हो तो दीवाली आनी चाहिए।

फिर आवाज थोड़ी धीमी करके एक बड़ा रहस्य जैसा उसने कहा। पिछले हफ्ते जब सेलवन मास्टर और सेलवी टीचर आये तब अम्मा ने ये सब नहीं दिये। सिर्फ फिल्टर कॉफी और मेदूवड़ा।

वेदनायकम ने जब प्रश्न भरी आँखों से देखा तो कादम्बरी ने कहा :

पता नहीं क्यों, आपको बहुत पसन्द आया वह।

वेदनायकम मन ही मन पुलकित हो गया।

वह तो कादम्बरी की हँसी की ओर देख रहा था। जब वह हँसती है, उसकी बड़ी-बड़ी आँखें भी उसके साथ हँस रही थीं। दाँतों की पंक्ति, होंठ, चेहरा सब मिलकर एक अपूर्व सौन्दर्य।

क्या हुआ सर...उनकी तीखी दृष्टि देखकर कादम्बरी ने पूछा।

कुछ नहीं। सर ने कन्धा हिलाया।

फिर कुछ न कुछ कहते-कहते परीक्षा तक पहुँचे तो उस दिन सेलवन मास्टर और सेलवी टीचर के आने की बात बता दी कादम्बरी ने।

क्या? वेदनायकम ने थोड़े आश्चर्य के साथ पूछा।

हेडमिस्ट्रेस ने भेजा था, परीक्षा की तैयारी कैसी चल रही है यह जानने के लिए। उनका रैंक.....

वेदनायकम का चेहरा जल्दी मुर्झा गया।

उनका रैंक! वेदनायकम ने फुसफुसाया।

---

1. एक प्रकार का गोल-गोल पकवान जो दाल और गुड़ से बनाया जाता है।

उसकी परवाह न करो...एक पास तो काफी है तुम्हें! उसने जल्दी कहा।

कादम्बरी आँखें फाड़कर देख रही है। पहली बार एक टीचर को ऐसे कहते हुए सुना है। उस दिन परीक्षा के बारे में कितने उपदेश देकर सेलवन मास्टर और सेलवी टीचर गये हैं।

पर वेदनायकम कुछ और सोच रहे थे। इसके साथ वह स्कूल छोड़ रही है। फिर टाउन के कॉलेजों में चली गयी तो मिलेंगे कैसे? वह भी स्कूल छोड़कर कॉलेज जाने वाली लड़कियाँ बहुत जल्दी ही बदल जाती हैं। उनके आसपास की दुनिया भी बदलती है तो यह छोटा स्कूल वहाँ के इतिहास के मास्टर सब छोटे बन जायेंगे।

थोड़ी ईर्ष्या के साथ अपने दोनों हाथों को मसलते हुए वेदनायकम ने कुछ न कुछ फुसफुसाया।

वह तो कादम्बरी की समझ में आयी भी नहीं। स्कूल के बाद कॉलेज ही जाना है। कॉलेज तो दूर के टाउन में है। एक कॉलेज के बाद और पढ़ने के लिए उससे भी बड़े कॉलेज में, वह भी और दूर।

वैसे पढ़-पढ़कर, कितने दूर। भूमि और सागर पार कर कहीं दूर.....

कादम्बरी की आँखें वैसे विस्फारित होती जा रही हैं। अनमने वे उसकी तरफ देख रहे थे। वे कादम्बरी की विस्फारित होती आँखों से उसके विचारों का पीछा करने का प्रयास कर रहे थे। वो सब नहीं चाहिए...तुम्हें पढ़ना नहीं चाहिए उसने अचानक कह डाला।

क्यों...?

नहीं। उतना ही है। वेदनायकम का चेहरा मुर्झा जा रहा है। और ज्यादा कुछ कहने को वह तैयार नहीं था। लेकिन कादम्बरी बोलती रही।

अप्पा अम्मा सब कह रहे हैं।

न न...हाथ उठाकर और कुछ नहीं सुनना चाहता जैसा उन्होंने संकेत किया।

तू बड़ा इंटेलीजेंट है। तू पढ़-पढ़कर बड़ी हो जाये...वेदनायकम ने जल्दी रोक दिया। उसका गला सूख गया जैसा।

ये सर क्या कह रहे हैं? नाखून काटते हुए झाँककर देख रही है कादम्बरी।

कादम्बरी ने जब कहा कि पापा उसे डॉक्टर बनाना चाहते हैं तो वेदनायकम चौंक गये।

वो कुछ नहीं चाहिए। वो सब ठीक नहीं बनेगा। उन्होंने थोड़े अधिकार के साथ कहा।

घरवाली बनने वालियों को आवश्यक जरूरी जानकारी सिर्फ यह है कि कैसे एक परिवार को सँभालना है। फिर चाहे तो कुछ संगीत या कुछ और हो सकता है। ऐसा कुछ कहकर उसको साबित करने की उनकी कोशिश को देखकर कादम्बरी को फिर से हँसी आयी। यह क्या हुआ, हमेशा क्लास में गम्भीर दिखाई देने वाले

मेरे हिस्टरी सर को?

घर वाली बनने लायक लड़की! कादम्बरी को हँसी आयी। अम्मा कहा करती है कि अच्छी तरह एक टी भी बनाना नहीं आता इसको। रसोई के बरामदे तक पहुँचते ही अँगीठी के धुएँ से आँखें जलने लगेंगी। फिर तो अम्मा का डर यह है कि धुएँ से बेटी की आँखों का सौन्दर्य चला तो न जाये।

फिर ये संगीत, नृत्य ये सब एक बार कोशिश करके छोड़ तो दिया था मैंने। अब भी अच्छी याद है उन कौए की तथा बिल्ली की आँखों वाले नट्टूवन शिवमणि को, बालों को हवा में फैलाते हुए स्कूटर में आने वाले पोन्नय्यन भागवतर को...उनके गलत कदमों, गलत स्वरों को।

अब कादम्बरी सचमुच हँसी दबा नहीं पायी। सचमुच कोई न कोई सीरियस गड़बड़ी हुई है हमारे मास्टर को।

सेट्टी में बैठकर बेचैन हो रहे हैं वेदनायकम। कादम्बरी को लगा कि उसके भीतर कुछ लहरा रहा है। जाने के लिए उठने के बाद फिर से वहीं बैठते समय उनके होंठों पर कोई फुसफुसाहट। भाल को हाथों से दबाते हुए किसी बड़ी चिन्ता में खुद खो जाते समय उनका चेहरा लाल-लाल हो उठा।

सर...कादम्बरी कुछ कहने को हुई।

तब तक वेदनायकम उठ चुके थे।

दरवाजे पर वे क्षण भर को सन्देह के साथ खड़े रहे। फिर चारों तरफ थोड़ी घबराहट के साथ देखा।

अपने चेहरे पर ही लगी उनकी आँखें अचानक चमकती जैसी कादम्बरी को लगीं। आँखों के नीचे पहले कभी न दिखाई दी कालिमा और चिकनापन। कुछ कहने को हुए होंठ काँपते जैसे। ऊपर के होंठ के ऊपर पसीने की बूँदें।

चारों तरफ एक बार और नजर डालकर उसने जल्दी उसके कन्धे पर हाथ रखा। उनका चेहरा पास आते हुए कादम्बरी ने देखा।

वेदनायकम सर, यह क्या है? कादम्बरी ने हट जाने की कोशिश की। कन्धे पर रखे हाथ झुलसते जैसा लगा।

'वेदनायकम सर, नहीं। सिर्फ वेदा। तेरा वेदा।' उनकी आवाज काँप गयी। उनके हाथों को काँपते, चेहरे की तरफ खून चढ़ते आते कादम्बरी डर के साथ देखती रही।

सेंट की तीक्ष्ण गन्ध नाक की तरफ घुस रही थी। जल्दी ही उन्होंने उसको अपनी तरफ खींचकर गहन चुम्बन किया तो चिबुक के छोटे-छोटे रोम उसके गालों पर लगे। सिगरेट की तीक्ष्ण गन्ध में सिर भारी हो गया।

कादम्बरी छटपटा गयी। जल्दी हटकर उनको धकेलकर पीछे की तरफ मुड़ते वक्त वह बुरी तरह हाँफ रही थी।

होंठ चिपक जाते हैं। होंठ जलते हैं। काट की चोट से रक्त रिस रहा था।

दुःख के साथ थोड़ी देर के लिए सिर झुकाकर रहने के बाद वह जल्दी में बाहर चले गये।

बाहर का दरवाजा जब बन्द कर रही थी तब उसको लगा कि भीतर ही भीतर कुछ जल रहा है। उसकी तपिश में वह स्तब्ध रह गयी।

यह क्या हुआ, समझने में थोड़ा समय लगा। सारा शरीर काँप रहा है। गला बुरी तरह सूख गया है। बुखार की थकावट अब भी दूर नहीं हुई। भीतर से उभरे रोने को दबाने की कोशिश के बावजूद द्वेष और प्रतिशोध उभर आ रहे थे।

तब तो इसके लिए थे ये सब कुछ?

उसने वह प्रश्न दहलीज से पूछा। खम्भे के सहारे खड़े होकर बाहर के दृश्यों से पूछा। क्लास की पुस्तकों से, यूनिफार्म से पूछा। इतने साल तक स्कूल में अपने को पढ़ाए मास्टरों से तथा टीचरों से पूछा। क्या ऐसा ही एक रिश्ता था आप लोगों का मेरे साथ?

आखिर अपने आप से भी.....

जब जवाब नहीं मिला तो उस पुरानी इतिहास पुस्तक के कुछ पन्ने फाड़कर हवा में उड़ा दिये। अनाथ बनाये गये इतिहास के पन्ने जब पूर्वी हल्की हवा में उड़ते फिरते रहे तो कादम्बरी को लगा कि उसको फिर से बुखार चढ़ रहा हो।

यह तो भूल न पाने वाले लेकिन याद करने के लिए कभी न पसन्द करने वाले इतिहास के पन्नों से प्राप्त बुखार है, उसने याद की।

सात

तब तो सब इतना ही हैं, कादम्बरी ने याद की। यह पुरुष जो है एक भेदने वाली दृष्टि है। फिर अचानक कन्धे पर आ पड़ने वाली गरम हथेली, काँपते होंठ, सेंट की, तम्बाकू की तीक्ष्ण गन्ध...गाल पर रगड़ते रोम। जबरदस्ती अपने अधीन करने वाले होंठ।

फिर वे खून रिसते कटे के निशान। वह भीतर पैदा करने वाली पीड़ा। सभी पुरुष वेदनायकम हैं। एक ही वेदनायकम के भिन्न चेहरे, भिन्न भाव।

इतना ही है सब कुछ। यहाँ कादम्बरी नामक मैं नहीं। मेरे भीतर का अपना कोई स्पन्दन नहीं। बाहर दिखाई पड़ने वाला मेरा शरीर भी नहीं। कुल मिलाकर कुछ अवयव मात्र। मेरे शरीर को भीतर ही भीतर काट-काटकर कुछ अवयव बना दिया है उन्होंने।

कुछ सुन्दर अवयव जब आनुपातिक रूप से मिलते हैं तब कादम्बरी नामक बेचारी लड़की बनती है।

वेदनायकम के उस ताड़ पत्र की जन्म कुंडली में भी ये सब बताये होंगे। बड़े ज्ञानी के रूप में वे जो बड़ी-बड़ी बातें कहा करते थे वे सब यहाँ समाप्त हो जाती हैं। उन्हें तत्काल के लिए ये सब ही पर्याप्त थी। गले लगाने के लिए बुखार की गर्मी वाले एक लड़की का शरीर। एक चेहरा। दो होंठ। कुछ चुम्बन।

फिर...उससे शुरू होने वाले कुछ और। पता नहीं कौन जानता है।

कादम्बरी ने धीरे-धीरे अपने गालों पर सहलाया। जल्दबाजी में उनकी दाढ़ी के रोम लगे भागों में थोड़ा-सा दर्द। पहली बार लगा उनकी उँगलियों के छोरों में भी तेज धार है।

फिर उस निचले होंठ की चिपचिपाहट। हल्के से जब उँगली चलायी तो पहले पूरा शरीर थोड़ा काँप गया। फिर घृणा के साथ उसने उँगली हटा दी।

तब ऐसा लगा कि सिर्फ उस वेदनायकम से घृणा करने से कोई फायदा नहीं। वह अनेकों में एक ही है। स्कूल में मुझसे बड़ा स्नेह दिखाने वाले अन्य मास्टरों ने भी सोचा होगा कि यह कादम्बरी तो इतनी ही है। वे भी एक-एक वेदनायकम ही हैं। एक ही वेदनायकम के भिन्न चेहरे, भिन्न भाव।

पढ़ाई के कमरे की कुर्सी पर लेटते हुए कादम्बरी एक-एक करके सोच रही थी।

तब ही उसको मालूम हुआ कि इन पुरुषों की कितनी दृष्टियाँ हैं।

उन दृष्टियों के बारे में पविष्रम कहा करती थी। हर एक के लिए कितने अर्थ। पविष्रम मामी ऐसा उपदेश देती थी कि वैसी दृष्टियों को पहचानकर दूरी रखनी चाहिए।

वह अपने ऊपर आ पड़ने वाली दृष्टियों को पहचानकर अलग-अलग करके लेबल लगाकर निशाना देकर रखने का प्रयास कर रही है। बहुत ही छोटी उम्र में पहली बार एक अलग दृष्टि डाली थी नट्टूवन शिवमणि ने। फिर आये बूढ़े पोन्नय्यन भगवतर। उस बार कुछ दिनों तक गाल का निशान बना रहा...फिर स्कूल के कुछ मास्टर लोग। पड़ोस के बड़े-बड़े लोग, सड़कों पर मिलते अपरिवित लोग। हर एक की अलग-अलग दृष्टि। उन्हें भी होगी अलग-अलग गन्ध, चेहरे पर अलग-अलग छोटे कटे रोम।

पुरुष्र की दृष्टि का विवेचन कैसे करना है यह किससे पूछ लूँ? अलमेलु दादी से? या सब कुछ जानने का बहाना करने वाली पविष्रम मामी से?

गुस्से से कादम्बरी अपने हाथ मसल रही है।

सन्ध्या वन्दन के लिए बैठते समय बीच में कादम्बरी ने अम्मा से कहा। कल से मैं स्कूल नहीं जाऊँगी। गोमती चौंक गयी। क्यों पूछने पर कोई जवाब नहीं। नहीं जा रही हूँ, इतना ही है। फिर तो उस घर में कादम्बरी के निर्णयों के परे कोई आवाज नहीं है। क्लास सब पूरा होने वाला तो है फिर भी गोमती को मालूम है कि यह समय तो बिल्कुल खास है। मास्टर लोग ये सब बता देने वाला समय है कि आने वाली बड़ी परीक्षाओं का सामना किस प्रकार करना चाहिए। प्रश्न-पत्रों के नमूने, टेस्ट पेपर्स...इस समय में बच्चे भी आने वाली परीक्षा का सामना करने की हिम्मत बटोर लेते हैं। हेडमास्टर अप्पा को कहते सुना है कि इसलिए यह समय मास्टरों और बच्चों को समान रूप से तनाव ग्रस्त है।

उस दिन हेडमिस्ट्रेस ने उस सेलवन मास्टर और सेलवी टीचर को विशेष रूप से इसलिए भेजा था कि उसका आत्म विश्वास तो बढ़ जाये।

गोमती मुसीबत में फँस गयी। किसी भी हालत में क्लास न छोड़ने वाली बच्ची है। इसको क्या हुआ? बुखार की थकान हो तो कल नहीं जाना परसों नहाकर जाना काफी है वह ऐसा कहने को हुई। पर कादम्बरी का मन बदलने का नाम नहीं लेता। शंकररामन तो रोज की तरह किसी यात्रा पर है। कहीं उत्सव होगा।

आखिर और कोई रास्ता न दिखाई पड़ने के कारण गोमती पहले की तरह रसोई के बरामदे में जाकर खम्भे के सहारे बैठकर ऊँची आवाज में रोने लगी। उसका आखिरी उपाय।

कादम्बरी बुरी तरह घबरा गयी। माँ को ऐसा रोते उसने कभी देखा नहीं। उसको मालूम नहीं कि वह कैसे रोकेगी। आस-पड़ोस के घरों से कोई न कोई दीवार

के पास आकर झाँककर देखता है।

तब कादम्बरी ने हार मान ली। और सारे रास्ते जब बन्द हो जाते हैं तब रसोई के बरामदे में बैठकर ऊँची आवाज में गाँव वालों को सुनाकर रोने की माँ की पुरानी आदत वह उस दिन पहली बार देख रही थी।

उस दिन रात को नींद न आने के कारण देर तक वह करवटें बदल-बदलकर लेटी रही। नींद और जागृति की सीमा रेखाओं से फिसल-फिसलकर आगे बढ़ते समय उसने जान लिया कि उसके भीतर कुछ उथल-पुथल हो रहा है। नुकीली टोपी पहने जोकर रूप जिन ताश के पत्तों पर नाच रहे हैं वे गिर रहे हैं। उनमें से एक उस वेदनायकम के जैसा लगा। थोड़ी देर के बाद पहले कभी न सुना कोई तान कानों पर बह आ रहा है। उस नाद के अपार विस्तार से होकर बह जाती-सी लगी।

फिर कभी बड़े सबेरे किसी डरावने सपने के अन्त में उसने अपनी माँ को देखा। सूखे बाल और फटे पुराने कपड़े। प्रत्यक्ष न दिखाई पड़ने वाली चोटों से खून निकलते हुए। करुणाहीन आँखें। धीमी गरजती पुरुष आवाज।

धुँधली यादों में कहीं शेष रह गये कुछ निशान।

कितने सालों के बाद उस दिन उसने अपनी माँ को छुआ। उसने प्रार्थना की थी कि माँ कभी भी एक छाया बनकर भी दिल में न आये। उनके लिए मन में दबा कर रखे बहुत सारे शाप वचन। सब के लिए वह अभी माफी माँग रही है। मेरी बेचारी माँ भी ऐसी कितनी सन्ध्याओं से गुजर गयी होगी।

मेरी बेचारी माँ। उसने उसके आँसू पोंछ लिए।

आओ माँ, उसने धीरे से पुकारा।

अविश्वास के साथ उसने घूरकर देखा।

मेरे साथ आओ, कन्धे पर हाथ दबाते हुए उसने दोहराया।

सिर झुककर, अटपटे कदमों से माँ चली। धूप की छाया न पड़े बरामदे में थोड़ी देर बैठकर उसने पसीना पोंछ लिया।

फिर सड़क के किनारे के इमली के पेड़ के नीचे के पीठ पर बिठाकर नाइ वेलु से उस जटा लगे बालों को काट डाला गया तो उस चेहरे को सूरत ही बदल गयी। बहुत दिनों के बाद एक सम्पुष्ट सिर मिलने के आह्लाद में वेलु की कैंची जब और सक्रिय होने लगी तो गन्दगी भरे नाखूनों से माँ अपने सिर पर जोर से खुजलाने लगी।

फिर वह इमली के पेड़ पर कील लगाकर रखे चमड़े के टुकड़े पर चाकू तेज करने लगा तो जरा डर के साथ माँ को अपनी तरफ देखती हुए कादम्बरी ने देखा।

शेष रहे रोम के टुकड़े साफ भी किये गये तो जुओं के निकल जाने के सुख में माँ ने दाँत दिखाये।

सब कुछ हो जाने पर जरा पीछे हटकर इधर-उधर से झाँक देखकर लगभग

ठीक हो गया जैसा वेलु ने सिर हिलाया।

फिर अपनी थैली से वृत्ताकार अद्भुत पत्थर लेकर उसने माँ के शिरो-लिखित को पढ़ लेने की कोशिश की।

हाऊ! मेरी बेटी...ऐसी एक शिरो लेखा मैंने अभी तक देखी नहीं। कुछ ऐसी वैसी रेखाएँ उलझी पड़ी हुई हैं। पूरे इकतालीस दिन तक बैठ के पढ़ने की सामग्री है इसके सिर पर। इसके लिए उपवास, व्रत आदि लेना तो मुश्किल होगा। उस समय पीठ पर बैठकर घूम फिर कर, पैर हिला कर रस ले रही थी माँ। सिर की उलझन के दूर हो जाने का हल्कापन था उसके चेहरे पर।

आखिर जाते समय वेलु के चेहरे पर कुछ सन्देह थे।

ठीक है जी...इनका गाँव कहाँ है?

मेरा ही गाँव है।

आपका...?

माँ!

वेलु क्षण भर के लिए स्तब्ध रह गया। फिर भी समझ में न आने पर भी बहुत कुछ समझ गया जैसा सर हिलाया। थोड़ी देर माँ की तरफ देखकर हाथ जोड़ते खड़ा हो गया।

हे माँ! रक्षा करो।

फिर ताड़ पत्र से बनाये स्नानघर में बिठाकर शिरीष का चूर्ण तथा रीटा लगाकर अच्छी तरह नहाया। शरीर भर के व्रणों से खून सने मवाद निकलने लगा तो माँ ने जरा फुसफुसाया। पीड़ा से ज्यादा खुजलाने का सुख। सूखे व्रणों को गहरी जड़ें हैं जैसे।

उस पत्थर के चारों तरफ कीचड़ और गन्दगी जम गयी थी। शरीर से गन्दगी दूर हो जाने पर माँ के शरीर में चिकनापन आ गया। चेहरे पर एक विशेष प्रकार की चमक।

माँ की गीली छाती पर साबुन की जो सुगन्धि है उस पर मुख लगाकर बेटी कुछ देर तक बैठी रही। फिर होंठ चूचुक की तरफ लगाया। एक हाथ से पकड़कर जरा चूस लिया। जरा काटा।

तब माँ की आँखें जरा मुँद गयीं। दूध निकलने लगा। होश आने के बाद पहली बार अपने होंठों पर कादम्बरी ने वंश परम्परा का स्नेह जान लिया।

तेल लगाकर बालों को सँभालकर रखने को जरा काम करना पड़ा। गन्दे कपड़ों को बदलने पर दर्पण में अपना जो विचित्र रूप देखा उसकी ओर बड़े शौक के साथ माँ देखती रही।

फिर रसोई के बरामदे में आसन मारकर बैठते समय जटाभार से मुक्त होने से, जलधारा में नहाने के सुख से माँ धीरे से जम्हाई लेने लगी।

बेटी ने पूछा, क्या हुआ माँ, नींद आ रही है क्या?

माँ ने सिर हिलाया।

भूख लग रही है क्या?

तब भी माँ ने सिर हिलाया।

केले के पत्ते भर बेटी ने चावल परोस दिया। उसके साथ पूरी सब्जियाँ।

एक जंगली लालच में, सिर उठाए बिना, एक खास तरह की आवाज बनाते हुए पूरा का पूरा खाना खा लेती माँ को वह बेटी देखती रही।

यह एक अनाथ बेटी का तिलोदक।

मेरी बेचारी माँ। बेटी की आँखें भर आयीं।

पीछे की दीवार से सटकर जब जम्हाई लेते समय माँ की आँखें भी भर आ रही थीं।

माँ जब और भी जम्हाई लेने लगी तो कादम्बरी नींद से चौंक उठी। और एक ग्रीष्मकालीन रात की निर्ममता की ओर आँखें खोलते समय कुछ समय के पहले के दृश्यों को वह फिर से याद करने की कोशिश कर रही थी।

मेरी बेचारी माँ। एक रक्षा मन्त्र के समान अपने होंठ बार-बार उसके रटते हुए उसने महसूस किया। मुझे अब मेरी अपनी माँ के आशीर्वाद की जरूरत होगी।

अनजाने ही आँखें भर आयीं। गले में एक लम्बा रोना अटका हुआ जैसा। यह देखते हुए गोमती कमरे में घुस आयी थी।

क्या हुआ...गोमती ने घबराकर पूछा।

कुछ नहीं, माँ।

ऐसा कहकर बचने की कोशिश तो की लेकिन बेटी के अन्तर्मन के छोटे-छोटे हलचलों को भी भाप लेने में अभ्यस्त माँ ने उसके मन को पढ़ लिया।

मैंने अम्मा को देखा...कादम्बरी ने मान लिया।

कहाँ? गोमती की घबराहट बढ़ रही है।

सपने में.....

ओ...गोमती ने तसल्ली के साथ साँस छोड़ी। वो सब पुरानी कथाएँ हैं...भूल जाओ। ईश्वर की कृपा से तुम्हें आज एक दूसरा जीवन मिला है। बीते बुरे दिनों को भूल जाओ।

बीते बुरे दिन! कादम्बरी ने भीतर ही भीतर उसको कई बार दोहरा लिया। पता नहीं, ऐसा कोई विचार अब मन में नहीं है। कितनी भी बुरी क्यों न हो माँ का स्थान उनका अपना ही है। माँ और पालतू माँ का स्थान अलग-अलग ही है।

गोमती को लगा कि कादम्बरी के मन में कुछ अनावश्यक बातें मँडरा रही हैं। यह विचार उसको बहुत तंग करता रहा। इतने समय के बाद, अब इसको कहने के लिए एक माँ आ गयी है। उस माँ को किसी ने देखा नहीं। खुद वह भी पहचान

न पाने वाली माँ। उसने प्यार से जिस बच्ची को पाला-पोसा, बड़ा किया वह अब अपनी माँ को देखने लगी है। सपने में ही सही पर वैसे एक विचार को उसके मन से हटा लेना ही चाहिए ना। वैसा कुछ सोचना ही गलत है। जल्दी ही गोमती की आवाज जरा ऊँची हो गयी। तू मेरी बेटी है। मुझमें जन्मी बेटी। तेरे और कोई माँ-बाप कुछ नहीं।

तब वो माँ.....

चल बसी...बस।

उसके चेहरे के तनाव को देखकर कादम्बरी घबरा गयी। माँ पर फिर से भूत चढ़ने जा रहा है। फिर ऊँची आवाज में बातें करती हैं किसी न किसी को फटकारती है...आखिर रसोई के बरामदे में बैठकर छाती पर मार-मारकर ऊँची आवाज की चीख।

तब कादम्बरी ने उठकर अम्मा के कन्धे पर हाथ रखकर उसको अपनी ओर सटा कर रखा। सिर पर सहलाया।

इतना सन्देह किसके लिए है माँ। मैं तेरी बेटी ही हूँ। उसके अलावा कुछ सोचना ही पाप है। ये सब क्या मुझे मालूम नहीं है?

तत्काल के लिए सब कुछ शान्त तो हो गया लेकिन कादम्बरी ने समझ लिया कि अम्मा के मन में वह सोच बना ही रहा है। इसलिए उसने अपने आपको समझाया कि ऐसी बातें करते समय और सतर्क रहना चाहिए। कुछ भी हो उस दिन से उसने पहचान लिया कि उसके मन में एक बहुत ही बड़ा निर्णय रूपायित हो रहा है। पढ़ना चाहिए, बहुत। पढ़कर एक नौकरी हासिल करने के बाद माँ को ढूँढ़ लेना चाहिए। जानता हूँ वह कोई आसान कार्य नहीं होगा। कुछ फीकी यादें ही हैं। सपने में जैसा देखा वैसा नहीं होगा। बहुत बूढ़ी हो गयी होगी, थक गयी होगी। फिर भी एक बेटी अपनी माँ को पहचान लेगी। इस भूमि भर ढूँढ़कर मैं अपनी माँ को पहचान लूँगी।

इस जगत की सबसे बड़ी पहचान।

फिर माँ के लिए एक बसेरा बना लेना है। बुढ़ापे में आराम से रहने के लिए एक छोटा-सा बसेरा। कभी-कभी मैं भी जाकर उसके साथ रह सकूँ। माँ और पालतू माँ के बीच बाँटने के लिए है आगे के दिन।

अगले दिन जब नहाये बिना चेहरा सजाये बिना, बाल बनाये बिना बुखार की थकावट के साथ, गन्दी हाफ साड़ी पहनकर स्कूल की तरफ निकली तो कादम्बरी ने एक निर्णय लिया था। अब उस वेदनायकम के सामने कभी भी न जा पड़ूँगी। उसको ही नहीं स्कूल के अन्य जो वेदनायकम हैं उन्हें भी मुख दिखाऊँगी नहीं कादम्बरी।

उस निर्णय ने जो सुख दिया उसके बूते पर पहले भी पढ़ी किसी प्रार्थना श्लोक की पंक्तियों को गुनगुनाते हुए वह हाथ फैलाकर चली।

लेकिन वे सब थोड़ी देर के लिए ही थे। क्लासरूम के बरामदे पर पैर रखते ही पुरानी कुछ यादें उसको सताने लगीं। फिर पिछली रात को कानों पर आ पड़े वे अपूर्व तान।

गणित के क्लास में बैठते समय मन जरा भी टिकता नहीं था। उस वेदनायकम का चेहरा किसी न किसी प्रकार कोलाहल मचाते हुए भीतर की ओर आ रहा था। ललाट पर पड़े हुए घुँघराले बालों के रूप में, फिर उस विशाल भाल के रूप में, आखिर तम्बाकू के दाग लगे मोटे होठों के रूप में...कादम्बरी घृणा के साथ उन सबको दूर करने की कोशिश कर रही थी।

सेलवन मास्टर के चेहरे पर अब बड़ी कौतूहलता दिखाई दे रही है। जल पंछी के समान गला भींचकर वह कुछ न कुछ उसके चेहरे से ढूँढ़ निकालना चाहते हैं।

कादम्बरी ने सोचा कि आज वेदनायकम का क्लास तो नहीं है। अचानक उसको लगा कि उसे एक बार देखना चाहिए। कुछ के लिए नहीं, यों ही।

पहली पीरियड के बाद वह स्टाफ रूम के बरामदे से दो बार इधर-उधर चली। नहीं वेदनायकम आये नहीं। किससे पूछूँ?

भीतर थोड़ी घबराहट शुरू हुई। क्या हुआ उसको? छुट्टी लेते समय सीधे न सही पर कोई न कोई संकेत तो पहले देता था। अब, कल की उस घटना के बाद अचानक ऐसा...

पास बैठी पविष़्म उस पर ध्यान दे रही थी।

क्या हुआ, क्या हुआ?

कुछ नहीं, तबियत ठीक नहीं।

पेट दर्द है?

कादम्बरी ने "हाँ" कर दिया।

कोई बात नहीं वो तो पीरियड का प्रॉब्लम होगा। पविष़्म ने उसकी पीठ सहलायी।

कादम्बरी का मन छटपटा रहा था। मास्टर आज आया नहीं।

कल?

जवाब न मिलने पर भीतर का भार बढ़ रहा था। काले बोर्ड के सफेद अक्षर गड़बड़ कर रहे थे। आँखों के सामने अब एक झीना आवरण पड़ा हुआ है।

आखिर उठ खड़े होकर तबीयत बिल्कुल खराब है कहने पर सेलवन मास्टर हँस पड़े।

क्या हुआ एक्जामिनेशन फीवर है? या और कुछ?

कुछ भी कहे बिना वह बाहर निकली। पविष़्म ने जब पूछा कि मैं साथ आऊँ? तो ना कह दिया। फिर भी पविष़्म गेट तक साथ आयी। अचानक कादम्बरी के चेहरे को मुरझाया हुआ देख वह सह नहीं पायी।

जरा जाकर सो जा, सब ठीक हो जायेगा।

माथे पर हाथ दबाते हुए जब वह घर पहुँची तो गोमती घबराकर दौड़ आयी।

क्या हुआ बेटी, क्या हुआ।

बुखार है माँ। अब भी ठीक नहीं हो गया।

गोमती को बहुत बुरा लगा वह तो स्कूल जाना नहीं चाहती थी फिर भी मैंने ही उसको जबरदस्ती स्कूल भेजा था।

कादम्बरी पलँग पर चादर ओढ़कर लेट गयी तो सिर पर सहलाते हुए माँ पास ही बैठी रही।

माथे पर हाथ रखा तो गर्मी नहीं लगी। फिर भी साँस में थोड़ी सी गर्मी महसूस हुई। बच्ची को बहुत थकावट है।

गोलियाँ लेकर जब माँ आयी तो उसने मना कर दिया। ज्यादा गोलियाँ लेना तो अच्छा नहीं है, उसने कहीं पढ़ा है।

"रात को मैं साथ लेटूँगी" कहा गोमती ने, पर कादम्बरी ने न कर दिया। उसने सोचा कि उस रात में अपने को तलाशते हुए आने वाले कुछ अलग सपनों के लिए माँ एक बाधा बन जायेगी।

आठ

उत्सव के बाद वे सुनसान मन्दिर के पत्थर के मंडप पर बैठे हुए थे। सदियों पुराना मंडप था। फफूँद भरे, धुँधले रंग वाले, बड़े-बड़े खम्भे थे चारों ओर।

रात बड़ी हो गयी थी। किसी से गपशप करने गये शंकररामन की प्रतीक्षा में थी माँ-बेटी। उन्हें वहाँ बिठाकर 'अभी आऊँगा' कहकर गया शंकररामन अभी तक आया नहीं।

बेटी, मैं भी ऊब गयी हूँ।

अम्मा की बातें कादम्बरी ने भी सुन लीं। पहले कई बार तो सुन चुकी थी पर अब उनकी आवाज में पहले से ज्यादा थकावट और चंचलता है।

कादम्बरी ने कारण नहीं पूछा। पूछने पर पुरानी कुछ मुश्किलों की गाँठें खोलने लगेगी। सब कुछ अप्पा को लेकर किये गये फरियादों के दोहरापन होंगे। आलस मन में बड़ी होने वाली छोटी-छोटी बातें। अपने व्यापार पर ध्यान दिये बिना उत्सव पर्वों को लेकर मन्दिर-मन्दिर घूमते-फिरने वाला आदमी। उम्र के बढ़ने के साथ अलसता और भी बढ़ गयी है। वह विचार भी भूल गया है कि घर पर एक बेटी बड़ी हो रही है।

माँ कहती रही, मैं सुन लूँगी, इसी भाव से कादम्बरी जब पैर झुलाते हुए बैठ गयी तो धीमी आवाज में गोमती कहने लगी। ऐसा लगा कि वह ये सब कह डालने के एक मौके के इन्तजार में थी।

बेटी, मुझे पहले से ही डर था कि आखिर ऐसा हो जायेगा। गोमती ने कहा। मैं अब फूलों से डरने लगी हूँ।

फूल शाप देंगे। पहले भी शाप दिये हैं, आगे भी देंगे।

क्या हुआ? घबराकर देख रही है कादम्बरी।

फूलों के शाप के बारे में कभी सोचा है तुमने?

नहीं माँ।

फूलों को पीड़ा लगने पर, फूल जब शाप देते हैं तब एक पूरा वंश जलकर भस्म हो जायेगा पूरी परम्परा। दूर से आने वाली मद्धिम नीली रोशनी में वह माँ का मुख अच्छी तरह देख नहीं पायी। लेकिन कादम्बरी को लगा कि उस आवाज का

ठंडापन और गहराई उसे बुरी तरह बेचैन कर रहे हैं। माघ महीने का अवसान था। एक खास तरह का कोहरा और ठंड उन्हें घेर रहे थे।

गोमती कहती रही।

दो वर्गों का जन्म बेकार हो जाता है, माली का और फूलों के दुकानवाले का। फूलों को तोड़ने के लिए आगे की ओर आने वाली काली मोटी उँगलियों का नफरत करना ही माली को आता है, वह उसको रोक नहीं सकता। फूलों का खिलना उसके लिए तो नहीं है। उसी प्रकार फूलों का दुकानवाला फूलों की मासूमियत का व्यापार करने के लिए अभिशप्त है।

बड़ी कौतूहलता के साथ सुन रही है कादम्बरी। अम्मा का इस प्रकार बात करना तो पहली बार है।

फूलों को पौधों में ही देखना चाहिए बेटी, न कि दुकानवाले की झोंपड़ी की टोकरियों में। निर्मम होकर जब उन्हें तोड़ लेते हैं तो हम भूल जाते हैं कि उन्हें भी प्राण हैं। वैसे ही हमारा जन्म बेकार हो जाता है। हम फूलों का शाप मोल लेते हैं।

गोमती तब किसी दूसरी दुनिया में थी।

पहली बार जब उस घर में पैर रखा तो बहुत बुरा लगा। गोमती कहती रही।

बचपन से ही जान-पहचान के होने पर भी चहारदीवारी के उस पार के घर होने के बावजूद इन फूलों के बीच के जीवन के बारे में मैंने कभी भी सोचा नहीं था। सच कहूँ तो पहली बार इतने फूलों को एक साथ देख रही थी। वह भी कितने प्रकार के फूल। पहले पहल देखने में बड़ा मजा आता था। फिर मुझे बहुत बुरी लगी, उसकी बू। मुरझाये गये तथा मुरझा जाने वाले की अलग-अलग गन्ध। कभी भी न मिलने वाली कुछ गन्धों के विकृत मिश्रण। अनेक गन्धों के मिल जाने पर वह किसी की भी नहीं रह जाती। बड़े सबेरे काम पूरा करके उन लड़कियों के जाने के बाद भी देर तक उसकी गन्ध घर भर टिकी रहेगी।

शुरू में मन उससे मिलता नहीं था। उबकाई आ रही थी कहने पर दादा हँसता था, वह भी ऊँची आवाज में। फिर तेरा पाप्पा भी धीमी आवाज में।

सब की आदी हो जायेगी, गोमती। ये सारी गन्ध अब तुम्हारी भी है, दादा ने कहा। यह एक परम्परा है। तुमसे होकर, तुम्हारी सन्तानों से होकर वह फैलती जाती रहेगी.....

कुछ याद करके गोमती जरा रुक गयी। आँखें भर आयीं।

सब कुछ समझ गया हो जैसा कादम्बरी ने उसकी पीठ पर सहलाया।

अनन्तरामन को यात्राएँ बहुत पसन्द थीं। लेकिन तेरे अप्पा के समान उत्सव के मैदानों पर नहीं थीं, जंगलों की तरफ थीं उनकी अधिकांश यात्राएँ। उसके लिए लायक कुछ मित्र भी साथ थे। वे यात्राएँ पहले कभी न देखे-पहचाने पेड़ों और पौधों

की तलाश में थीं।

अनन्तरामन फूलों को बहुत प्यार करता था। उसका विश्वास था कि हर फूल में ईश्वर वास करता है। साथ ही उसका यह भी विश्वास था कि देव लोक से शापग्रस्त होकर मिट्टी की ओर आये हुए कुछ अपूर्व फूल के पौधे भी इनके साथ होंगे।

इसलिए अनन्तरामन हमेशा अपने बेटे से कहा करता था कि दलों से बिछुड़ कर अकेले रहने वाले हर पौधे पर ध्यान देना ही चाहिए। उनमें से कोई होगा जो दूसरी दुनिया से बाहर किया गया तथा अपने शाप मोक्ष की प्रतीक्षा में रहने वाला। उनमें से ही शायद इस दुनिया में अभी तक न देखा गया सुन्दर तथा चैतन्य युक्त कोई अकेला फूल खिल उठेगा।

अभिशप्त पौधे को देखने से पता चलेगा तुम्हें? एक दिन अनन्तरामन ने बेटे से पूछा।

वो कैसे? शंकररामन ने भौंहें टेढ़ी कर दीं।

उसकी शाखाएँ ठीक नहीं दिखाई पड़ेंगी, पत्ते भी। शाप के बोझ से झुकी हुई शाखाएँ सर उठाकर रह नहीं पातीं। शाप की धूल लगे पत्ते भी सर झुकाकर ही रहेंगे। फिर काँटे, शाप के व्रण के रूप में तन के चारों ओर काँटे...ये सब कुछ लक्षण मात्र हैं। प्रत्यक्ष में और भी फरक दिखाई पड़ेंगे।

शंकररामन स्तब्ध खड़ा था। अप्पा जो कह रहे हैं वो सब मेरे लिए नहीं है, इस बहाने वह वैसा ही खड़ा रहा।

अनन्तरामन की यात्राएँ जारी रहीं। बाहर के प्रान्तों की तरफ की उसकी यात्रा में वह कुछ ढूँढ़ रहा था। दादा ने सोचा कि बेटा भी ढूँढ़ रहा है।

कादम्बरी बड़े चाव से सुन रही थी।

फिर क्या पाप्पा कुछ ढूँढ़ पा सका? उसने जोश के साथ पूछा।

गोमती हँसी।

शंकररामन को ऐसे किसी पागलपन में जरा भी दिलचस्पी नहीं थी। लेकिन दादा ने तो उसको एक नियोग के रूप में ही देख लिया होगा। दादा ऐसा विश्वास करता था कि ऐसे एक पौधे को शाप मोक्ष देने का नियोग खुद अपना ही है। बहुत दिनों तक यह विचार मन में लेकर चले होंगे। कुछ भी हो आखिर दादा को वैसी एक कहानी कहने को थी।

क्षण भर के लिए आँखें मूँद बैठने के बाद गोमती वह कहानी सुनाने लगी। एक अलग पौधे की तथा उसमें खिल उठी सुन्दर पुष्प की कहानी।

पूर्वी पहाड़ियों के छोर पर एक ढलान। चारों तरफ बड़े-बड़े पेड़ों और लताओं से भरे जंगल हैं। वहाँ कोई भी पहुँच नहीं पाता। अनन्तरामन की किसी यात्रा में किसी पहाड़ी कन्दराओं में टूटकर लटके हुए हाथ के जैसे उभर ठहरे किसी चट्टान

के ढलान में सूर्योदय को देखते हुए खड़ा वह अकेला पौधा दिखाई पड़ा। वह चट्टान तलहटी से ही दीख पड़ता था।

चट्टान के छोर पर एक ही पौधा। शायद, इसीलिए होगा अभी तक किसी के ध्यान में न आया वह पौधा। अचानक अनन्तरामन की नजरों में आ पड़ा। खूब चौड़ा और फैला हुआ पौधा। गहरे हरे रंग के पत्ते लटके हुए हैं। मोटे तन के चारों ओर नुकीले काँटे। काँटों के बीच में बूढ़े बन्दर का जैसा सफेद रोम।

दादा जंगलों में बहुत दिनों तक काम करते-करते लगभग सभी जंगली पेड़ों एवं पौधों के निकट की जानकारी रखने वाला एक मित्र बन गया था। वह भी बोल नहीं पाया। ऐसा एक पौधा कहीं देखा ही नहीं था। यह भी नहीं अभी तक वीरान पड़े इस चट्टान के कन्दरे में अचानक ऐसा भरा पूरा पौधा कैसे आ गया?

अनन्तरामन को जहाँ तक हो सके उसके पास जाने की इच्छा थी। किसके लिए है? उसका कोई जवाब नहीं था। देखने के लिए, जरा निकट देखने के लिए... उसने हकलाकर कहा। मित्र ने कहा वह तो असम्भव है। जंगलों में पले लोगों को भी असम्भव कार्य है।

फिर जब उसमें फूल खिल उठा तो उससे रहा नहीं गया। सूर्य की तरफ देखता हुआ खड़ा लाल रंग का एक बड़ा फूल।

पास तक जाना मुश्किल जानकर उसने एक दूरबीन का इन्तजार करके ढलान के एक दूसरे पत्थर पर बैठकर उसने उस पौधे को देखा, फूल को भी। पहले कभी न देखी गयी लालिमा। समृद्ध पंखुड़ियाँ। ध्यान से देखने पर पता चला कि ऊपर की कुछ पंखुड़ियों पर शाप की धूलियों के कुछ काले-काले निशान पड़े हुए हैं।

उन दृश्यों से मन भर कर ही घर आया था। लेकिन दादा उस दिन रात को एक बुरा सपना देखकर भी चौंक उठा। सर के भीतर दबी-दबी-सी दर्द। बुखार के कारण गला सूख गया था। पानी पीने पर भी प्यास बुझती नहीं थी। माथे के भीतर लोहे के कीड़े रेंगते जैसे।

अगले दिन शरीर भर दाने उग आये। आँखों के चारों तरफ बड़े-बड़े गोलाकार दाने उभर आये।

पन्द्रह दिन के बाद ही नहलाया था। तब तक चेहरा ऊबड़-खाबड़ हो गया था। आँखों के चारों ओर विचित्र प्रकार की कालिमा फैल गयी थी।

बुजुर्गों ने कहा कि वह महामारी थी। उसके निशान बहुत सालों तक दादा के शरीर में बने रहे। प्रतिबन्धित दृश्यों को देखी गयी आँखों की रोशनी जब धीमी हो गयी तो चश्मे के काँच का मोटापन भी बढ़ गया।

कादम्बरी ने अविश्वास के साथ सिर हिलाया।

कुछ भी हो फिर दादा उस तरफ गया ही नहीं।

हल्की हँसी के साथ गोमती समाप्त कर रही थी।

फिर उनका सारा ध्यान अपने बगीचे की ओर था। उस छोटे-से आँगन में अनन्तरामन ने अपनी शक्ति भर के फूल के पौधे लगाये। बहुत कुछ बाहर की यात्राओं से लाये गये अपूर्व पौधे।

सुबह के समय जब नये-नये खिले फूलों की आँखों की तरफ देखते हुए उसको घूमते फिरते देख शंकररामन मजाक में बोलता था कि शायद इनके बीच में भी होगा देव लोक से शाप लेकर आया कोई पौधा।

इस जन्म में ऐसा भी क्यों न हो फूलों के साथ एक सम्बन्ध तो हो गया न? आगामी जन्म में शायद एक माली बनने का नियोग होगा। दादा हँसते हुए बेटे के कन्धे पर हाथ रखते थे। एक बड़े बगीचे की देखभाल करने वाले के जन्म की विशुद्धि के बारे में जरा सोच लो। सुबह की प्रथम रश्मि की तरफ विस्मय के साथ आँखें खोलने वाले फूलों को देखने से बढ़कर इस जीवन में बड़ा और कौन-सा पुण्य है। उस दृश्य के साथ ही एक दिन की शुरुआत होनी चाहिए। ओस बूँदों से सने फूलों को टटोलते पुचकारते हुए बगीचे से टहलना। खिलते फूलों की नन्ही आँखों की तरफ कभी देखा है तू ने? दादा शंकररामन से पूछेगा। वे एक महा अद्‌भुत के समान पूरे संसार को देख रहे हैं।

दादा जो कहता था वह पूरा समझ में न आने पर भी शंकररामन यों ही सर हिला देता था।

एक अर्थ में फूलों के दुकान वाले से कितना धन्य है एक माली की जिन्दगी। कम से कम जीवन्त फूलों को उसके अपने सही परिवेश में कुछ देर तक के लिए तो सही वह देख तो सकता है।

अब तो गोमती उससे सहमत नहीं हो सकती।

मैं तो अब फूलों से डरने लगी हूँ, बेटी। गोमती ने कादम्बरी से कहा। फूल शाप देंगे। पहले भी शाप दिये हैं, आगे भी देंगे। गोमती ने दोहराया। फूलों के शाप से जलकर भस्म बन जाता है पूरा वंश, पूरी परम्परा।

बात करते-करते कहीं-कहीं पहुँच रही है गोमती। कादम्बरी की कल्पना के परे की किन्हीं खाली जगहों में।

विषय बदलने के लिए जब कादम्बरी कोशिश करती है तो थोड़ी देर के बाद वह उसकी ओर ही वापस आ जाती है।

कादम्बरी, किसी को भी उसके वास्तविक परिवेश से अलग कर लेने का कोई अधिकार हमें तो नहीं है। टीलों के, खेतों के किनारों के, फेंस के इधर-उधर के पुष्पों को तोड़कर टोकरियों में भरकर, उन्हें देश निकालकर, रेल गाड़ियों में चढ़ाकर यहाँ तक पहुँचाने के भीतर वे कितने दुःख भोगते होंगे। फिर उनकी छाती से होकर दयाहीन डोरियाँ चलाकर पिरो-पिरोकर.....

पाप, महापाप।

फिर से कहने लगी तो अनजाने ही गोमती ने अपनी सूखी गोदी की तरफ देखा।

तीन बार अपने भीतर की हलचलों को उसने जान लिया था। उसकी पीड़ाएँ। शंकररामन ने पेट पर कान लगाकर सुन लिया था जीवन के सुस्पष्ट स्पन्दन।

फूलों का शाप। उन्हें भी है जीवन की धड़कन। वह सुनने के कान हमें तो नहीं हैं।

गोमती लम्बी साँस ले रही है।

कादम्बरी ने अम्मा के कन्धे पर हाथ डालकर अपनी ओर बाँध लिया। धीरे से गले के पीछे अपने होंठ दबा दिये।

तब गोमती रोना रोक नहीं पायी।

कोई भी शाप दें। पर मुझे तो तू मिली है न? वह तो काफी है बेटी।

गोमती का गला रुद्ध हो गया।

कुछ देर के बाद उस दिन के भटकाव को समाप्त करके जब शंकररामन वापस आया तो गोमती ने हँसने की कोशिश की जैसे उसके भीतर का बहुत कुछ बरस कर हल्का हो गया हो। शंकररामन के पूछने पर कादम्बरी ने आँख मारते हुए कहा।

अम्मा कह रही है कि हमें उस फूल की दुकान ही नहीं चाहिए।

शंकररामन को बड़ा आश्चर्य हुआ। जब कभी उसने उसके बारे में सोचा था तब गोमती ही उसके खिलाफ खड़ी रही थी। तब उसने परम्परा के बारे में कहा था। अनन्तरामन के परिवार के लक्ष्य के बारे में कहा।

अब तो क्या हुआ, जल्दी एक मन बदलाव? शंकररामन ने पूछा।

फूल शाप देंगे। कादम्बरी ने कहा।

शंकररामन सकपकाकर देखने लगा।

हाँ, फूल शाप देंगे। पहले भी शाप दिये हैं, आगे भी देंगे। गोमती ने जोश के साथ दोहरायी। फूलों को जब दर्द लगता है, फूल जब शाप देते हैं तब जलकर राख बनता है पूरा वंश, पूरी परम्परा।

अब शंकररामन हँस रहा है। दिन बीतते-बीतते, उम्र चढ़ते-चढ़ते गोमती को समझ लेना मुश्किल-सा बन रहा है। हवा-पानी के समान, धूप कोहरे के समान कितनी जल्दी है उसका बदलाव। इतनी रफ्तार से है कि वह खुद समझ नहीं पाती।

हम चलेंगे, शंकररामन ने धीरे से कहा। वहाँ फूल इन्तजार करते होंगे, आज के शाप के लिए।

जब वह ऐसे मजाक में बोलता था तब भी कादम्बरी ने देखा कि उसके चेहरे पर कोई चमक नहीं थी। अप्पा का मन अब काबू में नहीं है। वह इधर-उधर भटक

रहा है। पास है तो भी बहुत दूर। उस चेहरे पर मन के भटकन की पीड़ाएँ प्रकट हैं। मन को अपने वश में किये बिना जब वह बचने का प्रयत्न करता है तो उसको एक जोकर का रूप मिलता था।

चुपचाप सर झुककर बस स्टैंड की तरफ चलते समय गोमती की सोच फूलों के शाप के बारे में नहीं थी। अगले जन्म में ही सही एक माली बनकर जन्म लेने की अनन्तरामन की प्रार्थना के बारे में थी। शापों की बेड़ियाँ वैसे जन्म-जन्मान्तर से होकर लम्बी होती जा रही हैं। गोमती ने थोड़ी आशंका के साथ याद की।

नौ

बारहवीं कक्षा का परीक्षाफल जब बाहर आया उस दिन फूलवाले शंकररामन के घर में जल्दी ही अँधेरा छा गया।

पहली बार वह अपने घर के भीतर फूलों की गन्ध का अनुभव नहीं कर पाया। फूलों से भरी टोकरी रखने वाले सामने के बरामदे में और पाँच लड़कियाँ बैठकर काम करते कमरे भर में उस दिन कोई बदबू। फूलों के सड़ने की गन्ध। असमय में फूलों का सड़ना जैसा।

उसकी वास्तविकता पहचाने बिना शंकररामन असमंजस में पड़ गया, गोमती भी।

पविष्म ने आकर कहा, जैसे प्रतीक्षा की वैसे वह हार गयी। कादम्बरी जीत तो गयी पर फर्स्ट क्लास ही है। उसको रैंक मिलने की प्रतीक्षा में रही सिस्टर सब गुस्से से जल रही हैं।

कादम्बरी तो चुपचाप रही। जीत गयी, पहला दर्जा तो है, उतना अच्छा। यह पहला दर्जा तो कादम्बरियों के लिए कोई छोटी जीत नहीं है।

कोई बात नहीं बेटा, मार्क आने दें, तब पता चलेगा कि किन-किन विषयों का अंक कम हो गया है। शायद उन्हें मार्क मिलाने में गलती हुई होगी। पुनः मूल्यांकन के लिए कोई प्रावधान है या नहीं। हम देखेंगे...तुमने वे कथाएँ तो सुनी होंगी कि पहले हारे बच्चे को बाद में फर्स्ट क्लास मिला है।

पविष्म उसको दिलासा देने की कोशिश कर रही थी।

कादम्बरी को हँसी आयी। परीक्षा में अपने हार जाने में नहीं है उसका दुःख, कादम्बरी को रैंक न मिलने में है। क्या रैंक? कौन-सा रैंक? पास हो जाने की खुशी है मुझे। परीक्षा के समाप्त होते ही कहीं दूर फेंक दी गयी पुस्तकों को फिर से ढूँढ़ निकालकर उबा देने वाले उन विषयों को दोहराने की जरूरत तो नहीं आ पड़ी।

मार्क आने दें, पविष्म ने फिर से कहा। वेदना के साथ गोमती ने भी कहा, मार्क आने दें।

मार्क आ गया। कादम्बरी का स्कूल में तीसरा स्थान ही है। पहला-दूसरा स्थान पिछले बेंच पर बैठे दो बच्चों को मिला जिनके चेहरे क्लास टीचर को भी

याद नहीं थे।

सारे टीचर्स सकपकाकर खड़े हैं। पिछले साल तक हमेशा सब के आगे खड़ी इस बच्ची को इस आखिरी साल में क्या हो गया?

कोई सीरियस गलती हुई होगी, या तो उत्तर पुस्तिका के मूल्यांकन में, नहीं तो अंक मिलाने में। फिर भी इतना बड़ा अन्तर...?

सिस्टरों ने जब शंकररामन को स्कूल में बुला लिया तो सिर झुकाकर एक अपराधी के समान ही वह स्कूल की सीढ़ियों को चढ़ा था। कादम्बरी का चेहरा तो बिल्कुल शान्त था।

सबके सब हेडमिस्ट्रेस के कमरे में थे। बार-बार कहने पर भी सिस्टरों का दुःख कम नहीं हुआ। उसके साथ निकट का सम्बन्ध रखने वाली क्लास टीचर की अपेक्षा बड़ा दुःख हेडमिस्ट्रेस को था। स्कूल के इतिहास में पहली बार हमारा स्कूल एक रैंक के निकट तक पहुँचा था, पर आखिर उसने क्यों उसको बरबाद कर डाला?

मदर सुपीरियर का गला सूख गया। उसके नीचे की सिस्टर तो कुछ बोल नहीं पा रही हैं।

दिलचस्पी की कमी है, बच्ची की तथा घरवालों की। क्लास टीचर ने जोड़ दिया।

सेलवन मास्टर और सेलवी टीचर के मुखड़ों पर भी बड़ा दुःख था। शंकररामन सिर झुकाकर खड़ा है। यह देखकर हेडमिस्ट्रेस की आवाज ऊँची हो उठी।

मैंने कई बार समझा दिया था कि प्रतियोगिताओं में आखिरी कुछ कदम ही सब से प्रमुख हैं। वे आखिरी कदम अगर ढंग से नहीं रखे तो पीछे आने वाले हमें गिरा कर आगे चले जायेंगे। यह तो स्वाभाविक ही है। इसकी याद दिलाने के लिए ही मैंने उस दिन सेलवन मास्टर और सेलवी टीचर को विशेष रूप से भेजा था। आप को मालूम है कि ऐसा कोई क्रम इस स्कूल में नहीं है।

जितना कहने पर भी हेडमिस्ट्रेस को तृप्ति नहीं होती।

शंकररामन तो सिर ऊँचा नहीं कर पाता। सब कुछ मेरी गलती ही है, उसको पक्का हो गया।

लेकिन कादम्बरी के पास सब का जवाब था। मदर यह समझ लेने में देरी हो गयी कि शुरू से इतनी तेजी नहीं चाहिए थी। उस शुरुआत ने ही शायद सब को इतनी प्रतीक्षाएँ दी होंगी।

ऐसा बहुत कुछ कहने को हुआ पर एक शब्द भी उसने कहा नहीं, सिर झुका कर खड़ी रही, जैसे बहुत बड़ी अपराधी हो, सुनती रही।

सिस्टरों के चेहरे पर दुःख से बढ़कर गुस्सा है। इस छोटी लड़की को मालूम नहीं एक रैंक की कीमत। उससे मिलने वाली सीमातीत ख्याति। वह उसको तथा परिवार वालों को ही नहीं इस स्कूल को, इस पूरे प्रान्त को।

पहला रैंक हो या पाँचवाँ, रैंक तो रैंक ही है।

और कुछ नहीं तो कम से कम जिले में एक रैंक...

मुँह फुलाकर सिस्टर सब मुड़कर चली गयी तो कादम्बरी मन ही मन हँसी दबाते हुए अप्पा के साथ स्कूल की सीढ़ियाँ उतरने लगी।

वो इतिहास पढ़ाने वाला विद्वान वेदनायकम इधर कहीं है या नहीं? कादम्बरी ने चारों ओर देखा। अगर मिले तो कह सकती थी।

प्रिय वेदनायकम सर धन्यवाद, यह आपके लिए है। इतिहास पढ़ाये गुरु को इतिहास विहीन एक बेचारी शिष्या की विनम्र गुरु दक्षिणा।

तब उसकी काली आँखों का दुःख और गहरा हो जाता। बड़ी-बड़ी बातें करने वाले उस विद्वान को ये छोटी-सी बातें समझ में आयेंगी कि नहीं?

शंकररामन बिल्कुल चुपचाप चल रहा है। दौड़ की प्रतियोगिता, आखिरी कदम। हेडमिस्ट्रेस तथा अन्य सिस्टरों ने बड़े दुःख के साथ बतायी कई बातें। उसकी समझ में कुछ आता नहीं।

काली स्याही में अंकित उन संख्याओं से कई बार गुजरे हैं। बायीं से दायीं, ऊपर से नीचे। कई विषय, कई तरह की संख्याएँ, रेखांकन।

किन-किन विषयों पर वह बिल्कुल कमजोर थी? कादम्बरी तो तब भी मन ही मन हँस रही थी। उनका एक रैंक! इतना अंक काफी है इस नामहीन, गाँव हीन कादम्बरी को। बाद में उसने बहुत ही निर्मम खुशी के साथ पहचान लिया कि सब से कम अंक इतिहास का है। किसी स्कूल के किसी बड़े विद्वान वेदनायकम द्वारा दिया गया अंक। उसको भी होगा भेदने वाली आँखें, सेंट की गन्ध, तम्बाकू के दाग वाले होंठ, सब। उसको भी मालूम होगा कि बेचारी कादम्बरी को इतना ही इतिहास है। यह उस इतिहास का सही अंक है।

समाचार-पत्र में बहुत ही सावधानी से ढकी पुस्तक लेकर शंकररामन अय्याशास्त्री के मठ की तरफ चला गया। इन काली संख्याओं का अर्थ समझने वाला सिर्फ काली आँखों वाले, काली दृष्टि वाले अय्या शास्त्री ही है।

सामने की आराम कुर्सी पर हाथ में खसखस का पंखा लेकर विश्राम कर रहे थे अय्याशास्त्री। झीने वाईल के कमीज, कानों पर हीरे का कान फूल। उँगलियों पर सोने की बड़ी-बड़ी अँगूठी। शंकररामन ने देखा कि गले के सोने से गुँथे रुद्राक्ष माला तो बदल गयी है। रुद्राक्ष का जैसा मोटापन है बीच-बीच के सोने के गोलों को।

जब अय्याशास्त्री ने शंकररामन को देखा तो बड़ी तत्परता के साथ आगे की ओर बैठ गया। दोनों उँगलियाँ होंठों पर रखकर मुँह का पान आँगन की ओर थूकते हुए हँस दिया।

शंकररामन जल्दी हट गया फिर भी दो-तीन लाल निशान उसके कमीज पर पड़ गये। उसको नजरअन्दाज करते हुए अय्याशास्त्री ने पूछा। क्या हुआ के.ई.एम. कुछ

दिनों से तुम दिखाई ही नहीं देते हो। यह रास्ता तो भूल गया क्या?

शंकररामन विनम्रता के साथ हँसा।

तुम्हारा काम, उत्सव सब अच्छा चलता है...

उत्सव के बारे में सुनने की बड़ी रुचि है अय्याशास्त्री को। बड़ा उत्सव प्रिय तो है पर भीड़ के भय के कारण उत्सव पर जाता ही नहीं। किसी का बखान सुनने में दिलचस्पी है वह भी बिल्कुल छोटी-छोटी घटनाओं के साथ। सब कुछ जानना चाहिए, कुछ भी शेष न रहना। वे सब सुनते रहते समय उसके चेहरे पर एक शिशु सहज जिज्ञासा प्रकट होती है।

वैसा सुनाना भी शंकररामन पसन्द तो करता था पर अब उसका मन कहीं टिकता नहीं। इसलिए ज्यादा कुछ कहे बिना यों ही सिर हिलाते हुए एक कागज की कवर से मार्क शीट लेकर अय्याशास्त्री को दिया।

अंकों से गुजरते समय शास्त्री का चेहरा थोड़ा सिकुड़ता हुआ-सा देखा। वहाँ एक परिहास से युक्त उदासीनता। सहज ही टेढ़ा चेहरा और भी टेढ़ा हो गया।

यह तो डॉक्टरी पढ़ने जाने वाली छात्रा की तो नहीं है शंकररामन, अय्याशास्त्री ने कहा। यहाँ मठ के छात्रों को सौ पर सौ था गणित और विज्ञान में। सेलवन मास्टर और सेलवी टीचर की प्रिय शिष्याएँ हैं। बीच-बीच में वे इधर आया करते हैं और बिल्कुल अच्छे फिल्टर काफी माँगकर पीते भी हैं।

वैसे कहते समय शास्त्री की आँखों में एक परिहास की हँसी झलक रही थी।

पूरा समझ में न आने पर भी आवश्यक सन्दर्भों में शंकररामन को हाँ में हाँ मिलाना आता है। वह सामने के खम्भे से सटकर बैठकर स्टील डवरा की फिल्टर कॉफी ठंडा करके पी रहा है। अय्याशास्त्री की छोटी बेटी, बच्चों का डॉक्टर यशोधराम्मा भी उस कागज के एक-एक अंक को बड़े चाव से उलट-पलटकर देखती है। बीच-बीच में सिर हिलाते, कन्धे हिलाते समय उसका अर्थ शंकररामन जल्दी ही समझ तो लेता है। फूलवाले को फूलवाले का मोह काफी है। सौ पर सौ मठ के लोगों को ही है।

सालों पहले जब गोमती को उलट पलट टोक-टटोल कर और स्टेथ से जाँचते समय उस बड़े सफेद बगुल वसुन्धराम्मा डॉक्टर के चेहरे पर दिखाई पड़े उसी भाव का दूसरा रूप।

आखिर खास कुछ कहे बिना मार्क शीट वापस देते समय शंकररामन को लगा कि यशोधराम्मा के चेहरे पर थोड़ी-सी तसल्ली झलक रही है। इस गाँव में अब और एक डॉक्टरम्मा की जरूरत नहीं। वह भी एक फूलवाले की बेटी के रूप में।

बाल का गूँथ खोलकर फिर से बाँधते समय अय्याशास्त्री के चेहरे पर भी बड़ी तसल्ली थी।

गलत समय पर आयी बारिश और आँधी में पूरे फूलों के पंडाल के गिर जाने

के दुःख में खड़े शंकररामन की ओर अय्याशास्त्री ने बहुत ही दया के साथ देखा।

दुखी मत बनो शंकररामन, अय्याशास्त्री ने उसको सान्त्वना देने की कोशिश की। हर एक की अपनी-अपनी किस्मत होती है। उसके परे का मोह मोह बनकर ही रहेगा। उसमें कोई दोष तो नहीं, मनुष्य जन्म मोहों का माया जाल ही है न? पर जैसा सोचा वैसा न हुआ तो दुखी मत बनो। सब कुछ ईश्वर का निर्णय समझना चाहिए। कोई जवाब न होने के कारण सिर झुकाकर खड़े होते वक्त अय्याशास्त्री की आवाज फिर से सुनाई पड़ी।

गाँव, नाम, वंश, गोत्र इन सब को हमारी समझ के परे कितने अर्थ। उसका पूरा अर्थ समझने वाला कौन है इस दुनिया में? पर पूर्वज़ों ने कुलमहिमा की जो परिकल्पना की है उसको शंकररामन हम तुम मिलकर मिटा तो नहीं सकते। आचार्यों ने कहा है कि अंकुर और फसलें देखकर मिट्टी का स्वभाव समझ सकते हैं। जो अच्छे कुल में पैदा हुए वे उसकी मर्यादा सब कहीं अवश्य दिखायेंगे। सत्य, न्याय, विनय आदि के लक्षण उसके शब्दों में, कर्मों में और निगाहों में दिखाई देते हैं। वे अच्छे दिनों में और बुरे दिनों में समान रूप से मर्यादा का पालन करने लायक हैं। पर याद रखो वैसी कुल मर्यादाओं का पालन न करने वाला कोई हो तो वह चन्द्रमा के कलंक के समान सबके सामने स्पष्ट दिखाई देगा।

अय्याशास्त्री ने अपनी चाँदी की पेटी खोलकर विस्तार से पान खाया। लम्बी जम्हाई ली।

लो शंकररामन, अय्याशास्त्री ने आगे कहा। तू बेचारा है, बिल्कुल बेचारा है तुझे अपने पिता अनन्तन की होशियारी नहीं।

फिर बिल्कुल धीमी आवाज में उपदेश दिया।

सुना है कि उसको बाहर के किसी कॉलेज में दाखिला करने जा रहे हो। किसके लिए? पढ़कर छप्पर के ऊपर चढ़ने पर भी मुर्गी बाँग तो नहीं देगी। किस शास्त्र में बताया गया है कि लड़कियों को पढ़कर बड़ा अफसर बनना चाहिए। शास्त्र-पुराणों में उसके लिए कौन-सा धर्म बताया गया है। अच्छी पत्नी, अच्छी माँ बनकर परिवार की आधारशिला बनना, सन्ततियों की वृद्धि करना, अपने पति एवं परिवार के अन्य लोगों की सेवा-शुश्रूषा करना ये सब हैं न? अपने पुरुष को ईश्वर से भी बढ़कर आराधना करने वाली की बातें आकाश के मेघ भी सुन लेते हैं। बताया जाता है कि उसके लिए ही मेघ बरसता है।

शंकररामन शास्त्रों के जानकार शास्त्री की बातों को बड़े आदर के साथ सुन रहा है।

इसलिए उसको बच्चा देने दो। बच्चे दे-देकर तुम्हारा परिवार सम्पन्न हो जाये। वंश चलाने योग्य पौरुष से युक्त किसी को ढूँढ़ निकालो। तुम्हें तो सन्तान नहीं हुई। पर ईश्वर की कृपा से यह कहीं से आ गयी। कुल गोत्र हीन कोई बेकार अंकुर।

फिर भी जंगली जुही अपना सौन्दर्य और गन्ध अवश्य दिखायेगी। उसको फैलने दो, फैलकर विशाल हो जाये। जीने के लिए आवश्यक सब कुछ तुम्हारे पिता अनन्तन ने बनाकर रखा था न? तुमने अपनी तरफ से कुछ बनाया तो नहीं फिर भी बिगाड़ा नहीं। वह भी बड़ी बात है।

थोड़ी देर सोचने के बाद अय्याशास्त्री ने कहा :

फिर इससे होने वाली तुम्हारी वंश परम्परा की शुद्धि के बारे में। एक अर्थ में अनन्तरामन के वंश की समाप्ति से बिल्कुल अच्छा होगा यह। उसके लिए भी होगा शास्त्र में कहीं कोई नियम। तब शंकररामन अय्याशास्त्री से एक बात पूछने को भूल गया।

शास्त्रों में जो बताये गये हैं वे सब सच हैं। तब अय्याशास्त्री की बेटियों की स्थिति क्या है? वसुन्धराम्मा और यशोधराम्मा खुद बच्चे दे-देकर वंश वृद्धि करने के बदले दूसरों के प्रसव लेने और उससे उत्पन्न बच्चों की देखभाल करके जीती क्यों है?

उसके लिए भी होगा इनके शास्त्रों में कोई न कोई तर्क। वह खुद अपने को विश्वास दिलाने लगा।

कुछ देर बाद उदास मन से जब वह वहाँ से निकलने लगा तो वसुन्धराम्मा ने उसको इशारे से बुलाया।

बरामदे के छोर पर जरा ऊँचाई पर वसुन्धराम्मा खड़ी थी। बरामदे के नीचे शंकररामन। देखो के.ई.एम., वसुन्धराम्मा ने कहा। मैं जो कह रही हूँ उसको गलत मत समझो। तुम्हारी बेटी उस कादम्बरी को मैंने देखा है। खूबसूरत है। रंग कुछ कम है, वह कोई बात नहीं। लेकिन उसको देखते रहना मजे की बात है।

फिर कई बातें डॉक्टरम्मा बहुत ही नरम होकर कह सुनाने का प्रयत्न कर रही है। वे स्कूल के किसी कार्यक्रम में मुख्य अतिथि बनकर गयी थी। उस दिन कादम्बरी प्रार्थना गीत गायी थी। सच कहूँ तो वह अच्छी तरह गायी। अच्छी आवाज और अच्छी प्रतिभा है। सभा से डरे बिना एक अच्छे गायक के रूप में वह खड़ी रही। पूछने पर पता चला कि वह फूलवाले शंकररामन की बेटी है। शंकररामन को कोई बच्चा तो नहीं है इस शंका के साथ रहते समय पास खड़ी एक टीचर अम्मा ने आँख मारते हुए कहा वह तो वह कादम्बरी है न! सच कहूँ शंकररामन तब उस टीचरम्मा का चेहरा तो कुछ टेढ़ा ही रहा। मैं तो सकपका गयी।

फिर भी शंकररामन...वसुन्धराम्मा ने जरा रुककर चारों तरफ आँखें दौड़ाकर धीमी आवाज में कहा।

लड़कियों के लिए इतना सौन्दर्य! जरा सावधान रहे तो अच्छा है। मैंने जो कहा बुरा मत समझो। उसकी आँखें बिल्कुल अनोखी हैं। बड़े चार सेल वाले टार्च लाइट की तरह। उस दिन जब वह पास आयी तो मैं सचमुच डर गयी...बच्चों की इन्नोसेंस उस चेहरे पर नहीं है। वह ज्वाला बनेगी कोई बड़ी अग्नि ज्वाला। जंगलों के भीतर की वैल्ड फैयर जैसी...मैं जो कह रही हूँ उसको बुरा मत समझो...तू बेचारा

है, तुम्हारी पत्नी उससे भी बेचारी है।

शंकररामन यों ही सुन रहा है। डॉक्टर अम्मा ने जो कहा वे सब समझ में नहीं आते तो भी उसको लगा कि उसमें बड़ा कोई कार्य छिपा हुआ पड़ा है।

आखिर उसने जो कहा वह उसके मन में लग गया। ऐसा समझो कि अप्पा जो कहने को हिचकते हैं वह मैं कह रही हूँ।

तुम्हारे लिए वह प्यारी तो है वह मुझे अच्छी तरह मालूम है। फिर भी कहना मेरा धर्म है...कुछ भी हो वह किसी दूसरे का खून है। याद रखो कि वह शुद्ध नहीं है और उसको शुद्ध करना भी सम्भव नहीं। इस बात पर कोई सन्देह नहीं होना चाहिए कि समय आने पर वह अवश्य उसका असली स्वभाव दिखायेगा।...उस दिन जब तुमने उस बच्चे को घर में स्थान दिया तब अनन्तरामन के प्रति जो सम्मान था इसी वजह से गाँव वालों ने कोई विरोध नहीं दिखाया। लेकिन उस बड़े आदमी के नाम को बदनाम करने का दायित्व तुम सब का है।

शंकररामन को वो सब अच्छी तरह मालूम है। अप्पा अनन्तरामन गाँव में सब का प्रिय था। वैसी कोई कीर्ति कभी मुझे भी मिल जायेगी ऐसा कोई विश्वास उसको नहीं है। उत्सवों की तलाश में मन्दिरों के मैदानों पर घूमते रहने वाला सुखी आदमी।

अप्पा ने जो अच्छा व्यापार शुरू किया था उसको अच्छी तरह सँभालने में असमर्थ। खूब खाना, दोपहर का सोना और जम्हाई उसके बाद ही है और सब।

तू बिल्कुल बेचारा है के.ई.एम.। वसुन्धराम्मा हमदर्दी के साथ कह रही है।

वो सब उसको अच्छा तो नहीं लगा फिर भी शंकररामन हमेशा की तरह विनम्रता के साथ सुनता रहा।

और भी बहुत-सी बातें करने को हैं फिर भी मैं यहाँ समाप्त कर रही हूँ इस बहाने से वसुन्धाराम्मा ने एक हलकी हँसी के साथ विराम लिया।

घर की तरफ जाते समय शंकररामन को लगा कि उसका मन बिल्कुल अस्तव्यस्त है। बड़ी ईर्ष्यालु तो है वह फिर भी उसके कहने में कहीं कोई कुछ जरूर होगा। फिर उस अय्याशास्त्री की तरफ से कुछ शास्त्र वाक्य भी। किसी को भी नालायक कुछ कहावतें।

सर झुकाकर आने वाले शंकररामन को देखकर गोमती को बड़ा आश्चर्य हुआ। बड़े उत्साह के साथ ही अय्याशास्त्री के घर तो गया था।

ये क्या है?

कमीज पर पड़े लाल निशान को देखकर गोमती ने पूछा?

पान.....

घृणा के साथ उसको उतारकर गुसलखाने के पाइप के नीचे डाल दिया।

शास्त्री हो, कोई भी हो, पान की थूक तो थूक ही है।

गोमती अय्याशास्त्री की बातों को जानने की इच्छुक थी। पर शंकररामन ने जो

कहा वे सब वसुन्धराम्मा के बेसिर-पैर की कुछ बातें।

उस शास्त्री जी ने क्या कहा?

फिर इधर-उधर के कुछ शास्त्र वाक्य, कहावतें। गोमती को हँसी आयी। फूल की दुकान वाला के.ई.एम शंकररामन वेदशास्त्र दोहरा रहा है।

एक अच्छी जम्हाई लेने का उचित अवसर। थोड़े परिहास के साथ गोमती ने सोचा।

बाद में थोड़ी हिचक के साथ ही उसने कहना शुरू किया। अय्याशास्त्री की बातें वसुन्धराम्मा की बातें और आगे कहने की सम्भावना वाली बातें।

आधा सुनते ही गोमती क्रुद्ध हो उठी।

जलन है सबको। खासकर उन दो सफेद बगुलों को। गोमती की आवाज ऊँची हो उठी। मुझे तब ही लगा था कि तुम्हें वहाँ नहीं जाना चाहिए था। फूलवाले की बेटी फूलवाली बन जाये तो सबको तसल्ली मिल जाती। डॉक्टरी पढ़ना सब शास्त्रियों की सन्तानों के लिए काफी है? सोचो जरा, हमारा कुल भी क्या छोटा है; नहीं तो मेरी बेटी की शुद्धि-अशुद्धि के बारे में कहने का अधिकार किसने दिया शास्त्र ढोने वाले शास्त्रियों को? इतने दिन हमारे साथ, वह भी इन फूलों के साथ रहने पर शुद्ध न होने वाले को शुद्ध करने का रास्ता क्या इन कुम्कुम ढोने वाले मोटे ग्रन्थों में है?

बड़ी ईर्ष्यालु हैं छोटी वह यशोधराम्मा। देखो बूढ़ी बनकर बैठी है न? बड़ा कोई जन्म पत्री दोष है। कितने बड़े रिश्ते आये। एक भी ठीक न बना। शास्त्री जी किलो भर सोना देने के लिए तैयार हैं। पर मंगल सूत्र का भाग्य नहीं तो बड़े डॉक्टर बनने से क्या फायदा? बीच में और कुछ भी सुना है। बड़े पुरुष को इससे ही बड़ा शौक है। पता नहीं कहाँ तक सच है?

कितने कहने पर भी गोमती का गुस्सा उतरता नहीं। लेकिन एक बात उसको पक्का था। शंकररामन ने पूरा तो कहा नहीं। उसको लगा कि जो कुछ कहा गया उससे भी अधिक शेष रहा है। हमेशा से अलग उसका काला तना चेहरा बहुत कुछ कह डालना चाहता है।

सुनने के लिए गोमती खड़ी रही, पर जल्दी ही शंकररामन ने बीच में छोड़ दिया।

थोड़ी देर तक उसके चेहरे की तरफ घूरकर देखते रहने के बाद कुछ बोले बिना, दोपहर का खाना भी खाये बिना, रोज की नींद भी लिए बिना दुकान की तरफ जाते समय शंकररामन के कानों पर गोमती के शब्द ही गूँज रहे थे।

शास्त्र पढ़े और शास्त्र ढोने वालों के बीच का अन्तर। वह मुझसे भी पढ़ी-लिखी है। मुझसे भी बड़ी अकलमन्द। अय्याशास्त्री और वसुन्धराम्मा की बातों का अर्थ मुझसे भी ज्यादा वह समझ सकी है।

अय्याशास्त्री और उसकी बेटी के सामने विनम्रता एवं आदर के साथ 'हाँ' में

'हाँ' मिलाकर खड़े होने के बारे में सोचते समय वह थोड़ा सकुचा गया। गोमती ने जो कहा, बड़ी के पति को छोटी से ज्यादा प्रेम है, अगर वह सच है तो इनके इन बड़े शास्त्र वाक्यों का क्या अर्थ है? गोमती के सामने और एक बार छोटा बना हुआ जैसा।

ये जानने पर शायद कादम्बरी भी ऐसा ही सोचती होगी। बेचारे इस अप्पा को बहकाना आसान है। उन सफेद बगुलों और उनके पिता बागुल ने जो कुछ कहा उन सब पर यों ही विश्वास करके लौट आया है।

इस प्रकार बहुत सारे अनुत्तरित प्रश्नों को भीतर ही भीतर दबाकर पूरा दिन शंकररामन कहीं न कहीं भटकता रहा।

दस

अप्पा ने जो कहा उसमें से ज्यादा कुछ कादम्बरी ने दरवाजे के पीछे से सुन लिया था। अय्याशास्त्री की उन बड़ी बातों का विश्लेषण करके उसके रेशे-रेशे अलग करने लगे तो कादम्बरी को गुस्सा आ गया।

उनका एक शास्त्र-पुराण। आज के जमाने में किसको चाहिए ये कुल महिमा और गोत्र महिमा सब। हमारे बीच में दुनिया के बदलाव को जाने बिना मिट्टी में सिर गढ़ाकर रहने वाले कुछ शास्त्री लोग हैं। पविषम की बातों को जरा सुन लेना चाहिए। बदली हुई दुनिया की विकृतियों के सम्बन्ध में।

एक बात मात्र कादम्बरी की समझ में नहीं आती। मेरे बच्चे देने पर कैसे शंकररामन के वंश की वृद्धि होगी? मेरी सन्तानों की परम्परा से सचमुच किसके वंश की वृद्धि होगी? किसी अभिशप्त क्षण में किसी के द्वारा छोड़ा गया बीज।

ये लोग जो कहते हैं वैसे किसी अनजान खून। इन पुरुषों की दुनिया में वंश वृक्षों का बढ़ना सिर्फ पुरुषों की परम्परा से ही। बीज छोड़ने वालों के अधिकार के सामने स्त्री की दुनिया उसको पनपने की मिट्टी तक सीमित हो जाती है।

उसके बारे में शंका प्रकट करने गयी तो गोमती को गुस्सा आ गया। जा तू। जाकर कोई काम कर।

फिर भी कादम्बरी को एक जाननी ही थी।

मुझे शादी नहीं चाहिए, मैं बच्चा देने को तैयार नहीं हूँ तो? गले में मंगल सूत्र नहीं है तो, बच्चे न दें तो स्त्री स्त्री नहीं होती?

वो सब छोड़ दो बेटी। उसको शास्त्र भी नहीं आता, कुछ भी नहीं आता। ये सब उस गोरे बगुले की चालाकी है...।

उन गोरी बगुलों के बारे में कहते समय गोमती को गुस्सा आता है। डॉक्टर है। बिल्कुल ईर्ष्यालु है, गन्दे दिल हैं। घाट की धोबिन से भी गिरी बातें।

कादम्बरी को मालूम हो गया कि अम्मा तो जवाब दिये बिना बचाव कर रही है।

थोड़ी देर बाद गोमती ने कहा :

ये सब जैसे तुम सोचती हो, बेकार की बातें नहीं हैं। शास्त्र को छोड़ो, पर

कुटुम्ब, परम्परा ये सब मुख्य हैं।

कोई कुछ भी कहे तू मेरी बेटी है...मुझे एक पोती चाहिए, उससे होकर अगली पीढ़ी।

फिर गोमती धीमी आवाज में बोलने लगी :

सन्तान हीन लोगों की दुनिया के बारे में कभी सोचा है तुमने? वे पिछले जन्म का पाप ढोने वाले हैं। वल्लुवर ने कहा है कि बच्चे की उँगलियाँ पड़ा खाना माँ को अमृत से भी मीठा है। माँ-बाप को एक सुपुत्र से बढ़कर क्या शान चाहिए। वे तो पिताओं की तपस्या से जन्म लेने वाले हैं। उनकी मौन प्रार्थनाओं से शक्ति अर्जित करने वाले हैं। पितरों के आशीर्वाद प्राप्त।

कादम्बरी आँखें मलकर जम्हाई ले रही है। उसको अनसुना करके गोमती ने बात शुरू की।

बलि कर्म करने के लिए कोई पुत्र न होने वाले का दुःख जन्म परम्परा की मूर्खता है। पितरों के लिए दो दाने गीला करने वाले सचमुच पहले चले गये कितनों के ऋण चुका रहे हैं। वह गुरुत्व है। जिन्दा पिता और पहले ही चले गये पितर दोनों समान हैं। जिन्हें पितरों का आशीर्वाद नहीं मिलता वह बच नहीं पायेगा, किसी भी दुनिया में पहुँचने पर भी।

आखिर एक लम्बी साँस छोड़ते हुए गोमती ने जोड़ दिया।

ये सब सुनकर तुम्हें दुखी नहीं होना चाहिए। पुत्र कहने पर उसमें पुत्री भी आ जाती है। आज की लड़की लड़के से भी ताकतवर एवं चैतन्य युक्त है। परिवार को चलाते हुए एक परम्परा को ही चलाने वाली है। इसलिए पिताओं एवं पितरों से जो दायित्व हैं उन सब को तुम्हें निभाना है। एक सुपूत के रूप में।

एक सुपूत! कादम्बरी ने उन शब्दों को भीतर डालकर कई बार परखा। एक माँ के असीम वात्सल्य से मेरे जन्म को भी।

और ज्यादा सुनने को रुके बिना जब वह वहाँ से हट जाती है तो कादम्बरी यों याद कर रही थी कि मैं आखिर उनके लिए एक पुत्र हूँ। पूर्वजों के साथ के कर्तव्य को निभाने का एक पुत्र।

यह सुनने पर पविष़म सिर पर हाथ रखकर जोर से हँस पड़ी। वे पविष़म के घर के सामने के बरामदे पर बैठी हुई थी।

एक दिन सबेरे उठते समय मेरी कादम्बरी का एक पुरुष बन जाना! एक पुरुष के सारे अवयवों के साथ, उसकी शक्ति के साथ एक नयी कादम्बरी।

पविष़म सोच-सोचकर हँस रही है।

मुरुका, पष़नी आण्डवा, बचा लो.....

ऐसा लगा कि हँस-हँसकर वह गिर जायेगी। सामने के कोलाहलों को सुनकर होगा पविष़म की माँ ने दरवाजे पर आकर झाँककर देखा। कुछ नहीं। पविष़म ने

हँसी को रोके बिना कहा। यह तो छोटी-सी जोक है। यह कादम्बरी एक दिन मेरा पुरुष बनकर आने वाली है। इतना ही है।

वह कादम्बरी को बिल्कुल अच्छा नहीं लगा। ये गम्भीर बात कहते समय है उसकी हँसी मजाक।

तुझे लड़की ही देखना मैं पसन्द करती हूँ। लड़का बन जाये तो तुझसे मिलना बहुत मुश्किल होगा। ऐसे एक लड़के के लिए एक पैर में तपस्या करने को बहुत सारी बेवकूफ लड़कियाँ होंगी।

कादम्बरी के चेहरे के गुस्से को देखकर होगा पविष्रम ने जल्दी रोक लिया। जल्दी ही उसका चेहरा सीरियस होते देखा। पविष्रम उस समय कुछ न कुछ सोचकर अपनी उँगलियों को उलझाकर दबा रही थी।

बड़े भाई के बाद बहुत सारी मनौतियों के बाद पैदा हुआ बच्चा लड़की ही होनी चाहिए यही सबकी प्रार्थना थी। लड़का न होने का दुःख सिर्फ मुझको ही है। इस लड़की का शरीर वह फैलाते विषैले आकर्षण की रश्मियाँ। कादम्बरी ये सब मुझे बुरी तरह उबा देती है। ये अनावश्यक कुछ अवयव मुझे बोझिल लगते हैं। लड़की का प्रोटोटाइप पूरा करते समय उसको आखिरी स्पर्श देकर पूरा करते समय नटखट ब्रह्मा ने मन ही मन जरूर हँस लिया होगा। जरा सोचो, जोड़े को आकर्षण में लाने योग्य मिलावटों को उचित मात्रा में मिलाकर...ज्यादा क्यों वह मदमत्त करने वाली गन्ध भी। उसको भेद नहीं पाती प्राणी भी, जानवर भी...यहाँ तक महामुनि भी।

थोड़ी देर बाद पविष्रम ने और जोड़ दिया।

इसलिए यह लड़की जो है वह अपने जोड़े के लिए बनाया गया शरीर मात्र है।

कादम्बरी को इस पर जरा भी दिलचस्पी नहीं थी फिर भी पविष्रम आगे कहती रही।

जैसे कि तेरी माँ ने पहले कहा था कि सन्तान हीन परिवार की व्यर्थता को लेकर बहुत सारी आम्माओं को दुखी देखा है। वो सब बिल्कुल नॉनसेंस हैं। उससे लड़की बेकार का दायित्व तथा उससे एक अधिकार अपने ऊपर ले लेती होगी।

थोड़ी देर बाद कुछ याद करने से होगा पविष्रम की आँखें अचानक चमकने लगीं।

अगर जरा-सा पुरुष बन सकती तो मैं तुझे और किसी को छोड़ नहीं देती। मुझे तुम चाहिए। नहीं समझो कि तुम्हारे सौन्दर्य के कारण है उन सबके परे की एक दोस्ती।

दोस्ती! कादम्बरी को बिल्कुल समझ में नहीं आया। अब भी हम अच्छे दोस्त हैं न, पविष्रम।

पविष्रम ने दबी हँसी हँस ली।

यह तो उन सबके परे की दोस्ती। अभी तक सबको अनजान एक तीव्र राग। हमदम। मिलन।

कादम्बरी को ज्यादा कुछ सुनने को नहीं लगा। कभी-कभी वह ऐसी है। कुछ भी समझ में न आ पाने की तरह ऐसी बात करती जाती है कि किसी से न हो...

कादम्बरी ने विषय बदलने की कोशिश की। अय्याशास्त्री ने जो कहा उसके बारे में वह जानना चाहती थी।

पविष्रम जोर से हँसी।

जरा सटकर बैठते हुए कन्धे पर हाथ दबाते हुए पविष्रम ने कहा :

जरा देखो बेटा ये शास्त्री की स्त्री सब झूठ हैं! बड़े फ्राड हैं। उनकी बातों पर जरा भी विश्वास नहीं करना।

सारी बातों पर उसका भरोसा सिर्फ बड़े भाई पर है।

सब कुछ अपनी बुद्धि एवं विवेक के साथ मिलाकर देखने समझने वाला आदमी। ये बूढ़े जो कहते हैं उन पर पूरा भरोसा मत करना। उसका यही तर्क है कि पुरानी पीढ़ियों की गन्दगी की गठरी ढोने वाले कुछ शास्त्री और पंडे लोग हैं। कर गुजार तथा शान के लिए वेद शास्त्रों की सूक्तियाँ बनाकर वे खुद आचार्य बन जाते हैं। उनके द्वारा बनाये जाने वाले अर्थहीन अफवाहों से पुरोहिताई जोर पकड़ती है। इसलिए इन पुराहितों का वेश पहनकर आने वालों से दूर रहना। प्रश्न करने की हिम्मत होनी चाहिए। जवाब हीन प्रश्नों को सुनने के लिए सुन्दर सूत्र वाक्यों से सामना करने वालों को दूर रखना...

बड़े भाई प्रायः कठिन शब्दों का ही प्रयोग करते हैं। कोई कुछ भी समझे कोई परवाह नहीं। वर्षों पहले जिस नौजवान ने जनेऊ उतारकर फेंक दिया उसको ये सब कहने की हिम्मत जरूर है।

बड़े भाई जो कुछ कहते हैं वो सब आखिर विज्ञान में ही पहुँच जाते हैं। विज्ञान से प्रमाणित न करने वाली किसी भी बात पर अपने को कोई विश्वास नहीं है जैसा हठ करते हुए दिखाई देते समय कभी-कभी मुझे भी लगा है कि बालु भाई भी और एक शास्त्री बन रहा है।

ऐसा लगा कि पविष्रम और एक लम्बी चर्चा के लिए तैयार हो रही है। नहीं तो बड़े भाई के बारे में कहने लगे तो उसको रोक पाना ही मुश्किल है। चन्दा मामा की कहानियों से भी रंगीन हैं अधिकांश कहानियाँ।

पविष्रम अक्सर कहा करती है कि वह सब कुछ बहुत ही अनुशासन के साथ सुनती तो रहेगी पर सभी बातों पर पूर्ण रूप से विश्वास करने को वह तैयार नहीं है। खासकर विज्ञान को लेकर उसका गर्व वह बिल्कुल पसन्द करती नहीं।

मैं तो ठीक उलटी हूँ। सब पर विश्वास करने को तैयार। मतलब कोई भी

मिरक्किल हो, कोई भी अलग सपना हो। वैसी कई गठित कहानियाँ हो, विश्वासों के अभाव में हमारी जिन्दगी बिल्कुल बोरिंग हो जायेगी, है न कादम्बरी? कभी कोई आकर मुझसे कहे कि कादम्बरी को पिल्लैयार मन्दिर के ऊपर से पंख फैलाकर उड़ जाते हुए देखा है तो मैं जरूर उसका भी विश्वास कर लूँगी। क्योंकि, मेरी कादम्बरी को उड़ने की क्षमता है। एक दिन उड़ जाने वाली ही है। ऐसे मूर्ख सपनों से होकर जो बचपन गुजर नहीं जाता वह बचपन और कौमार्य बिल्कुल वेस्ट है।

देखो बेटा, पविष्म उसको उपदेश देने का प्रयत्न कर रही है।

वो नालायक शास्त्री को, उसके सफेद बगुलों को फाड़ में जाने दो। उसके पास उपदेश के लिए गये तुम्हारे अप्पा तो बिल्कुल बेचारा है। फूलों की दुकान चलाकर उसका मन भी फूल बन गया होगा। नहीं तो ऐसा उपदेश देने का अधिकार इस शास्त्री को दिया किसने? इस जमाने में कोई भी किसी का आखिरी शब्द नहीं है। इस साइबर स्पेस, वर्चुअल वर्ड आदि के इस जमाने में किसको चाहिए इन शास्त्रियों के भाषण? सिर पर एरियल होने से रिसप्शन ठीक होने की जरूरत तो नहीं।

थोड़ी देर के बाद पविष्म ने आगे कहा :

कभी-कभी मुझे लगता है कि हम जो बात करते हैं वे स्कूली बच्चों के जैसी नहीं। हमारे लिए योग्य कितनी रसीली बातें हैं फिर भी बड़ी-बड़ी बातें करके यों ही समय बर्बाद कर रही है, बड़े भाई के समान।

बड़े भाई के बारे में कहने लगे तो पविष्म अचानक मौन हो गयी, लगा कि कोई याद उसे सताती हो।

क्या हुआ, पविष्म, क्या हुआ? कादम्बरी ने उसकी पीठ पर थपथपाया।

पविष्म की आँखें अपने चेहरे पर रेंगते हुए उसने देखा। पहले कभी न दिखाई पड़ी बहुत सारे सन्देहों की दृष्टि।

क्या हुआ, बताओ। कादम्बरी ने दोहराया।

बहुत संकोच के साथ ही पविष्म ने कहना शुरू किया था।

उस दिन मैंने जो कहा था वह याद है तुम्हें, जिस दिन बड़ा भाई मुम्बई गया था उस दिन का मेरा वह रोना...उस दिन भाई ने कहा था कि यह रोना तब के लिए सुरक्षित रखो जब तुम ससुराल की तरफ जायेगी। फिर मुझे लगा.....

जरा रुककर मुख नीचा करके पविष्म को फुसफुसाते सुना :

फिर मुझे लगा कि उसको सुरक्षित रखना मेरे ससुराल जाते समय के लिए नहीं। इस दुनिया के सभी भूत-प्रेत-पिशाच भूमि की ओर उतर आकर भटकते एक अभिशप्त दिन के लिए।

कादम्बरी ने प्रश्न भरी आँखों से देखा।

आवाज बिल्कुल धीमी करके काँपते गले से पविष्म को बोलते हुए सुना। भाई

को एक पत्नी के आने के बारे में मैं सोच भी नहीं सकती।

पविषम फिर से पुरानी यादों में डूबती-सी दिखाई देती है।

नहीं बेटा, कुछ देर के बाद घनी आवाज में उसने कहा : मैं उसके लिए कभी भी सहमत नहीं हो जाऊँगी। मैं अपने भाई को किसी को नहीं दूँगी, बड़ी सुन्दरी तुम्हीं को भी। भाई मेरा ही है। भाई तुम्हारे लिए योग्य है यह मैं जानती हूँ। लेकिन वैसा मोह जल्दी ही छोड़ दो। भाई हमेशा मेरा ही है।

कादम्बरी बुरी तरह सकपका गयी। पविषम का चेहरा बिल्कुल कसा हुआ लग रहा है। उसकी नजरों में पहले कभी भी न दिखाई पड़ी दुश्मनी की छाया।

यह कैसी बेवकूफी कर रही है। मैंने उसके बड़े भाई के बारे में कुछ कहा तो नहीं था। एक बार जब छुट्टी पर आया था तब का परिचय मात्र है। ज्यादा कुछ न बोलने वाला बालू भाई। बड़े चश्मे। तने लाल चेहरे के लिए बिल्कुल न मिलने वाली लटकती मूँछ। कुल मिलाकर एक ज्ञानी की सूरत।

इस बेवकूफ लड़की को कैसे समझाऊँ कि पहली मुलाकात में ही तुम्हारे बड़े भाई ने मुझे जरा भी मोहित नहीं किया था।

देखो, पविषम! कादम्बरी ने शान्त स्वर में कहा। तुम्हारा भाई मेरा भी भाई है। उसके अलावा कुछ सोचना भी गलत है।

लगा कि उस जवाब ने उसे जरा भी तृप्त नहीं किया। उसका भूत चढ़ा चेहरा तब भी तना हुआ था। उसके भाई को छीन ले जाने के लिए खड़े की पंक्तियों में एक बनकर मैं भी।

कुछ देर बाद लगा कि पविषम जरा शान्त हो गयी। देरी से आयी समझदारी से उसको कहते हुए सुना।

मुझे मालूम है कि बालू जैसे एक पुरुष के चारों ओर लड़कियों का घिर जाना स्वाभाविक ही है। वह भी खास तौर पर इतनी दूर के बड़े शहर में। दफ्तर में और आसपास की जगहों में कितनी फैशन परस्त स्त्रियाँ। किस प्रदेश की हैं, किस जाति की हैं, क्या जाने? उनमें से किसी को एक दिन बड़े भाई ले आये तो तुम क्या कर सकोगी? यही तू सोच रही है न?

जल्दी उसकी आवाज ऊँची हो उठी।

मार डालूँगी उसको। कोई भी उर्वशी क्यों न हो। मैं अपने भाई को किसी को नहीं दूँगी।

उस समय पविषम की आँखों में जली जंगली आग की तपिश में कादम्बरी को लगा कि अपना चेहरा जल रहा हो।

थोड़ी देर बाद कुछ भी कहे बिना पविषम से विदा लिए बिना उठकर चलते समय कादम्बरी के दिल में पविषम का तमतमाता चेहरा था। कादम्बरी को लगा कि उस समय उसके चेहरे पर प्रकट नफरत को बाहर दिखाई पड़ने वाली नफरत

से ज्यादा गहरी जड़ें हैं। उस खुरदरी आवाज में एक अपूर्व अलगाव भी महसूस हुआ।

अपने भाई का अपने से दूर हो जाने के दिन से वह डरती है। भाई को बाँट लेने के लिए दूर किसी शहर से आ जाने वाली उस फरिश्ते से भी।

कादम्बरी सोच रही है कि यह पविष्रम कभी-कभी जरा भी मेरी समझ में नहीं आ रही है। दूसरों के समान यहाँ पविष्रम के भी अलग-अलग चेहरे, अलग-अलग समय में।

ग्यारह

शंकररामन उस दिन एक विशेष मानसिक स्थिति में था। दुकान में बैठने पर भी वह कुछ भी कर नहीं सका। कुल मिलाकर उसको कोई उपाय सूझता ही नहीं। मन बिल्कुल अस्वस्थ था।

अपनी तसल्ली के लिए वह जम्हाई लेने लगा। खाली पेट की जम्हाई से जब छाती जलने लगी तो कुछ देर आँखें बन्द करके बैठा रहा।

अय्याशास्त्री के शब्द भीतर कहीं कोलाहल मचाने वाले काले-काले रूप बने। फिर कुछ अनावश्यक दिखावटीपन के साथ वह वसुन्धराम्मा भी। तब ही रोकना था। हमेशा की तरह बाद में दिमाग काम करने लगा।

पहले तो भीतर ही भीतर दबाकर रखने की कोशिश की पर कुछ देर बाद सब कुछ बिगड़ गया। उस वसुन्धराम्मा के शब्दों की गूँज अब भी मेरे कानों पर पड़ रही है। वो तो बड़ी होशियार है। दुनियादारी जानने वाली। उनके शब्दों के बीच में कहने से अधिक अनकहे छिपे हुए हैं। यह तो जैसे कि गोमती कहा करती है जलन है, पर उस से भी परे का कुछ है। शायद एक स्त्री को सही ढंग से कोई दूसरी स्त्री ही समझ सकती होगी। मेरे अनुमान के परे पता नहीं कैसे कादम्बरी वसुन्धरा के दिल में घुस गयी।

शंकरामन का सिर बोझिल हो रहा है। सोचने पर कहीं पहुँचता नहीं। कादम्बरी को लेकर कभी भी इतना सोचने का अवसर नहीं आया था। वह तो अब भी छोटी बच्ची है, सालों पहले जिस चार साल वाली लड़की ने करुमारियम्मन कोविल में रेंग-रेंग कर मेरे पैर पकड़ लिया वही। बचपन में, कौमार्य में, फिर साड़ी की उम्र में वह चार साल वाली बड़ी न होकर मेरे मन में वैसी ही बनी रही।

पास आते समय उसको सटाकर रखकर सिर पर तथा गालों पर सहलाते देख गोमती हँसी उड़ाती थी।

अच्छा हुआ, अब भी अप्पा की नन्ही बेटी है...कॉलेज की लड़की बन गयी है।

यह तो सिर्फ मेरे द्वारा पाली गयी लड़की के साथ का साधारण वात्सल्य नहीं। उसके परे का कोई स्नेह।

चार साल की उम्र में जो चमक मासूम आँखें दीख पड़ीं वही आज भी उसके

चेहरे पर है।

उसी के बारे में वसुन्धराम्मा ने कहा, ज्वाला बनेगी, कोई बड़ी अग्नि!

कुछ अपरिचित शब्दों की नयी गूँज। उसको सुविधानुसार देने योग्य कई अर्थ।

अपने निकट से होकर चमगादड़ों की पंक्ति फटफटाहट के साथ उड़ गयी जैसी। वही पुराने चमगादड़। दिन के उजाले में भी कानों को फोड़ देने वाली आवाज में।

शंकररामन ने अनजाने ही कानों को बन्द कर दिया। कुछ समय तक वैसा ही बैठा रहा। तब तक चिड़ियों की पंक्ति उड़ गयी थी.....

किसी कार्यक्रम के लिए बुके खरीदने आया एक पुराना परिचित व्यक्ति बातें करने लगा तो उतनी दिलचस्पी नहीं दिखाई।

होफ! क्या है, इस साल की गर्मी।

हाँ.....

बारिश का कोई निशान ही नहीं। पूरा आकाश तो जल रहा है। बादलों का नाम ही नहीं कहीं। नहीं तो बारिश होगी कैसे, उतना बुरा हो गया है न मनुष्य का मन? कोई आचार नहीं, सम्प्रदाय नहीं, भक्ति और मान सम्मान नहीं.....

हाँ.....

अब तो सुना है कि बारिश के लिए यज्ञ चलाने जा रहे हैं। ऐसा भी सुना कि विमान से बादलों के बीच में बारिश के बीज बिखरने जा रहे हैं। उसके लिए बादल तो होना चाहिए न? फिर विशुद्ध हाथ भी चाहिए न बीज बोने के लिए?

हाँ.....

शंकररामन की बेटी को फर्स्ट क्लास है न?

हाँ, शंकररामन ने फिर से 'हाँ' कर दिया।

अब की बार हमारे स्कूल को तीन फर्स्ट क्लास ही हैं। रिजल्ट उतना अच्छा तो नहीं है। और आज के बच्चों की दिलचस्पी तो पढ़ाई में नहीं है।

हाँ.....

बेटी क्लास में फर्स्ट होगी, है न?

मालूम नहीं, पता नहीं किया.....

जाते समय उसने फिर से हमदम दिखाया :

और भी पढ़ाते हैं? ट्रेनिंग वाली टीचर अम्माओं की माँग अब बढ़ गयी है।

फिर रात को घर वापस आया तो वह उस आदमी के शब्दों को अय्याशास्त्री के शब्दों से मिलाकर देखने लगा। ट्रेनिंग वाली टीचर आम्माओं की माँग अब बढ़ रही है।

शंकररामन का दिल दुखने लगा।

वैसी एक साधारण टीचरम्मा बनाने के लिए पाला नहीं था इसको। इस गाँव में ऐसी कितनी टीचर अम्माएँ हैं—काली, गोरी, मोटी, दुबली। और एक सेलवी टीचर

बनने के लिए मेरी बेटी.....

हाथ में एक कहानी की किताब लेकर कादम्बरी जब अपने सामने से निकल गयी तो शंकररामन अपनी आराम कुर्सी पर सीधे बैठा। बेटी के चेहरे की तरफ जरा ध्यान से देखा।

फिर देखते-देखते वहीं कुछ देर बैठ गया।

मेरे सामने एक बड़े आश्चर्य के रूप में अपनी बेटी। अब वह परायी जैसी। अचानक मेरी बेटी बड़ी हो गयी है। लाल रेशमी कपड़े पहनकर, लाल पत्थर की नथनी, आँखों में काजल लगाकर, माथे पर सिन्दूर का तिलक, होठों को पान से लाल करके, बिल्कुल बड़ी होकर उस पूरे वातावरण में भर गयी.....

अचम्भे में बैठा है शंकररामन।

उस दृश्य की विशालता में भटकते फिरते समय कहीं रास्ता भटक गया। उलझे चौराहे पर वह थोड़ी देर सकपकाकर रह गया। और भी कुछ प्रश्न उभर आ रहे हैं। कभी भी जवाब न मिलने वाले सवाल।

उस दृश्य के बीचोबीच कादम्बरी। लाल रेशमी कपड़े पहनकर लाल नथनी डालकर, आँखों में काजल लगाकर भीतर कोई कम्पन सा शंकररामन ने महसूस किया। आँखें दुःख रही हैं। पैरों की उँगलियों से हलका-सा कम्पन ऊपर की तरफ चढ़ आता जैसा। अब उसके चेहरे की तरफ देखते समय एक अपूर्व अजनबीपन।

क्या हुआ मामा?

कादम्बरी अपने सुन्दर दाँत दिखाते हुए हँसने का प्रयत्न कर रही है। अप्पा के चेहरे का यह भाव भेद वह बिल्कुल समझ नहीं पाती। उसके सुन्दर लाल-लाल चेहरे को निकट से देखा तो शंकररामन जरा चौंक उठा। वह जलती अग्निज्वाला के समान है। उसकी तपिश में भौंहें जल रही हैं। चेहरे से ताप की लहरें उठ रही हैं।

कादम्बरी के चेहरे पर अब एक विशेष प्रकार की हँसी है। उसकी असलियत को पहचाने बिना शंकररामन मुसीबत में पड़ गया। सालों पहले कौमार्य में ही पहली बार साड़ी पहने दर्पण के सामने एक छोटी-सी अग्नि ज्वाला के समान खड़ी वही लड़की है। शहर से मैं खरीद लायी खुशबु की पहनी लाल साड़ी।

अब वह और किसी-किसी की तरह।

शंकररामन ने जान लिया है कि अपना सिर बुरी तरह दुःख रहा है। वह अपने चेहरे से आँख उठाये बिना देखता ही रह रहा है यह जानकार कादम्बरी का चेहरा मुरझा गया।

क्या हुआ मामा, तबीयत ठीक नहीं है क्या? अमृतांजन लगा दूँ? कादम्बरी ने झुक कर उसके माथे पर हाथों से दबा दिया। तब शंकररामन जरा काँप गया। तपती उँगलियाँ एक साँप के समान माथे पर रेंगती जैसी लगीं। वहाँ जलन से दुःख रहा है। सारा बदन जल रहा है। बिल्कुल पसीने में तर गया।

कुर्सी पर पकड़ते हुए वह सवाल दोहरा रही है।

क्या हुआ मामा, तबीयत ठीक नहीं है क्या?

वह आवाज जब और एक बार निकट से सुनी तो वह चौंक गया। यह मेरी बच्ची की सुन्दर आवाज तो नहीं है। यह एक सयानी लड़की की काँपती आवाज है। उससे होकर अनजान किसी वंश परम्परा की कई स्त्री आवाजें मिलकर कुछ कहना चाहती हों।

डरकर शंकररामन उठ खड़ा हो गया। दो कदम पीछे की तरफ रखा।

यह क्या हो रहा है पता नहीं था कादम्बरी को। वह सकपका गयी। तब शंकररामन गोमती की तलाश में पहले शयन कक्ष गया, फिर रसोई की तरफ।

क्या हुआ अत्ता[1], क्या हुआ? गोमती ने घबराकर पूछा। हमारी कादम्बरी बड़ी लड़की हो गयी...वह लाल कपड़ा, लाल पत्थर की नथनी, सिन्दूर की बिन्दी, पान ...मुझे कुछ समझ में नहीं आ रहा है.....

गोमती डर गयी। कौन-सा लाल कपड़ा? वह नीला चूड़ीदार पहनी हुई है न? उसको मेरा नथनी पहनना भी पसन्द नहीं है। फिर सिन्दूर का तिलक, पान...यह अत्ता क्या-क्या बक रहा है।

शंकररामन रसोई की दीवार से सटकर खड़े होकर, थोड़ी थकावट के साथ वही दृश्य फिर से अपनी आँखों के सामने की ओर ले आने का परिश्रम कर रहा है।

अत्ता...गोमती ने उसका कन्धा पकड़कर हिलाया। यह कैसा पागलपन है? क्या हुआ आपको?

वह तो कुछ भी बोल नहीं पाता। गला सूख गया है।

सिर के भीतर का ढिंढोरा अब भी थम नहीं गया है। रसोई के दरवाजे पर आकर झाँककर देख रही है कादम्बरी। वह भी बुरी तरह सकपका गयी है। कादम्बरी को देखा तो शंकररामन उसके चेहरे की तरफ देखे बिना जल्दबाजी में बाहर की ओर निकल गया। फिर कमीज बदल लिया, फिर बाहर चला गया। कादम्बरी को रोना आया।

क्या हुआ था बेटी? गोमती ने पूछा।

अप्पा...अप्पा.....

क्या हुआ...बताओ।

अप्पा की तबीयत ठीक नहीं है। उसकी नजर ठीक नहीं है। उसका गला सूख गया। शब्दों में दुःख से ज्यादा कोई खालीपन। अप्पा मुझसे नाराज है। मैंने कोई अपराध किया है माँ?

कन्धे पर हाथ रखकर गोमती ने उसको अपनी ओर लगा लिया। धीरे से पीठ

---

1. 'अत्ता' तमिल में पति को पत्नी इस नाम से है।

पर थपथपाया।

गोमती को भी कुछ समझ में नहीं आता। उस अय्याशास्त्री के घर से वापस आने के बाद उसका चेहरा तो भूत चढ़ा हुआ जैसा है। उस अय्याशास्त्री और उनकी बेटियों ने मिलकर पता नहीं क्या क्या उसके दिमाग पर चढ़ा दिया है? शास्त्र न जानने वाला शास्त्री। उनका जन्म तो असुर जन्म है।

शंकररामन ने मुझसे जो कहा था वह पूर्ण नहीं था। तबसे मुझे लगा था कि जो कुछ कहा उससे भी ज्यादा कहने को है।

कादम्बरी अपने रोने को वश में करने का प्रयत्न कर रही है। गोमती को लगा कि उसको शान्त करना उतना आसान तो नहीं है। उन घटनाओं ने तो उसको बहुत डरा भी दिया।

वह दिन वैसा बीत तो गया फिर भी कादम्बरी के मन की व्याकुलता बढ़ती गयी। उसको ऐसा लगा कि अप्पा बिल्कुल बदल गया है। आगे के दिनों में बड़ी आशंकाओं के साथ ही सुबह उठती थी।

बाद के दृश्यों ने भी उसको बुरी तरह बेचैन कर डाला।

खम्भे के पीछे छिपकर देखने वाला शंकररामन। शयन कक्ष के दरवाजे के पीछे कभी-कभी एक नयी छाया, एक अपरिचित पाद स्पन्दन। पुस्तक पढ़ते हुए आँगन में टहलते समय, वस्त्र बदलते समय पीछे के बरामदे में सहेलियों के साथ खेलते समय, सन्ध्या समय प्रार्थना के लिए बैठते समय उसको ऐसा लगा कि सब कहीं अपने चारों ओर बहुत सारी आँखें हैं।

कादम्बरी बिल्कुल समझ नहीं पाती। उसका दिल अनावश्यक रूप से धड़क रहा है।

अप्पा मुझसे कुछ छुपाने का प्रयत्न करता जैसा लगा। अप्पा को क्या तंग कर रहा है? मेरा अप्पा हमेशा एक अच्छा मित्र बनकर रहने का प्रयत्न करता था।

सीधे पूछ लेने में दिक्कत होने पर वह जहाँ तक हो सके उसकी दृष्टि में न आ पड़ने में ध्यान देने लगी। ज्यादा समय अपनी पुस्तकों के साथ अपने पढ़ने के कमरे की कुर्सी पर ही रही।

यह समझकर होगा शंकररामन ने एक दिन शाम को खाना खाने बैठते समय उसके चेहरे की तरफ ध्यान से देखकर पूछा—

क्या हुआ कादम्बरी, तुम्हें क्या हो गया? दिखाई ही नहीं देती।

कुछ नहीं अप्पा। लेकिन आपको क्या हो गया, पहले वह तो बता दो।

वह तो ठीक है जैसा जब गोमती ने भी सर हिलाया तो शंकररामन की आवाज अटक गयी। चेहरा काला हो गया। इतने दिनों में उसने पहली बार मुझे अप्पा बुलाया। मामा से मैं अब अप्पा बन गया।

क्षण भर के लिए अप्पा और बेटी एक-दूसरे को देखते रहे। उस समय उसको

वह फिर से चार साल वाली बन गयी। मन्दिर के मैदान में फैलाये गये चादर से रेंग आकर अपने पैरों को पकड़ी वह बेचारी लड़की।

कादम्बरी की यादें भी पीछे की तरफ जा रही थीं। पहली बार बरामदे में पड़े कीचड़ भरे पैरों के निशान। पहला नया कपड़ा। पहला चाँदी का पायल।

पहला, पहला...वैसे कितने पहले के.....

कादम्बरी का चेहरा जब म्लान होने लगा तो शंकररामन को भी बुरा लगा।

मैंने कोई गलती की तो माफ कर दो, अप्पा। आप मेरे लिए अप्पा नहीं आण्डवन (ईश्वर) हैं। कादम्बरी का गला भर आया। गले में रोना अटका हुआ है।

शंकररामन असमंजस में पड़ गया। इस बच्ची ने कोई गलती तो नहीं की है। यहाँ किसी ने गलती तो नहीं की। लेकिन किसी गलती की छाया आकर घेर लेती जैसी।

जल्दी कुछ कहे बिना, खाना समाप्त करके वह उठ गया। हाथ धोने के लिए रसोई के बरामदे के धुँधले अँधेरे की तरफ उतरते समय दूर कहीं से जरा ठंडी हवा आ रही थी। असमय में कहीं वर्षा हो रही होगी। वर्षा की कमी वाले इलाके में अचानक एक वर्षा।

कुछ देर तक उस ठंडी हवा की तरफ मुख किये वह थोड़ी देर खड़ा रहा।

लौटकर खाने के कमरे में आये तो गोमती बर्तन में सब ले रही थी। आधा खाना उसके स्टील बर्तन में भी शेष था। जब गोमती ने उसकी तरफ मुजरिम जैसा देखा तो अनदेखा करते हुए शंकररामन सामने की तरफ चल पड़ा।

तब तक हल्की बारिश आँगन तक आ चुकी थी। बारिश की तरफ देखते हुए सामने के खम्भे के सहारे खड़े होते समय सीढ़ियों के पास कोई छाया देखी। हल्के प्रकाश वाले बल्ब की रोशनी के उस पार कोई हलचल।

बारिश बढ़ रही थी।

शंकररामन अन्दर जाकर जल्दी टार्च लेकर आया। टार्च की रोशनी में आँगन के एक कोने में कोई बारिश में भीगते हुए खड़ा हुआ दिखा।

ध्यान से देखा तो...कादम्बरी।

ऊँची आवाज में कुछ न कुछ कहते हुए गोमती बारिश की तरफ दौड़ आयी। सिर्फ शंकररामन वैसा ही खड़ा रहा।

फिर अम्मा के कन्धे के सहारे, झुके हुए सिर के साथ बरामदे की ओर आते समय कादम्बरी बुरी तरह भीगी हुई थी। उसके खुले बालों से पानी टपक रहा था।

ऊँची आवाज में गोमती रो रही थी, साथ ही कादम्बरी भी। घबराकर शंकररामन दुविधा में पड़ गया।

बारह

गोमती भी कुछ दिनों से शंकररामन के व्यवहार में आये परिवर्तन की ओर ध्यान दे रही थी।

जब भी पूछा, एक ही जवाब।

कुछ नहीं।

वह जल्दी कहकर बचने लगे तो गोमती ने उसे छोड़ा नहीं। थोड़ी देर के बाद अचानक उसने पूछा :

हमारी लड़की का गाँव कौन-सा है?

गोमती चौंक गयी। कैसा प्रश्न है?

हमारा गाँव ही है। और क्या?

कुल?

हमारा कुल ही है।

अप्पा, अम्मा...?

गोमती की आँखें भर आयीं। बिल्कुल अनजान की तरह के ये सवाल बिल्कुल समझ में नहीं आते। कुछ भी हो ये प्रश्न मेरे अत्ता का तो नहीं है।

शंकररामन जवाब के इन्तजार में है। थोड़ी देर के बाद वह फुसफुसाने लगा। तू उस लड़की से पूछ लो.....

गोमती चौंक गयी। कादम्बरी से पूछना? इतने सालों से पूछे बिना पाला, वह भी न जानने वाली बातें। चार साल के पहले की यादों को जगाना बिल्कुल निर्मम है। कब के भूल गये चार साल की उम्र की ओर उसे ले जाये तो फिर वापस ले आना असम्भव होगा।

क्यों अत्ता, ऐसा सब कर रहा है...?

जब उत्तर देना मुश्किल हो जाता है तो सब कुछ अनसुना करके चुपचाप आँखें बन्द करके बैठ जाता है। नहीं तो कुछ भी कहे बिना जल्दी निकल जाता है। कहाँ जा रहा है, गोमती पूछती ही नहीं। शायद उसको भी पता नहीं होगा कि कहाँ जा रहा है। फिर वापस आता है रात को दुकान बन्द करके वहाँ के नौकर लड़के के साथ।

प्रायः शंकररामन को रात में नींद बिल्कुल कम आती है। यह तो सालों की

आदत है। अब वह और बिगड़ गया है। रात में सोने के लिए पहले ही लेट तो जाता है पर बेचैनी से रात भर करवटें बदल-बदलकर लेटता तो उस पुराने लोहे का पलँग चरमराने लगता है। उसकी आवाज से गोमती भी सो नहीं पाती। बीच-बीच में पेशाब करने के लिए जाते समय गोमती की नींद टूट जाती है। फिर ऊँची आवाज में पेशाब करके आश्वास की जम्हाई लेते हुए वापस आते समय थोड़ी-सी नींद मिल जाये तो अच्छा। वह भी थोड़ी देर के लिए। तब तक उठने का समय हो गया होगा। फिर अँगीठी की राख साफ करके जलाने लगती तो अन्दर से गुरटि की आवाज सुनाई पड़ेगी।

दिन तो बीतते जा रहे हैं। पहली बार रूप-रंग-गन्ध हीन एक वसन्त को अपने सामने से निकल जाना बहुत ही दुःख के साथ देखती रही।

उसको यह बदलाव बिल्कुल समझ में नहीं आता। उसके चेहरे की चमक कब की टल गयी है। प्रायः मुँह फुलाकर रहता है। दुकान के बारे में कोई दिलचस्पी नहीं है। सब कुछ वहाँ के नौकरों को सौंप दिया गया है। देरी से दुकान खोलने के कारण सुबह का बड़ा व्यापार भी छूटता जा रहा है।

कादम्बरी तो बड़े सबेरे दुकान जाकर बैठने को तैयार हुई, पर गोमती ने मना कर दिया। बुरा समय है। उतनी मुसीबत में नहीं है फूलवाले अनन्तरामन का परिवार।

वैसे एक दिन दोपहर को गोमती का छोटा भाई तिरुपुर में कपड़े की दुकान चलाने वाला सुन्दरम शंकररामन से मिलने आया।

वह तो बहुत दूर तिरुपुर में रहता तो है, बहुत विरले ही घर आया करता है तो भी यहाँ के बहुत सारे कार्य उसने भी तो जान लिए हैं।

शंकररामन के उस मुरझाये चेहरे को देखकर उसने अपना कन्धा फेर लिया।

बहुत कुछ कहने को आया था पर कैसे शुरू करूँ इस असमंजस में कुछ देर थोड़े संकोच के साथ इधर उधर देखता रहा। फिर अपने नीले कमीज का हाथ ऊपर की ओर तह कर रखते हुए सुन्दरम थोड़ी जोर से कहने लगा।

आपका व्यापार सब कैसा चलता है, भाई?

अच्छा चलता है।

इस फूल के व्यापार में मारजिन थोड़ा कम है, है न?

उसके बारे में मैंने सोचा भी नहीं, शंकररामन ने कहा। कुल मिलाकर यही व्यापार उसको आता है। वह भी अप्पा ने सिखा दिया था। इसलिए दूसरे व्यापारों में कितना लाभ मिलेगा इसके बारे में सोचने को नहीं लगा अभी तक।

अप्पा ने सिखा दिया...हल्की मुस्कुराहट के साथ उसको दोहराते हुए फिर से सुन्दरम ने अपना कन्धा फेर लिया।

अप्पा के सिखाये व्यापार के सिद्धान्त कब के पुराने पड़ गये हैं, ऐसा कहने को हुआ पर शंकररामन के चेहरे की उदासी देखकर कुछ कहे बिना धोती के तह

से सोने की पिटारी से थोड़ा पट्टणम सूँघनी लेकर सूँघने के बाद ऊँची आवाज में छींकने लगा। रुमाल से मुहँ पोंछने पर नाक लाल-लाल हो गया।

सुन्दरम ने देखा कि गोमती की आँखें उसकी तरफ ही हैं। इसलिए जो कुछ कहने को था वे सब अपने भीतर ही भीतर उथल-पुथल मचाते हैं।

फिर धीमी आवाज में उसने कहना शुरू किया।

देखो भाई, यह व्यापार जो है वह एक फुल टाइम काम है। ऐसे इसे नहीं करना चाहिए। सतर्क रहने पर भी बिगड़ जाने की सम्भावना है...उन नौकरों के भरोसे पर आप घर बैठे रहे तो फिर सारा व्यापार गोविन्दा...गोविन्दा।

गोमती ने ऐसा सर हिलाया कि उसने जो कहा वो सब कितना सच है।

शंकररामन को सुन्दरम का ऐसा अचानक आ जाना उतना पसन्द नहीं आया था। दोपहर की नींद खराब हो जाने का गुस्सा ही नहीं कुल मिलाकर उसका वह आचार-व्यवहार शंकररामन को बिल्कुल पसन्द नहीं है। गहरे रंगों की कीमती रेशमी कुर्ता। जरीदार धोती। हर हाथ में तीन-तीन बड़ी-बड़ी अँगूठियाँ। जेब में विदेशी सिगरेट का पैकेट बाहर दिखाई पड़ने की तरह रखा हुआ है। आते ही दूर से सेंट की तीक्ष्ण गन्ध, पास आने पर सिगरेट की।

फिर तो व्यापार में मुझे उपदेश देने के लिए यह कौन? शंकररामन ने सोचा। यह मुझसे कितना छोटा है। कॉलेज जाकर डिग्री लेने का दम्भ है उसको। बहुत छोटी उम्र में ही तिरुपुर जाकर किसी बेचारे चेट्टियार[1] को फँसाकर कुछ पैसा तो कमा लिया सही है। वैसे घर, कार सब बन गये। इससे बड़ों को उपदेश देने का अधिकार इसको किसने दिया?

यह तो सालों पहले फूलवाले अनन्तरामन का शुरू किया गया व्यापार है। यह मुझे सिखाने की कोई जरूरत नहीं कि अनन्तरामन की परम्परा और महत्ता को किस प्रकार आगे ले जाना है। इस नयी पीढ़ी के लड़कों के तन्त्र-मन्त्र की मुझे कोई जरूरत नहीं।

सुनो, सुन्दरम शंकररामन ने जरा नींद की अलसता में कहा। मेरा व्यापार सब ईश्वर की कृपा से अच्छा चल रहा है। उसमें कोई प्रॉब्लम आ जाये तो उन सबको ठीक करना मुझे अच्छा आता है।

सुन्दरम जब गोमती की तरफ अर्थ भरी आँखों से देखने लगा तो शंकररामन को सन्देह होने लगा। इसके कहने पर ही शायद ऐसा एक धन्धा लेकर इस दोपहर को इसका आना हुआ होगा?

जरा संकोच तो हुआ फिर भी गम्भीरता को छोड़े बिना सुन्दरम फिर से समझाने का प्रयत्न कर रहा है।

भाई, आपकी दुकान अच्छी तरह चल रही है वह तो खुशी की बात है। लेकिन,

1. तमिल व्यापारी को चेट्टियार कहते हैं।

कितने सालों पहले दादा के द्वारा शुरू की गयी वह दुकान जरा भी बड़ी बने बिना वैसी ही चल रही है, समझना चाहिए। आप सब व्यापार जानने वाले हैं। इतने सालों में यहाँ भी और बाहर भी कम से कम चार-पाँच दुकानें खोल लेने का समय बीत गया है। पुरानी महिमा तो अवश्य एक ताकत है पर उसका उचित उपयोग करना ही चाहिए। पुरानी परम्परा और महिमा का बखान करते रहने की अपेक्षा एक दुकानदार को समय के अनुसार बदलना चाहिए। कभी-कभी अपने व्यापार का तरीका ही बदलना पड़ेगा। व्यापार का मतलब दैनिक लेन-देन मात्र नहीं। उन सबके परे एक नियोग, एक जन्म पुण्य है।

सुन्दरम का भाषण जब इस प्रकार बढ़ने लगा तो शंकररामन बेचैन होकर उठ खड़ा हो गया।

देखो सुन्दरम, शंकररामन ने कहा। तुमने जो कहा वो सब तुम्हारी कपड़े की दुकान के सम्बन्ध में ठीक रहेगा। लेकिन यह तो फूल का व्यापार है। पूजा के फूलों का व्यापार करते समय उसमें सत्य और ईमानदारी को पालना ही होगा। हम फूलों को बेचते नहीं, किसी दूसरे को विश्वास के साथ सौंप दे रहे हैं। बचपन से ही फूलों के साथ बड़े होने के कारण मैं फूलों के हर भाव परिवर्तन से परिचित हूँ। फूल कभी धोखा नहीं देते अनन्तरामन के परिवार को। फूलों को उतना प्यार देकर बढ़े हैं हम...

फिर भी भाई, सुन्दरम बीच में आकर कहने लगा। इस लाइन में मुनाफा कम है तो कोई दूसरी लाइन ढूँढ़ सकते हैं न? एक परिवार की रातभर की कोशिश के बावजूद उचित मुनाफा नहीं मिलता तो...वैसा एक विचार यहाँ अक्का (दीदी) को भी है ऐसा लग रहा है।

जलती आँखों से पत्नी की तरफ देखकर शंकररामन सुन्दरम की ओर मुड़ा।

किसने कहा कि मुनाफा नहीं है? उचित मुनाफा तो मिल रहा है। उससे ही अप्पा ने ये सब बनाये थे जो तुम देख रहे हो...फिर यह लाइन जो है हमारी भाषा में रेखा है। रेखा तो हमेशा सीधी ही होनी चाहिए। सुना है कि व्यापार तो सत्य और ईमानदारी विहीन शब्द है। पर नया मुहावरा है कि बाजार सब सत्य है। लेकिन अनन्तरामन का परिवार वैसी स्थिति में अभी तक पहुँचा तो नहीं है। बहुत मुश्किल से इस स्थिति तक पहुँचे हैं। और भी मुश्किलें झेलनी आती भी हैं...फिर मुझे भी तुम्हारे जैसे तिरुपुर के कपड़े के मिल वाले जो गहरे रंग के कपड़े बनाकर रखते हैं उन्हें बेचकर खाने की सामग्री जुटानी है, है न? हर एक को अपना-अपना परिचित रास्ता है। जैसे मुझे कपड़ों को मालूम नहीं है वैसे तुम्हें फूलों को भी मालूम नहीं है। जो काम हमारे वश की है उसी के तहत जीना चाहिए यही प्रकृति का नियम है। इसलिए जैसे मैं तुम्हारे कपड़ों को छोड़ता हूँ वैसे ही तुम मेरे फूलों को भी छोड़ दो। कपड़ों के व्यापारी के लिए योग्य नहीं है फूलों की दुनिया। उसके लिए एक तरल मन की जरूरत है।

पूरा कह डालने पर शंकररामन को लगा कि उतना नहीं कहना चाहिए था। सुन्दरम के चेहरे को म्लान होते हुए गोमती ने भी देखा।

"भाई, आपने गलत समझा है। मैंने तो वैसा सोचा ही नहीं।" सुन्दरम ने जल्दी ही समझाने की कोशिश की।

"नहीं, मैं कभी तुम्हें दोषी नहीं ठहरा रहा हूँ, सुन्दरम। वो सब तुम्हारे चिर परिचित जमाने की, उम्र की पहचान है। ये सब मुझे मालूम हैं। थोड़ा-सा प्रयत्न, अधिक लाभ। यानी कि भले-बुरे को देखे बिना किये जाने वाला व्यापार। आगे वह भी होना चाहिए शंकररामन के जीवन में?"

"भाई, आप तो...?"

मेरे फूलों के और तुम्हारे कपड़ों के रंग इन्द्र धनुष के ही हैं। लेकिन मेरा तो प्रकृति अपनी इच्छा के अनुसार देने वाला कलंक रहित, वास्तविक रंग है। जीवन का चैतन्य युक्त रंग। तुम्हारा तो कृत्रिम रंग की चमक दमक है।

तब शंकररामन खुद यों सोच रहा था कि ये सब मेरे अपने शब्द तो नहीं हैं। अप्पा अनन्तरामन ने मुझे समझाने के लिए समय-समय पर जो बड़ी-बड़ी बातें की हैं वे ही हैं।

थोड़ी देर बाद घनी आवाज में उसने कहा :

ना, सुन्दरम। फिर तुम जिस व्यापार के बड़प्पन के बारे में बता रहे हो उन सबसे मैं अनभिज्ञ तो नहीं हूँ। लेकिन वैसा बड़प्पन मुझे नहीं चाहिए तो? जो कुछ है उससे तृप्त होने वाले हैं हम सब।

इनसे कहने से कोई फायदा नहीं के भाव से सुन्दरम ने हल्की मुस्कराहट के साथ अपना सिर हिला दिया।

फिर भी अत्ता...गोमती बीच में आकर कुछ कहने लगी तो शंकररामन ने हाथ से मना कर दिया।

नहीं तुम्हें इसमें दखल देने की जरूरत नहीं गोमती। शंकररामन की आवाज ऊँची हो उठी। ये सब तुम्हारी समझ में न आने वाली व्यापार की बातें हैं।

फिर उसने सुन्दरम से कहा :

आप लोगों की दृष्टि में यह शंकररामन बिल्कुल यूजलेस है? इस जमाने के साथ जाने में नाकाबिल। उस के.ई.एम. नाम पर शुरू-शुरू में ध्यान तो नहीं दिया था। बाद में पता चला कि जैसे मैंने समझा उससे भी बढ़कर कितने अर्थ हैं।

थोड़ी देर तक सुनते रहने के बाद सुन्दरम धीरे उठ खड़ा हो गया। बाहर की तरफ चलते समय धीमी आवाज में गोमती से कहा :

भाई कुछ विचित्र रूप से बातें कर रहे हैं। मेरी समझ में कुछ नहीं आ रहा है।

मुझे भी, गोमती ने कहा।

कोई मेडिकल प्रॉब्लम?

मालूम नहीं, बेटा। गोमती की आँखें भर गयीं। आवाज काँप गयी। फिर मैं बुलाऊँगा कहकर जल्दी में दहलीज पार करके उसके चले जाने को गोमती देखती रही।

आँखें पोंछते हुए अन्दर की ओर आते समय सामने से शंकररामन के तेज खर्राटे सुनाई पड़े। आराम कुर्सी पर सीधे लेटकर बेसुध होकर सो रहा है। चेहरा पसीने से तर हो गया है। गोमती ने ऊपर के पंखे को तेज कर दिया। तब खर्राटे और तेज हो गये।

सालों से उसकी जो आदतें बनी हुई हैं वे सब बदल गयी हैं। जो अब भी हैं वह दोपहर के खाने के बाद की घंटे भर की यह नींद। कहीं भी जाये, कितने भी व्यस्त हो लेकिन इसको वह टाल नहीं सकता। उसको लेकर कोई परिश्रम करे तो शंकररामन ने बड़े गम्भीर होकर कहते हुए सुना, रात को नींद न आने वालों की दुनिया के बारे में आप क्या जानते हो, मित्र? दिन की यह नींद उन निद्राविहीन रातों के सन्देहों को शान्त करने के लिए है।

अब सारे तालमेल बदल गये हैं। सोना और जागना सब अब बिल्कुल समय क्रम के अनुसार नहीं हैं। उसका भी न जानता है कोई समय क्रम। जिससे वे सन्देह भी स्वयं बढ़ रहे हैं।

बड़े सबेरे देर से उठ आने पर कमरे का काम लगभग पूरा हो चुका होगा।

फिर आजकल तो उन लड़कियों को वह उन दुलारे नामों से पुकारता नहीं।

रोजा, चेंतामरै (लाल कमल) कन्काराबरम, मल्लिकै, चेम्पकम.....

मेरे द्वारा दिये गये ये सुन्दर और प्यारे नाम, अब बिल्कुल भूल गये जैसे।

लड़कियों को तो उसके चेहरे के विचित्र अपरिचय का भाव बिल्कुल समझ में आता ही नहीं। बहुत सारे सन्देहों से भरी उसकी चुभती निगाहों का सामना न कर पाने की स्थिति में असहाय होकर अपने चेहरे मोड़ रही हैं। एक दिन सुबह शंकररामन हर दिन के सामान देर से उठकर किसी में ध्यान दिये बिना कमरे के दरवाजे से सटकर खड़ा हो गया। उसकी चुभती निगाह जब अपने बीच में रेंगने लगी तो लड़कियाँ जरा घृणा के साथ अपना चेहरा न दिखाने का प्रयत्न कर रही थीं।

थोड़ी देर बाद जब उसने रसोई में प्रवेश किया तब उसका चेहरा बुरी तरह घुमड़ा हुआ था। गोमती ने सोचा कि वो सब उसका सन्देह मात्र होगा उसका अन्तहीन सन्देह।

ठीक है, इन लड़कियों का गाँव कौन-सा है?

गोमती सुबह लड़कियों को इडली तैयार करने की व्यस्तता में थी। ओस बूँदें पड़ी गीली लकड़ी बिल्कुल जलती नहीं थी। लोहे के नाले से फूँक-फूँककर उसे जलाने का प्रयत्न करें तो धुएँ से आँखें जलने लगती हैं। गोमती को गुस्सा आ गया। आँखें जलते समय पूछने लायक एक विषय।

उनके माँ-बाप? कुल, गोत्र? शंकररामन प्रश्न दोहरा रहा है।

क्षण भर के लिए उसके चेहरे की तरफ घूरकर देखकर गोमती अपनी साड़ी के आँचल से मुँह छुपाकर अपने रोने को दबाने की कोशिश करती है।

वह कहने को हुई कि सत्य के फूल जंगलों में ही फूलते हैं न तात्ता? प्रकृति की करुणा में, हवा, पानी, ओस, धूप सब झेलकर टीलों के किनारे, भाड़ों पर, खुले मैदानों पर अनजान होकर पलने वाले जंगली फूल। उन सबको गाँव, कुल, गोत्र सब कहाँ? ये जंगली फूल गाँवों और कुलों को पारकर के जाने वाले हैं।

लेकिन उसकी उनींदे चेहरे की तरफ देखते समय कुछ भी बोल नहीं पाती।

दो दिन के बाद उन पाँचों लड़कियों में से एक का अचानक आना जब रुक गया तो गोमती को लगा कि बातें उतनी ठीक नहीं चल रही हैं।

वह चेंतामरा हो या रोजा? एक हाथ वाली, काली होने पर भी देखने में सुन्दर लड़की। रोजा ही होगी।

गोमती और कादम्बरी दोनों ने आपस में देखा। उसका असली नाम भी याद नहीं आ रहा है। कुछ भी कहे बिना, बिना लिए बिदा ही वह चली गयी थी। उस हफ्ते के तीन दिन की मजूरी तो देनी है।

गोमती को बड़ा दुःख हुआ। बाहरी स्तर पर कुछ दूरी तो रखती थी पर माँ हीन इन लड़कियों पर वह विशेष ध्यान रखती थी। कभी-कभी उनमें से कोई उससे शंकररामन से छुपाकर ही पैसा कर्ज लेती थी। वापस मिलने का विचार तो नहीं था फिर भी वह हमेशा देती थी।

जाना हो तो जाने दो, अम्मा। कादम्बरी ने अम्मा को सान्त्वना देने की कोशिश की।

जाने में कोई दुःख नहीं बेटी। जरा कहकर तो जा सकती थी। इतने दिन साथ रहकर.....

उतना ही है आज के जमाने का सम्बन्ध, ऐसा सोचना बेहतर है। दूर कहीं आँखें गड़ाए इस प्रकार यों ही कहते समय कादम्बरी को भी लगा था कि यह तो बिल्कुल अच्छी सूचना तो नहीं है। आज यह हाथ हीन लड़की। कल तो?

उसको खुद मालूम था कि उस प्रश्न का उत्तर ढूँढ़ना कोई आसान कार्य तो नहीं है।

तेरह

एक शाम को पविष्नम दौड़ते हाँफते आ गयी। वह बुरी तरह पसीने में तर गयी थी। आते ही कादम्बरी का हाथ दबाते हुए वह थोड़ी देर तक चुप रही।

आखिर जब हाँफना कम हो गया तो उसने जो कहा वह कादम्बरी की समझ में नहीं आया। थोड़ी देर बाद कादम्बरी के चेहरे की तरफ देखे बिना उसने वह दोहराया।

माँ को फिर से एक तबादला।

अचानक होने के कारण वह खबर भीतर तक पहुँचने में थोड़ा समय लगा। पविष्नम यह जगह छोड़कर जा रही है। मैं फिर से अकेली हो रही हूँ। ऐसी एक स्थिति के बारे में अभी तक सोचा भी नहीं था। एक टुकड़े सरकारी कागज के बल पर टिकी हुई एक बड़ी दोस्ती।

कादम्बरी को यह पूछने को मन ही नहीं लगा कि कहाँ की ओर है। जहाँ की ओर भी हो पर यह सत्य शेष रह जाता है कि पविष्नम जा रही है।

पविष्नम उँगलियों से सालों की गिनती कर रही थी। सालों के बाद, महीने, फिर दिन.....

पविष्नम कुछ भी कह नहीं पा रही है। थोड़ा समय यहाँ बिताया तो सही है फिर भी आते ही इस अलग जगह ने मुझे बहुत आकर्षित कर दिया था। यह गाँव भी नहीं शहर भी। सब की रक्षा के लिए पिल्लैयार। नजदीक के गाँव में करुमारियम्मन।

अचानक हुए दो तबादलों के बाद मैंने तय कर लिया था कि जहाँ भी जाये उन सब को सिर्फ सराय के रूप में देखना ठीक रहेगा। आगे किसी से भी ज्यादा सम्बन्ध जोड़ेगी नहीं।

सम्बन्धों के बढ़ने के साथ विदाई की वेदना भी बढ़ जाती है। नहीं तो एक दिन जाने वालों को जड़ें जमाने की मिट्टी कहाँ है?

लेकिन, यह तो एक अलग जगह है। जिन-जिन के साथ मेरा परिचय हुआ वे सब मुझे किसी न किसी प्रकार अपनी ओर खींच लेने लगे तो यह जगह एक विशाल डेरा बनता जा रहा था। अपना कहने के लिए जिसे कोई जगह नहीं है उनके लिए आखिरी डेरा।

उसके साथ तू, तेरा अप्पा-अम्मा, उनके द्वारा बनायी गयी फूलों की दुनिया। अमुक उम्र में जो कुछ मुझे नहीं मिला था वे सब मैं आप लोगों से पाने का प्रयत्न कर रही थी। बहुत सारे दरारों से भरी जिन्दगी में ऐसा लगा कि आखिर सही स्थान पर पहुँच गयी हूँ।

पविष्ञम कादम्बरी के हाथ को और दबाकर पकड़ रही है। उस पकड़ को छोड़े तो अपना सारा आश्रय दूर हो जायेगा जैसा डर था उसके मन में। पविष्ञम की आँखें बुरी तरह लाल-लाल हो गयी थीं। लगा कि वह अब रो पड़ेगी।

पविष्ञम ने कहा, यह बिल्कुल विचित्र है कादम्बरी, मेरी माँ जहाँ जा पहुँचती है वहाँ डाक सामग्री अनजाने ही कम हो जाती है। वैसे धीरे-धीरे उस दफ्तर में एक कर्मचारी अतिरिक्त बन जाता है। वह अतिरिक्त कर्मचारी हमेशा मेरी माँ होती है। किसी से भी मिले बिना किसी कोने में अपने कामों में फँसी रहने वाली एक बेचारी प्राणी। उसके लिए कहने को कौन होगा। वह भी बिल्कुल अनजान, अपरिचित, जड़ हीन ऐसे अस्थायी डेरों पर।

पविष्ञम ने याद दिलायी, यह तो तीसरी बार है।

काम करते दफ्तरों में, रहती जगहों में ही नहीं बल्कि और कई जगहों पर हम तो अयाचित बनते जा रहे हैं। हम जैसे हाशिये पर खड़े होने वालों पर अयाचित की छाप लग जाती है। कैसे हम अपनी अस्मिता प्रमाणित करेंगे, किसको हम समझायेंगे?

तुम्हें तो उसमें शामिल नहीं कर सकता बेटा, सुनने पर कादम्बरी को हँसी आयी।

मेरा पुराना इतिहास इसको मालूम तो नहीं है। वह सोचती है कि मैं गोमती अम्माल की बेटी हूँ। जब वह कहती है कि मेरी आँख, नाक, घुँघराले बाल सब अम्मा के जैसे हैं तो यों ही मैं हँसती रहती थी। खुद मैं कुछ कह देने वाली नहीं हूँ। लेकिन कभी वह कहीं से जान तो लेगी। तब तो जल्दी वह विश्वास भी नहीं करेगी।

कादम्बरी पविष्ञम की गीली आँखों की तरफ देख नहीं पायी। पहली बार मुझे एक अच्छी दोस्ती इससे ही मिली थी। इतने दिनों में कुछ छुपाये बिना किसी लेन-देन के भाव के बिना आपस में कुछ कर सके।

कब तक जाना है? कादम्बरी ने पूछा।

लगा कि उसको याद करना भी वह चाहती न हो।

परसों दफ्तर को छोड़ेगा उसने धीमी आवाज में कहा। वह एक छोटी जगह है। पापा का एक पुराना मित्र घर का इन्तजाम कर देगा। उसके ठीक हो जाने पर दो दिनों के अन्दर ही यहाँ छोड़ देंगे। वहाँ जाकर सब कुछ फिर से शुरू तो करना है न? हर जगह में एक नया रहना, एक नया जन्म। जड़ें जमने न देंगे तो भी रहते समय तक के लिए आवश्यक खाद-पानी तो जुटाना ही पड़ता है। लेकिन यह बात तो तय है कि ऐसे बीच बसेरों में किसी से भी आगे ऐसा सम्बन्ध नहीं जोड़ूँगी।

पर कादम्बरी, मुझे तो यह बात बिल्कुल समझ में नहीं आती। आँखें पोंछते हुए, चेहरे के पसीने को साफ करते हुए पविष्ञम ने कहा :

माँ के चेहरे का वह गहन भाव। माँ ने बिना किसी भाव भेद के एक खबर पढ़ने के समान इस तबादले के बारे में कहा था। अप्पा के चले जाने के बाद माँ तो लगभग ऐसी ही थी। उन दोनों का रिश्ता उतना गहरा था। मित्रों के समान हमेशा हँसते, तमाशा करते रहते थे। जहाँ भी जाये दोनों एक साथ। क्षण भर के लिए भी अलग नहीं रह पाते थे। एक अपूर्व मित्रता, वह भी उस उम्र में।

आस-पड़ोस के घरों से जब कोलाहल सुनाई पड़ता है तो मजाक के रूप में ही सही सोचा करती थी कि कभी ये दोनों जरा लड़ जायें। किसी भी अनबन के बिना ऐसे शान्त सम्बन्ध से कुछ समय के बाद कोई ऊब तो नहीं जायेगा?

फिर जब मैं बड़ी हो गयी तब ही और एक विचार मेरे मन में आया था। इस प्रकार के एक बिछुड़न की सूचना कभी उन्हें मिली होगी। किसी ज्योतिषी के बहकाने से नहीं, किन्हीं अपूर्व सन्दर्भों से।

अप्पा की मृत्यु के समय पविष्ञम तीसरी कक्षा में थी। सरकारी अस्पताल में चीरफाड़ की गयी लाश को देखने पर भी माँ रोयी नहीं। मुझे याद है कि चिता की तरफ शव शरीर को ले जाते समय तक उस चेतनाहीन शरीर की ओर एकटक देखते हुए दीवार से सटकर बैठी ही रही। बड़े भाई ने ऊँची आवाज में रोकर शोर मचाया था। माँ वैसी ही रही। उसका वह भाव हीन चेहरा अब भी पविष्ञम के सामने है।

मुझे पूरा विश्वास है, कादम्बरी। पविष्ञम की आवाज ठंडी हो गयी। माँ को मालूम था। माँ उसका इन्तजार कर रही थी। शायद दिन गिनते, वर्ष, नक्षत्र एवं पहर तक गिनती।

पविष्ञम ने आँखें पोंछ लीं।

उसने कहा कि मेरे जीवन में बिछुड़ना ही ज्यादा था। उस दिन मेरे अप्पा ही नहीं, जिन्दा माँ भी नष्ट हुई।

फिर, अप्पा जिस दफ्तर में पोस्टमास्टर थे उसी दफ्तर में माँ को क्लर्क का काम मिला। अप्पा जो कार्य करते रहे वही एक महा पैतृक के समान अम्मा को मिला। अप्पा की कुर्सी पर बैठने के लिए एक नौजवान आया। वह तो अप्पा के कामों की त्रुटियों पर टिप्पणियाँ करता रहा। वह भी सब को सुना के, ऊँची आवाज में। कई साल तक उस कुर्सी पर बैठकर जिस पुराने पोस्टमास्टर ने दफ्तर को सँभाला था उसको सब भूल गये। नये से सम्बन्ध जोड़ने की होड़ लग गयी।

माँ तो वो सब जानती नहीं थी। उस समय उसके भीतर चट्टानों से बनाये गये कुछ मन्दिर ही थे। देखे-अनदेखे कुछ मन्दिर। वहाँ की परिचित-अपरिचित कुछ मूर्तियाँ।

गाँव भर चिट्ठियाँ लेकर घूमते-घूमते एड़ियाँ घिसे वह बूढ़ा पोस्टमैन ही कभी-कभी कहा करता था, कि वे कितने अच्छे आदमी थे। किसी को दुःख न देकर, सभी की

सहायता करने वाले बिल्कुल बेचारे आदमी।

पविष़म ने लम्बी साँस छोड़ी।

और एक नयी जगह। नया परिवेश। नये लोग। सब कुछ फिर से शुरू करना पड़ता है। आज के जमाने में पचास-साठ मील तो बड़ी दूरी तो नहीं है फिर भी इधर को छोड़ने पर वह अनजाने ही खुद बढ़ जाती है। साठ से एक सौ बीस, दो सौ चालीस तक पहुँचने के लिए अधिक दिनों की जरूरत नहीं।

कादम्बरी तो वो सब सुनती ही नहीं थी। पहले कभी सुनी पविष़म की आवाज उसके कानों में गूँज रही थी।

एक हद से ज्यादा किसी से मिलना नहीं चाहिए। सभी सम्बन्धों में जरा दूरी रखना अच्छा है, खास कर पुरुषों के सम्बन्ध में। कभी भी विश्वास न करने लायक एक वर्ग। मरकर, मरे बिना भी एक दिन वे हमें छोड़ जायेंगे ऐसा विश्वास हमेशा मन में बनाये रखना अच्छा है।

भीतर कहीं कुछ दुख गया।

बिना किसी वजह से उस वेदनायकम का चित्र आँखों के सामने आ रहा है। सचमुच मेरे लिए कौन था वह आदमी? मुझसे बड़ा स्नेह दिखाये एक गुरु के प्रति हुआ लगाव था वह? या भले-बुरे की पहचान न कर पाने की उम्र की सिर्फ चंचलता? थोड़े समय तक अकेले बैठकर भीतर ही भीतर छानबीन कर देखने से समाप्त होने वाली थीं वे सब?

आपस में खुलकर बातें करने पर भी पविष़म को इसके बारे में कोई सूचना भी नहीं दी थी। खासकर उसके घर आने के बारे में। उससे वह किसी न किसी प्रकार छूटकर सारे स्कूल फैल जाने का डर था।

फिर भी कोई जान कर अगर पूछे तो कहने के लिए उसने एक उचित जवाब भी ढूँढ़ निकालकर रखा था। वह तो उस दिन जैसे सेलवन मास्टर और सेलवी टीचर आये थे न? वैसे ही आये। रैंक मिलने की सम्भावना वाली छात्रा के प्रति स्कूल के टीचर की दिलचस्पी।

इसके बारे में जरा भी सूचना मिल जाये तो उसको सूँघकर पकड़ लेने की क्षमता है पविष़म को, खासकर पुरुषों से सम्बन्धित मामलों पर। नुकीले प्रश्नों के सहारे सब कुछ चूस लेने की चतुरता है उसको। फिर उसको बढ़ा चढ़ाकर मुझे किसी कोने में सिमटाकर रखने के लिए उसको ज्यादा समय नहीं चाहिए।

हम उम्र की लड़कियों का लड़कों से मिलना उसको बिल्कुल पसन्द नहीं है। इस खतरे की उम्र में लड़कियों को खुद अपने को सँभालना चाहिए जैसी उनकी बातों को सुनते समय उसमें उस पुरानी पविष़म मामी का ही रूप-रंग दिखाई पड़ता है। सहेलियों का कहना है कि पविष़म मामी की आँख बचाकर ही किसी लड़के से जरा छेड़ छाड़कर सकती है।

एक बार उसने बहुत ही गम्भीर होकर मुझसे जो पूछा वह कादम्बरी को याद आया।

सच कहो, कादम्बरी, तुम्हारे पीछे कोई पड़ा हुआ है क्या?

न.....

सच?

क्यों?

कुछ नहीं, यों ही पूछ रही थी। कभी-कभी तुम्हारा सपना देखते हुए बैठना, उस समय की तुम्हारी आँखों की चमक ये सब देखते समय कुछ ऐसा-वैसा लग रहा है।

वो सब तुम्हें लग रहा है।

तुम्हारा मजाक पविष्म से नहीं चाहिए।

न, सच.....

तब तो ठीक है। तुम्हारी जैसी सुन्दरी के पीछे आने के लिए यहाँ कोई नहीं है तो यहाँ के नौजवानों के प्रति मुझे दुःख हो रहा है। मुझ जैसी नालायक के पीछे भी सूँघ-सूँघकर मँडरा रहे हैं कुछ छोकरे।

कादम्बरी ने मजाक में उसको टाल देने की कोशिश की, पर लगा कि पविष्म मामी ने उस पर भरोसा नहीं किया है।

लो, ऐसा कोई कुछ है तो मुझसे खुलकर बताओ। ऐसी बातें छुपाकर रखें तो उसकी रौनक मिट जायेगी। कुछ भी हो ये सब इस उम्र में ही हो सकते हैं। कुछ समय के बाद कौन हमें मुड़कर देखेगा?

कादम्बरी को लगा कि वह उसके मन को नापने का प्रयास कर रही है। वह यों ही हँसती रही।

अगर कोई केस है तो उसके बारे में विस्तार से जाँचने का सारा इन्तजाम पविष्म के पास है, समझो। तुम्हें बहकाना बिल्कुल आसान है यह जानकर ही मैं यह सूचना दे रही हूँ।

अचानक मुझे लगा कि उस वेदनायकम के बारे में जरा सूचित करूँ? उस दिन घर आने की बात नहीं। उसके बारे में जरा और ढूँढ़ निकालने के लिए यह काफी है।

तुरन्त ही खुद बदल दिया। क्यों? स्कूल छोड़ने के साथ सब कुछ समाप्त हो रहे हैं न? फिर वह दिखाई ही नहीं पड़ेगा।

नहीं, अब नहीं। कादम्बरी ने खुद कहा। उस दिन की घृणा जब एक तरह की जुगुप्सा में बदल गयी तो ऐसा बोध मन में मजबूत हो गया कि ऐसे पिशाचों को प्यार देकर मन में पालना पाप है।

कादम्बरी यादों से चौंक उठी।

पविष्म तो तब तक सिसकने लगी थी। लड़कों की आवाज में बेसुर सिसकियाँ।

फिर अपने रुदन को शान्त करने की कोशिश में उसने अपनी छाती पर सिर रखा तो कादम्बरी सँभाल नहीं पायी। आँसू और पसीने से कपड़े चिपक रहे थे। सान्त्वना देने के लिए कादम्बरी उसके बालों पर सहलाती रही।

थोड़ी देर बाद वह अपने को अलग करते हुए सलवार के छोर से चेहरे को पोंछ कर पविष़म हँसने लगी।

आई एम ए फूल! कैसी बेवकूफी दिखा रही हूँ मैं?

तुम्हें भी परेशान कर रही हूँ। छोड़ दो, एक बेचारी सिल्ली गेल का पागलपन समझना काफी है। अब तक तुमने ये सब सह लिए। और दो-तीन दिनों के लिए काफी है।

पविष़म उठी, कादम्बरी भी।

इसको विदाई मत समझना, और भी है दो-तीन दिन। कुछ भी हो, जाते समय विदाई लेने मैं यहाँ नहीं आऊँगी। तुझे भी वहाँ आना नहीं चाहिए। मैं बर्दाश्त नहीं कर पाऊँगी।

कादम्बरी यों सर हिलाती रही। उसकी आँखें तो भर आ रही थीं। गला सूख रहा था।

अचानक चारों ओर देखते हुए पविष़म ने पूछा कि माँ कहाँ है?

मन्दिर गयी है।

कादम्बरी ने देखा कि पविष़म की आँखें अपने चेहरे पर ही टिकी हुई हैं। उन आँखों में एक अपूर्व चमक। उसकी झुलसती निगाहें अपने चेहरे से रेंगती जैसी।

क्या हुआ पविष़म?

कादम्बरी ने सकपका कर पूछा।

कुछ नहीं कहने पर भी पविष़म के चेहरे को पसीजते हुए कादम्बरी ने देखा। सलवार के छोर से पसीना पोंछते समय उसकी उँगलियाँ काँपती जैसी।

तब तक पविष़म कुछ नजदीक आ चुकी थी। उसकी साँसें अपने गालों पर आ पड़ते हुए कादम्बरी ने जान लिया।

कन्धे पर हाथ रखकर धीमी आवाज में पविष़म ने कहा :

मेरी एक इच्छा है। तू ना मत कहना।

कादम्बरी के अचम्भे में खड़े रहते समय पविष़म ने उसको गले लगाकर कस लिया। ललाट पर चूम लिया। फिर आँखों पर, होंठों पर, गले पर, छाती पर...आखिर नाभि नाल पर, सब कहीं, सब कहीं.....

यह क्या हो रहा है कादम्बरी को पता नहीं चला। वह स्तब्ध होकर खड़ी रह गयी। पविष़म उसको और कस रही थी। वह हट नहीं पा रही थी। एक अपरिचित शक्ति के भीतर कादम्बरी छटपटा रही थी। पूरा शरीर पसीने में तर गया। दम घुट रहा था। चिल्लाने की इच्छा हुई। लेकिन चिल्लाहट उस सूखे गले में कहीं अटक

गयी। अपनी पकड़ को छोड़े बिना कुछ न कुछ बकते हुए वह अपने पूरे शरीर को चेहरे से रगड़ रही थी।

बहुत दिनों की इच्छा थी, प्यारी...कानों पर पविष्टम की काँपती आवाज।

कादम्बरी बेहोश के समान नीचे गिरने जा रही थी। अचानक उसकी पकड़ जब ढीली हो गयी तब पूरी ताकत के साथ उसको दूर की तरफ धकेलकर वह पीछे हट गयी।

हार गयी...सिर्फ तुझसे हार गयी...पता था कि किसी दिन तुमसे हराना ही पड़ेगा। फिर से पविष्टम की काँपती आवाज।

भूत चढ़ी की जैसी जब फिर से पविष्टम को आगे की ओर आते देख कादम्बरी ने जान लिया कि अपने सिर की ओर खून चढ़ रहा है।

आँखें कौंध गयीं। कान बन्द हो गये। बड़ी उँगली से कुछ ऊपर की तरह चढ़ रहा था।

एक पल।

जब आँखें खोलीं तो अपना हाथ पविष्टम के गाल पर जोर से लगते कादम्बरी ने देखा। एक बार नहीं, दो बार।

बिल्कुल स्तब्ध खड़ी हो गयी। सामने ही गाल सहलाते हुए खड़ी उस लड़की को अब भी पूर्ण रूप से देख नहीं पायी। कुल मिलाकर एक धुँधलापन। पुराने पर्दे के पीछे कोई स्पन्दन।

कादम्बरी फिर वहाँ खड़ी नहीं हो पायी।

बरामदे से किसी न किसी प्रकार अन्दर आकर दरवाजा बन्द करते समय बाहर पविष्टम के खड़े होने के बारे में उसने सोचा तक नहीं। उससे कुछ कहने को भी मन नहीं हुआ। तब उसके भीतर पविष्टम नाम की लड़की ही नहीं थी। वह सब से बचने का प्रयत्न कर रही थी।

सीधे जाकर पलँग पर गिर रही थी। पूरा चेहरा जल रहा था। उसको लगा कि गले पर, निचले पेट पर रक्त रिस रहा है। तकिये पर मुँह दबाकर वह रोयी। कुछ देर तक, बेचैन करने वाली किसी नींद में फिसल जाने तक वह रोती रही।

चौदह

गोमती पक्का जानती थी कि पिछले हफ्ते जो आयी नहीं वह मल्लिका ही है। इनमें सबसे पहले आयी हुई थी वह कमजोर पैरों वाली ताँबे के रंग के बालों वाली। बिल्कुल सौम्यशील है। तेज और होशियार उँगलियाँ हैं।

लेकिन उसने कहकर जाने की तमीज दिखाई। अरप्पू कोट्टा[1] के पास वाले किसी कपड़े के मिल में नौकरी मिलने की सम्भावना है। पड़ोस वाले का कोई रिश्तेदार वहाँ काम कर रहा है। सुनते ही पता चला कि वह झूठ है। पैर तो कमजोर है पर मन्दिर के पास वाली किसी अच्छी फूल की दुकान में उसको काम अवश्य मिलेगा।

शंकररामन को कमरे में क्या-क्या हो रहा है इसका कोई पता नहीं था। उसके सबेरे के उठने में अब और देरी हो गयी। नौकर लड़का ही अब सबेरे दुकान खोलता है। बहुत सालों से अपने साथ लगा हुआ लड़का तो है फिर भी जैसे सुन्दरम ने कहा इन नौकरों पर भरोसा कहाँ तक कर सकते हैं कोई पता नहीं गोमती को। और कोई चारा नहीं है तो उस पर विश्वास किये बिना नहीं रह सकती। बड़े अफसोस के साथ गोमती ने बेटी से कहा।

बिक्री जब कम होने लगी तो फूलों का आना भी कम होता गया, घर में फूल की गन्ध भी। ठेले के बदले अब मुनि स्वामी अपनी बैक के पीछे रखकर फूल ले आता है।

घर के सामने आकर बैक रेस करते समय अब पहले वाला जोश तो नहीं है।

जो तीन लड़कियाँ बची हुई हैं वे शायद पुराने स्नेह को याद करती हुई होंगी। लगी रहती हैं, पर पता नहीं कब तक के लिए है। काम तो बिल्कुल कम हो गया है। ज्यादातर दो लोगों का काम ही है। अनुभवी बच्चों को छीन ले जाने के लिए दूसरे दुकान वाले होंगे। इसलिए गोमती ने उसको सुबह देने वाली इडलियों की संख्या बढ़ायी। साथ ही एक गिलास अच्छा दूध भी देने लगी।

वैसे चलते समय एक दिन उनमें से सबसे छोटी चेम्पकम कोई शिकायत लेकर गोमती के पास आयी।

क्या है, चेम्पकम? गोमती ने बड़े वात्सल्य के साथ उसके सिर पर सहलाया।

---

1. एक जगह का नाम।

लगाकि हमेशा की तरह उधार माँगने का कार्यक्रम होगा। बहुत मुसीबत वाला परिवार है। उसके नीचे भी है फूले पेट वाले दो बच्चे। अनाथालय में तो रहती है पर वहाँ की माँ की आँख बचाकर वह अपने घर जाया करती है। उसको देखते ही बच्ची दौड़ आयेगी। उसकी लालची आँखें हमेशा उसके हाथ की पैकेट पर होंगी।

कहने की हिचक के कारण सिर खुजलाती खड़ी है चेम्पकम।

क्या हुआ, बताओ। गोमती ने जोर लगाया।

कुछ नहीं।

बताओ, डरने की क्या बात है? पैसे का मामला है?

वह फिर भी हिचक रही है?

वह आदमी.....

वह आदमी?

चेम्पकम दाँतों से नाखून काट रही है। थोड़ी देर बाद उसने हिचकते-हिचकते कहा। और कुछ नहीं वह आदमी कुछ ठीक नहीं, कुछ न कुछ बकता रहता है...

गोमती चौंक गयी। यह छोटी लड़की उस शंकररामन के बारे में क्या कह रही है।

क्या हुआ। उसके कन्धे को हिलाकर पूछ रही है गोमती।

तू जो कह रही है, समझ में नहीं आती?

थोड़ी देर बाद कई बार नाखून काट-काटकर थूकते हुए चेम्पकम ने कहा शंकररामन ने उसके अप्पा-अम्मा के बारे में पूछताछ की है।

गोमती सन्न रह गयी। चेम्पकम की माँ की बदनामी जानकर शंकररामन ने ऐसा पूछा नहीं होगा। लेकिन अचानक के इन सवालों के अनेक अर्थ लेती है चेम्पकम। माडन[1] के मन्दिर के पिछवाड़े का एक छोटा-सा घर। एक जमाने में बहुत सारे लोगों का आना जाना हुआ था। बदनाम माँ। इसलिए अनजान पिता। वहाँ रोज आते एक पुलिस वाले ने बचपन में ही लड़कर भाग आयी चेम्पकम को अनाथालय पहुँचा दिया था।

चेम्पकम रोने लगी थी। शाल का छोर काटते हुए थोड़ी ऊँची आवाज में ही वह रो रही है।

उसको शान्त करने के लिए गोमती को काफी प्रयत्न करना पड़ा। अगले हफ्ते की मजूरी पहले ही देकर उसको किसी न किसी प्रकार छुटाते गोमती बुरी तरह थक गयी थी। सिर पर हाथ रखकर वह थोड़ी देर के लिए वहीं बैठ गयी। फिर किसी आन्तरिक प्रेरणा के वशीभूत होकर चार-पाँच बार अपनी छाती पर मारी।

तब शयन कक्ष से शंकररामन के खर्राटे सुनाई पड़ रहे थे और कुछ विकृत

1. शिव का दूसरा रूप, निम्न जाति के लोग इसकी पूजा करते हैं।

आवाजें भी।

सब कुछ अपनी पकड़ से फिसल रहा था। गोमती का मन दुखने लगा। व्यापार तो मन्दी में है। बड़े सवेरे न खुलते फूल की दुकान किसको चाहिए?

अनन्तरामन की फूल की दुकान गाँव की पहली थी। पहले तो मन्दिर के सामने वाली सड़क के छोर पर बैठकर अनन्तरामन ने दुकान शुरू की थी। फिर एक दुकान के बरामदे में चलाने लगा। आखिर अपनी एक दुकान जब शुरू की तो वह उसका सबसे बड़ा सपना था।

पहले तो बड़े सवेरे मन्दिर जाने वालों के लिए यह एक ही दुकान थी। विशेष दिनों में बहुत बड़ी भीड़ होती थी। अब तो उस सड़क पर और दो दुकानें आ चुकी हैं। अपनी गाड़ी वाली दो बड़ी दुकानें। यह भी नहीं मन्दिर जाने वालों को बुला लाने के लिए दुकानों के सामने और चेक पोस्ट पर नौकरों को तैनात रखा है।

शंकररामन बिल्कुल हठ के साथ कहा करता था कि वह ऐसा नहीं करेगा। अप्पा अनन्तरामन अच्छे फूल बिल्कुल उचित दाम पर ही बेचता था। अप्पा ने ही यह साबित किया था कि बाहर के गाँवों से फूल ले आकर बड़े पैमाने पर फूल की बिक्री कर सकते हैं। मन्दिर की अर्चना के लिए आवश्यक फूल अप्पा ही अलग से मँगवाकर देता था। इसलिए फूल के व्यापार में उसके द्वारा बनाये गये अच्छे व्यवहारों से हटकर कुछ किया तो दूसरी दुनिया में बैठे अप्पा का मन तो दुखेगा।

अब तो पिल्लैयार मन्दिर के सामने ही और एक दुकान शुरू होने वाली है। सुना है कि मन्दिर से अच्छा सम्बन्ध रखने वाला कोई पीछे है।

गोमती ने समझ लिया कि अब अनन्तरामन की पुरानी महिमा के तहत आगे दुकान को चला पाना आसान नहीं होगा।

लेकिन गोमती इसको लेकर शंकररामन से बात करने से संकोच करती थी। सुन्दरम जब उपदेश देने को हुआ तो उसका क्रोध दुगुना हो गया था। दुकान के बारे में कोई कुछ कहे तो या तो चुपचाप उठकर चला जायेगा, नहीं तो चाबियों का गुच्छा उँगली में घुमाते हुए कहेगा कि लो चाबियाँ। कोई भी चलाओ दुकान।

चार-पाँच साल उम्र में बड़ा है पड़ोस का यह अत्ता (भाई)। बचपन से एक साथ खेले-बढ़े। कितने सालों का वैवाहिक सम्बन्ध। कुछ शेष रखे बिना सब कुछ हमेशा बाँटने के लिए तैयार साझीदार। गोमती को अब का बदलाव समझ में नहीं आता। उसके मन में कोई अदृश्य दुष्ट शक्तियाँ घुस गयी हैं।

शंकररामन से पूछ नहीं पाती, तो फिर पूछना है ईश्वर से, इस गाँव के और बाहर के।

फिर से मन्दिर से मन्दिरों तक का भटकाव शुरू हुआ। ज्योतिषी, हल, पूजा-पाठ, हाथ में विविध मन्त्रों की रंगीन डोरियाँ। गले में रेल के इंजन जैसा एलस।

फिर भी टिक नहीं पाती। भीतर की लहरों को शान्त नहीं कर पाती।

बहुत कोशिश कर रही है कादम्बरी भी। दूर टाउन के कॉलेज तक पहुँचने के लिए बड़े सवेरे ही बस पकड़नी पड़ती है। लौट आने तक बहुत देर हो जाती। उसके बीच में घर सँभालने के लिए समय कहाँ?

शंकररामन तो हवा में उड़ता जैसा चल रहा है। सहज ही वह कहीं रुकने वाला तो नहीं है। घर में कुछ देर बैठे तो उसे जल्दी दुकान जाना पड़ता है। दुकान में थोड़ी देर बैठे तो फिर मन्दिर की तरफ जायेगा। वहाँ भोजन शाला के बरामदे पर कोई मिल जायेगा गप-शप करने के लिए। कभी-कभी वह कार्यक्रम दोपहर के खाने के लिए पत्ते डालने तक जारी रहेगा। वहाँ से खाना खा के उसके गुण-दोषों पर बात करते हुए आने वाले पति को देखते ही गोमती को गुस्सा आ जाता था। कहाँ जा रहा है यह आदमी, जरा बताकर तो जा नहीं सकता? उसे ऐसा कोई फिक्र भी नहीं है कि यहाँ इन्तजार में कोई बैठी है।

इस बात को लेकर दो-तीन बार गोमती ने उससे अनाप-शनाप की है।

वह जानती है कि उससे कोई फायदा नहीं है। उसका स्वभाव ऐसा है। अप्पा को बहुत इन्तजार के बाद बेटा हुआ है। बचपन में ही माँ चल बसी। इसलिए बहुत लाड़ प्यार के साथ पाला-पोसा गया। किसी भी बात पर ध्यान दिये बिना यों उड़ते रहने के स्वभाव से अप्पा बहुत दुखी थे। मैंने बहुत कठिन परिश्रम करके जो कुछ बनाकर रखा है उसको सँभालकर रखने वाला ही मन्दिरों और उत्सव के मैदानों पर भटकता रहता है।

पहले ही किसी भी बात पर न टिकने वाला, बारिश और धूप के समान बदल जाने वाला स्वभाव है उसका। हर बार हर तरह का व्यवहार।

कभी बहुत खुश होकर दुकान को बड़ा करने, पास वाले गाँव में और एक दुकान शुरू करने के बारे में बातें करते हुए सुना है। वे सब सुनकर मन ही मन हँसते हुए गोमती खड़ी रहेगी। यह तेजी कितने समय के लिए है वह अनुमान कर सकती है। रात के खाने के बाद का आलस्य जब विभिन्न राग की जम्हाई बनकर बाहर आता है तो पता चलेगा कि पहले जो कुछ कहा था वह सब कब का भूल गया है।

वैसे एक जम्हाई से दूसरी की ओर की यात्रा में कहीं बँधी हुई है उसकी जिन्दगी। इस असलियत से वाकिफ है गोमती, एक हद तक कादम्बरी भी।

एक दिन रात को दुकान बन्द करके बिल्कुल थका-माँदा ही शंकररामन घर आया था। उसने चाबियों का गुच्छा मेज की तरफ फेंकते हुए कहा :

बस, बहुत हो गया। अब कोई चलाना चाहता हो तो चलाओ दुकान।

गोमती चौंक गयी।

प्रायः अप्पा दुकान बन्द कर के घर आकर उन चाबियों का गुच्छा अपनी छाती से सटाकर रखकर थोड़ी देर प्रार्थना करके प्रार्थना गृह की महालक्ष्मी के चित्र के सामने रखा करता था। उस पुराने पीतल के रिंग के छोर पर पिल्लैयार का एक छोटा

रूप था। अनन्तरामन कहा करता था कि इन चाबियों का गुच्छा ही अपने परिवार का सारा ऐश्वर्य है। उसी गुच्छे को अब बेटे ने बिल्कुल असावधानी के साथ मेज की तरफ फेंक दिया था।

आज तक शंकररामन ने भी अप्पा की उस निष्ठा का पालन करने का प्रयास किया है। लेकिन आज किसी से भिड़कर आया हुआ-सा लग रहा है। चेहरा बिल्कुल तना हुआ है। आवाज में एक अपूर्व सूखापन।

शंकररामन जब नहाने गया तो गोमती यों ही याद कर रही थी।

फूलवाले अनन्तरामन की उस महान परम्परा को बनाये रखने का दायित्व जिस आदमी के ऊपर है वही तो इस प्रकार हारे के जैसा खड़ा हुआ है। अनन्तरामन कहा करता था कि ईश्वर की सबसे श्रेष्ठ सृष्टियों में एक है फूल। तराई के जंगली फूलों के हँसने के बाद ही ईश्वर अपने करामात पर गर्व करने लगा था।

अनन्तरामन कहा करता था कि फूलों का काम करने वाले को शारीरिक और मानसिक तौर पर शुद्ध और साफ-सुथरा होना चाहिए। आज फूल की दुकान चलाने वालों में कितने होंगे शुद्ध एवं साफ-सुथरे?

नहाने के बाद पूजा कक्ष के सामने खड़े होकर प्रार्थना करते देख गोमती उस चाबी का गुच्छा लेकर उसके हाथों में दिया।

क्षण भर के लिए उसकी तरफ देखा फिर वह उस चाबी को आँखों से लगाने के बाद छाती पर रखकर थोड़ी देर तक प्रार्थना करता रहा। तब उसके होठों को काँपते हुए गोमती ने देखा। आँखें गीली थीं।

रात का खाना खाने को बैठते समय थोड़ी देर तक उसने कुछ कहा ही नहीं। थोड़ी देर बाद अपराध बोध के साथ उसको कहते हुए सुना :

गोमती तुमने जो कहा ठीक है। मैं थक गया हूँ। यह व्यापार अब और कोई सँभाल ले।

वह तो हारे हुए की आवाज नहीं थी। आत्मबल हीन व्यक्ति के सन्देह थे। उसके सामने सकपकाकर खड़ी गोमती पूछे बिना नहीं रह पायी।

कोई का मतलब? वैसा कौन है यहाँ सँभालने के लिए? वैसा कुछ सोचा तक नहीं इसी भाव से क्षण भर रुका फिर उसकी ओर देखकर कहा :

अभी उसको सँभालने दे। अच्छा हो या बुरा सब कुछ उसका ही है।

एक खास गम्भीरता थी उस आवाज में। फिर भी गोमती उन बातों पर पूरा भरोसा नहीं कर पायी।

तब उसकी पढ़ाई? उसको पढ़ने की बड़ी इच्छा है न?

क्या पढ़ाई? अचानक उसकी आवाज ऊँची हो गयी। एक परिवार चलाने के लिए लड़की को इतनी पढ़ाई तो काफी है। जल्दी ही उसके लिए किसी को ढूँढ़ना है। फिर वह बच्चों को जन्म दे। बच्चे पैदा करते-करते वंश को बनाये रखे।

गोमती चकित खड़ी है। ये सब मेरे अत्ता के शब्द तो नहीं हैं। ये सब उस अय्याशास्त्री के काले-कलूटे मन से आने योग्य शब्द ही हैं।

ज्यादा कुछ कहने को नहीं रही गोमती। कहने लगे तो बढ़कर कहाँ-कहाँ पहुँच लेगा पता नहीं। किसी अँधेरे रास्ते से भटकने वाले इस आदमी को कैसे ठीक करूँ? क्या अपने लम्बे मौन से या तर्कों से? क्या करना है, गोमती असमंजस में है।

सुन्दरम ने उस दिन कहा था कि–

कुछ भी हो छोड़ना नहीं साथ रहकर लड़ना ही चाहिए। पर गोमती अच्छी तरह जानती है वो सब उससे सम्भव नहीं।

कोई रास्ता दीखता नहीं। उपदेश देना आसान है। पर एक परिवार की पूरी जिम्मेदारी निभाने का परिचय नहीं है। साथ एक छोटी बेटी भी है।

तब से गोमती की मानसिक व्यथा भी बढ़ गयी। प्रार्थनाएँ बढ़ गयीं। नयी-नयी मनौतियाँ अनजान मन्दिरों तक पहुँच गयीं।

दिन बीतते-बीतते शंकररामन जवाब हीन किसी नयी पहेलियों की ओर फिसलता जा रहा था। दुकान जाना तो दूर वहाँ क्या हो रहा है इसकी परवाह भी नहीं। बचपन से परिचित पिल्लैयार मन्दिर के दो बार का दर्शन भी बन्द हो गया।

दुकान बन्द होने की स्थिति में है। फूल नहीं है इसलिए लड़कियाँ भी आती नहीं।

सब से अन्त में कनाकम्बरम ने विदा ली थी। वह गोमती के कन्धे पर सर रखकर बहुत रोयी। कादम्बरी के हाथों को अपनी छाती से लगाकर प्रार्थना की कि मुझे भूल मत जाना।

मंगलम नामक कनकाम्बरम। उसकी दोनों आँखों की शक्ति लगभग समाप्त जैसी है। कुछ दिनों से सहेलियाँ उसे पकड़कर ले आ रही थीं। वह गन्ध से और उँगलियों से फूलों को पहचानती थी। इस स्थिति में उसे और कहीं काम मिलने की आशा भी नहीं थी। सुबह की इडली भी बन्द हो जाये तो.....

लगातार सिसकियाँ लेते समय कादम्बरी ने उसकी सपाट छाती की धड़कन महसूस की। गोमती उसको शान्त करने में असमर्थ निकली।

बाद के दिनों में कादम्बरी ने महसूस किया कि मंगलम उसके मन को बुरी तरह बेचैन कर रही है। गरम हवा के झोंके में मन को दुखने वाले दो चित्र। सर पर बोझ उठाते हुए किसी सहारे के बिना लोहे की सीढ़ियों से आकाश की ओर चढ़ने वाली एक स्त्री। धुँधले रंग की सूखी एक माँ। फिर एक बार निर्मम होकर आकाश ने उस माँ को दूर फेंक दिया। ऊँचाई से आश्रय हीन होकर नीचे गिरकर बिखर जाने वाले एक काले पक्षी की जैसी माँ।

कादम्बरी ने लम्बी साँस छोड़ी। जिन्दगी में पहली बार उसको लगने लगा कि किसी का साथ चाहिए। सब कुछ कहने, सब कुछ बाँटने का एक साथी।

पविषम के जाने के बाद वैसा कोई नहीं था, साथी कहने लायक। कॉलेज की सहेलियों से क्लास के समय का रिश्ता मात्र है। ज्यादातर शहर की चमक को लेकर आती हैं। छोटे गाँवों से आने वाले से वे थोड़ी दूरी बरतती हैं। बहुत दिनों के बाद जब पविषम की याद की तो कादम्बरी का मन दुखने लगा। वह कितना सुन्दर सम्बन्ध था। वह रिश्ता किसी शैतान के स्पर्श से समाप्त होने का नहीं था।

नयी जगह से पविषम चिट्ठी भेजेगी इसी विचार से कुछ दिन इन्तजार करती रही। गोमती ने भी उसके बारे में पूछा तो कुछ कहकर टाल दिया। गोमती को वो समझ में भी नहीं आया। इतने बड़े मित्र होने पर भी एक खत भी नहीं छोड़ा...

जहाँ कहीं जाकर बसना पड़ता है उन सबको बीच बसेरा समझने वाली उसको यहाँ भी ऐसा लगा होगा।

एक दिन गोमती ने पूछा अगर उसने भेजा नहीं तो तुम भेज सकती हो न?

जब कादम्बरी ने कहा कि मुझे उसका पता मालूम नहीं तो गोमती को विश्वास नहीं आया।

इसमें क्या दिक्कत है। गोमती ने कहा। यहाँ के डाक घर में पूछे तो मिल जायेगा उसकी माँ का पता।

उसके लिए कादम्बरी ने कोई जवाब नहीं दिया।

यह मैं जानती हूँ कि पहले तो मुझे ही खत भेजना चाहिए था कई बातों को लेकर एक लम्बा खत, हमें अलग किये गये उस अभिशप्त क्षणों को लेकर...कई बार मैंने सोचा था।

फिर उससे पीछे हट गयी। नहीं। सब कुछ एक बार समाप्त किया था। फिर से शुरू करने की जरूरत नहीं। शुरू करें तो दुगुनी शक्ति के साथ वह रिश्ता मजबूत हो जाये तो।

उस दिन रात को कादम्बरी बिल्कुल सो नहीं पायी। हल्की नींद में करवटें बदल कर लेटते समय अपने पास एक तसल्ली के रूप पविषम की उपस्थिति उसने महसूस की। पलँग पर पास ही उससे सटकर पविषम। उसकी बाँहें मुझे कस ले रही हैं। वे पतली उँगलियाँ कहीं-कहीं रेंगती हुई जैसी। गहरी साँस लेते समय उसकी गरम हवा अपने गालों पर पड़ती है। बिल्कुल अपरिचित एक पुरुष गन्ध अपने शरीर पर फैल रही है।

कादम्बरी का शरीर रेंगने लगा। सारा शरीर काँप रहा है। अब पविषम मेरे साथ है। सिर्फ मेरी अपनी पविषम।

अपने पास कानों पर पविषम की काँपती आवाज सुनाई पड़ी :

मुझे भूल मत जाना, प्यारे।

कादम्बरी को लगा कि उस आवाज में एक अपूर्व गहराई और प्यार है।

कोई जवाब देने को लगा। लेकिन तब तक वह जाग गयी थी।

पन्द्रह

गोमती पिछले दिनों की यादों को सँजोकर रखने का प्रयत्न कर रही थी। वह ये सब अपनी बेटी से बाँटने की प्रतीक्षा कई दिनों से कर रही थी।

माँ की कहानी सुनने के लिए कादम्बरी भी तैयार थी।

यह तो असली कहानी है। इसलिए हँसी की जरूरत नहीं। माँ ने पहले ही सूचना दी।

बचपन से ही शंकररामन के साथ रिश्ता था। दोनों घरों के बीच में सिर्फ चार दीवारों की दूरी ही है। शुरू में बचपन के दोस्त से बढ़कर एक बड़े भाई का स्थान था। मेरा कोई बड़ा भाई नहीं था। ये तो मेरे लिए बड़े भाई बन गये।

फिर उस रिश्ते का रंग बदलने लगा जब हम स्कूल में पढ़ रहे थे। दिल भर के सपने का कौमार्य। उस समय सहेलियाँ जो पुराण की कथाएँ सुनाती थीं उन सब में पौरुष से युक्त एक राजकुमार होता था। उसको घेर कर कई राजकुमारियाँ। उस समय के सिनेमा थिएटरों में जितनी पुण्य पुराण फिल्में आती थीं वे सब ऐसी ही थीं।

ज्ञान सुन्दरी, आयिरम तलैवांकी, अपूर्व चिन्तामणि, पाताल भैरवी.....

एक युवा राजा जिसके सिर पर चमकता रत्न जटित किरीट होता है। उससे प्रेम करने वाली आस-पड़ोस के देशों की अनेक राजकुमारियाँ। आखिर एक स्वयंवर। भरी सभा में बड़े धनुष को चढ़ाकर तीर चलाने की तैयारी करने वाले वीर पराक्रमी राजकुमार। उसकी उँगलियों पर ही आँखें गड़ाये, धड़कन के साथ प्रतीक्षारत राजकुमारी। उसके पास ही एक सोने की थाली में वरण माला।

वैसे धीरे-धीरे गोमती की आँखों में शंकररामन का रूप बदल रहा था।

एक दिन वह भी रत्नजटित मुकुटों वाला राजकुमार बन गया। वह तो सज-धज कर स्वयंवर की पंडाल में वरण की माला लेकर इन्तजार करती राजकुमारी।

शंकररामन को अपने बचपन की सहेली के मन में ऐसा एक चित्र रूपायित होने के बारे में पता ही नहीं चला था। उसकी आँखों में वह तो तब भी एक छोटी नन्ही बच्ची थी।

यह भी नहीं अपने मित्रों के साथ आसपास के सभी गाँवों के उत्सवों में भाग लेकर मस्तमौजी करते रहते समय एक छोटी लड़की के हाथ की फूल माला देखने

को समय कहाँ था?

तब तक गोमती कॉलेज पहुँच गयी थी।

कॉलेज के वातावरण में उसके सपने काफी रंगीन बन गये। राजकुमार के कपड़ों को शुद्ध साने का रंग। गले में अनेक लटों वाली मोती की मालाएँ। किरीट में तीन चमकते रत्न। राजसभा में अब उसके कार्यकलापों में पहले की अपेक्षा काफी ताकत है।

चन्दा मामा से आनन्द विकटन की ओर तथा फिर कलकी तक पहुँचने पर कहानी और भी रंगीन हो गयी। सपने में शंकररामन कई रूपों एवं वेशों में आने लगा। लोहे की टोपी और लोहे का कवच पहनकर हाथ में भाला लेकर घोड़े पर सवार होकर आने वाले सिपाही, बैलों से लड़ने वाले, घुमक्कड़ बनकर वैद्य संन्यासी के वेश में गुप्त रूप से अन्तःपुर में पहुँचकर राजकुमारी से मिलने वाले धीर प्रेमी।

राजकुमारी की वरण माला के फूल मुरझाने पर भी बेचारे शंकररामन को इसका पता न चला। लेकिन अपनी बेटी द्वारा स्वयं तैयार स्वयंवर सभा के बारे में उससे भी पहले उसकी माँ जान गयी थी।

गोमती पहले थोड़ा सकपका तो गयी लेकिन उसने माँ को अपने वश में करने की कोशिश शुरू की। अम्मा के चेहरे पर तब आशंकाएँ और डर ही था। उसने जान लिया कि अपने चारों ओर उसका सुरक्षा कवच बनकर माँ की दृष्टि और मजबूत हो रही थी।

गोमती के सपने सब मजबूत एवं सुन्दर थे। सबसे अन्त में पढ़ी कहानियों में लगभग ऐसी ही घटनाएँ दिखाई दी थीं। अपनी आराधना करती राजकुमारी के मन को राजकुमार न समझता था। उसका ध्यान आकृष्ट करने के लिए वह और उसकी सहेलियाँ मिलकर कई नाटक करती थीं।

तब तक वह डिग्री क्लास के आखिरी वर्ष तक पहुँच गयी थी। तब तो गोमती के अप्पा को अपनी बेटी के कुछ गरम सपनों की सूचना मिली थी। तब से प्राइमरी स्कूल के हेडमास्टर अप्पा के मन में फिर से बेंत की डंडी उभर आने लगी।

पहले तो उसको कुछ भी समझ में नहीं आया। फिर अपनी बेटी के विवेक को लेकर कुछ सन्देह उभर आये। अस्तव्यस्त होकर उत्सव के मैदानों पर भटकता एक विवेकहीन युवक। जहाँ चार लोग इकट्ठे होते थे वहाँ वह भी दिखाई देता था। पर उसके अप्पा के फूल की दुकान में दिखाई नहीं देता।

बेचारे अनन्तरामन ने बहुत मेहनत करके उस व्यापार को बड़ा किया था। उसको सँभालने में नाकाबिल एक आदमी कैसे एक परिवार चलायेगा?

यह भी नहीं वह तो सिर्फ मैट्रिक था। तीसरे चांस में। गोमती तो पढ़ने में होशियार थी। बी.ए. करने जा रही थी। उसके बाद कुछ और दूर के कॉलेज में एम.ए. के लिए भेजने का प्रोग्राम था। अप्पा का सबसे बड़ा मोह तो उसका कॉलेज

में पढ़ाने वाली टीचरम्मा बनना ही था। मतलब अपने धन्धे से दो कदम आगे पहुँचना।

जो भी हो, सारा कार्य जब अप्पा ने जान लिया तब से गोमती के चारों ओर गहरी निगरानी रखी गयी। चारों तरफ खुफिया आँखें फैल गयीं। बहुत सारे शिष्यों के होने के कारण इस मामले में अप्पा की सहायता करने के लिए गाँव में बहुत सारे युवा लोग थे। मजे की बात यह कि बहुतों को गोमती पर मोह था। ऐसी सुन्दर लड़की जब एक मूरख के साथ निकलने लगती तो उसको रोकने का दायित्व अपना था ऐसा बहुतों ने सोचा भी होगा।

धीरे-धीरे अपने भीतर अप्पा के रूप को बदलते हुए गोमती ने जान लिया। अप्पा का अब कल्की के क्रूर एवं कुटिल राजा का रूप था। बेटी के प्रेमी को जेल में बन्द करने का आदेश देने वाला क्रूर आदमी।

सचमुच हेडमास्टर अप्पा सबसे पहले हेडमास्टर था या अप्पा? इस पर बड़ा सन्देह हुआ गोमती को।

गोमती की माँ को कोई सन्देह नहीं था। पूर्ण रूप से अप्पा हेडमास्टर था। फिर कभी-कभी थोड़ा-सा अप्पा।

गोमती की माँ हँस-हँसकर दम तोड़ रही थी।

वो मूरख शंकररामन राजकुमार? अम्मा जब हँसने लगतो थी तब गोमती उसका मुँह दबा लेने की कोशिश करती थी। ईश्वरीय प्रेम की महिमा ये कैसे जान लेंगी?

कुछ भी हो अम्मा और अप्पा की बातें निरन्तर सुनते रहने के कारण ऐसा होगा, गोमती ने जान लिया कि सपने में आने वाले शंकररामन का रूप बदलने लगा था।

वह तो तब एक लोक गायक था। हाथ में एक बाँसुरी लेकर भटकते रहने वाला एक घुमक्कड़। लम्बे-लम्बे सूखे बाल। थका-हारा चेहरा। ऊपर का कुर्ता था ही नहीं। एकमात्र वस्त्र तो लाल रंग का सूत का कपड़ा था।

पहाड़ों की तराइयों में, घास के मैदानों में, नदियों के किनारों बैठकर वह बाँसुरी बजाता रहता था। उस धुन में लीन होकर भेड़-बकरी आसपास जम जाते थे। उसकी लय में तलहटियाँ पुलकित हो जाती थीं।

चाँदनी रात में महल की चारदीवारों के उस पार से एक नाद बहकर अन्तःपुर में राजकुमारी के कानों तक पहुँचता था। झरोखे से देखा तो उसने उस बेचारे घुमक्कड़ गायक को देख लिया।

बहुत अच्छा! अच्छी कहानी है। दाँतों से उँगली काटती रहती थी।

उसको अनसुना करके गोमती ने कहा।

आनन्द विकटन[1] में उस समय जो कहानी आयी थी उससे थोड़ा-सा अन्तर था।

---

1. तमिल पत्रिका।

"अब तो ठीक है, सुनने में भी मजा आता है।" गोमती की माँ ने भी हाँ कर दिया।

"सही ढंग से प्रार्थना की दो पंक्तियाँ गुनगुनाना या बाँसुरी बजाना तो आता ही नहीं। फिर उस बेवकूफ के सिर से किरीट उतारकर राजकुमार से लोक गायक बनाने का मन तुमने तो दिखाया वह भी काफी है। गाना तो आता नहीं फिर भी घुमक्कड़ तो है।" माँ ने बेटी से कहा।

लेकिन हेडमास्टर अप्पा तो जरा भी स्वीकारने को तैयार नहीं था। 'इम्पॉसिबिल'! हेडमास्टर अप्पा ऊँची आवाज में चीख उठे। उसको गायक बनाना तो संगीत के लिए अपमान है। उससे बाँसुरी बजाना तो बाँस के जंगलों के लिए भी लज्जा की बात है।

फिर भी थोड़े हठ के साथ कुछ समय तक शंकररामन को उस लोक गायक के रूप में गोमती मन में लेती रही।

शंकररामन तो इन सारे झंझटों से अनजान होकर किसी उत्सव के मैदान में बैठकर 'तोल पावकूत्तु'[1] का मजा ले रहा था।

माँ की कहानी सुनकर कादम्बरी सिर पर हाथ रखकर हँस रही है। माँ को अनोखे स्वप्न देखना आता है। उसको कहानी के रूप में सुनाने की क्षमता भी है। लेकिन एक बार कादम्बरी ने माँ से कहा कि वह अप्पा को घुमक्कड़ की अपेक्षा राजकुमार के रूप में देखना पसन्द करती है। सिर पर किरीट, चमकीले वस्त्र और आभूषण पहने शंकररामन को सामने देखकर कादम्बरी खुश होकर तालियाँ बजाने लगी।

बहुत अच्छा! इस वेश में अप्पा बिल्कुल राजा के वेश का एक राजमानिक्क्म ही है।

कादम्बरी अपनी हँसी सँभाल नहीं पायी। हँसते-हँसते गला बन्द हो जाता है। आँखें भर आती हैं।

गोमती को यह बिल्कुल अच्छा नहीं लगा।

हँसना मत। माँ ने बेटी को मना किया। यह कहानी तो सच है। मैं बिल्कुल सीरियस होकर कह रही हूँ।

कथा की शुरुआत कुछ भी हो, अन्त तो बिल्कुल अच्छा लगा कादम्बरी को। दोनों परिवार वालों के विरोधों को नजरअन्दाज करके गोमती की जबरदस्ती एवं हठ ने शंकररामन को विवाह के पंडाल तक पहुँचाया। बीच में दो भूख हड़ताल। काषाय पहनने, नदी में कूदने जैसी धमकियाँ।

उस समय वह एम.ए. पहले वर्ष के मध्य में थी। शादी के बाद शहर के कॉलेज जाकर वे पढ़ने देंगे? यही अप्पा का प्रश्न था। तब गोमती ने कहा, नहीं देंगे तो भी कोई प्रॉब्लम नहीं।

---

1. तमिल का एक लोकनाट्य रूप। इसमें गुड़ियों का नाच होता है।

कुछ भी हो शादी के निमन्त्रण पत्र में गोमती के नाम के साथ बी.ए. रखते समय अपने नाम के साथ रखने के लिए कुछ भी तो नहीं है, इस बात को लेकर कोई दुःख शंकररामन को नहीं था। यह भी नहीं, जिन्होंने पत्र देखा उनमें से कइयों ने सोचा होगा कि लड़के बड़ी डिग्री वाले होंगे उसने शायद एक स्टाइल में अपनी डिग्रियाँ नहीं रखी होंगी।

शादी के बाद दुनियादारी के अनुसार बहुत रोने-धोने के बाद गोमती जब अपने चारदीवारों के उस पार वाले ससुराल चली जाती है तब अप्पा ने उसे पास बुला लिया। उस समय उनका चेहरा सौ बरस के हेडमास्टर का लगा।

देखो, गोमती यह तो तुम्हारा ही बनाया गया रिश्ता है। इसमें अप्पा, अम्मा सब सिर्फ साक्षी मात्र हैं। कुछ भी हो अब पति का घर ही तुम्हारा घर है। तुम बहुत हठी हो। पर आगे अपने पति की छोटी-छोटी शिकायतों को लेकर इस दहलीज पर मत आना। अगर आयी तो नो एंट्री, पक्का है।

अप्पा ने जो अनुमान किया था वह ठीक ही निकला। उन चार घरों के बीच की दूरी दो दुनियाओं के बीच की है, यह समझने में ज्यादा समय तो नहीं लगा।

साथ रहने लगी तो रत्न जटित मुकुट तथा बाँसुरी रहित असली शंकररामन प्रकट हुआ। एक ऐसा शंकररामन जो घुमक्कड़ गायक भी नहीं, राजकुमार भी। उस बड़ी पहचान में गोमती तो थोड़ी काँप गयी। फिर बड़ा दुःख हुआ। जैसे हेडमास्टर अप्पा ने कहा थर्ड चांस का मैट्रिक तथा एम.ए. पहले वर्ष के बीच कहीं-कहीं कोई अनबन।

दो हफ्तों के भीतर ही शिकायतों की गठरी बढ़ने लगी। जरा लड़ने की तो इच्छा थी पर उसके लिए शंकररामन को मिलना तो चाहिए न? सुबह कहीं निकल जाये तो वापस देर रात को ही आता है।

आखिर एक दिन सर झुकाकर वह अपने घर के आँगन तक पहुँच गयी।

उसका आना दूर से ही हेडमास्टर ने देख लिया था। इसलिए आँगन से ही ऊँची आवाज में बोल दिया।

स्टॉप! नो एंट्री!

उस समय हेडमास्टर अप्पा के हाथ का वह अदृश्य बेंत का डंडा हवा में डोलते हुए गोमती ने देख लिया। गाँव की लगभग तीन पीढ़ियों के लिए सुपरिचित वह डंडा जिसके दोनों छोर पीतल लगाये हुए हैं। जहाँ कहीं वह पड़ता है वहाँ मानचित्र की रेखाएँ अंकित हो जाती थीं।

जरा टेढ़ी हँसी के साथ जब वह गेट खोलने लगी तो पता चला कि अन्दर से गोदरेज का ताला लगा हुआ है।

चाबी अपनी उँगलियों में डालकर घुमाते हुए हेडमास्टर ने जोर से कहा।

तू अपने पति के साथ आ। तब मैं गेट खोल दूँगा.....

कोलाहल सुनकर जमे हुए पड़ोसियों को सुनाने के लिए गाँव के प्रथम हेडमास्टर

की खुली घोषणा थी।

चुपचाप वहाँ से चले जाते समय पड़ोसियों वाले आपस में यों फुसफुसाते सुना :

हेडमास्टर हमेशा हेडमास्टर ही है। ये अप्पा-किप्पा जैसा सारा सम्बन्ध उसके बाद ही है.....

वैसी ही घटना और दो बार हुई।

वैसे अप्पा और अपने बीच के उस गोदरेज ताले की शक्ति जब समझ में आ गयी तो गोमती जरा थम गयी। गोमती पीछे मुड़ गयी।

गोमती पुरानी बातें याद कर लम्बी साँस छोड़ रही थी। सचमुच उस दिन हेडमास्टर अप्पा ने जो कहा था वह कितना बड़ा सच था। गोमती ने बेटी से कहा। अप्पा कितने बड़े आदमी थे। उस दिन अगर अप्पा ने वह गेट खोल दिया होता तो वह अपने पारिवारिक जीवन का अन्त हो जाता। अपने पिता का स्वभाव तुम जानती हो न? फिर कभी वह उस दहलीज को पार कर के मुझे ले जाने के लिए क्या कभी आता?

ठीक है, जैसा कादम्बरी ने सिर हिलाया।

अब जैसे तुम देख रही हो वैसा नहीं था उन दिनों का शंकररामन। उसको बदल लेना एक लड़ाई को जीत लेना जैसा था। अब कितना बदल चुका है। कितना थम गया है। उसके बाद ही तो अप्पा ने उस गेट का ताला हटा देने को मान लिया था।

गोमती ने कहा।

लेकिन अम्मा ने जिस पुण्य कथा को सत्य कथा कहकर मुझे विश्वास दिलाने की कोशिश की उसने उसे जरा भी आकर्षित नहीं किया।

उस उम्र में एक गाँव की लड़की का किसी चित्र कथा की नायिका के चेहरे पर अपना चेहरा चिपका देना कोई गलत कार्य तो नहीं। कादम्बरी ने कहा। लेकिन, अब उसी उम्र में पड़ोस में बैठकर वैसी कोई चित्र कथा तो अपने मन में खींच लेना तो मुझसे नहीं हो पाता।

तुम लोग मैं जानती हूँ काफी प्रैक्टिकल हो। गोमती ने कहा। ठीक होगा। इसका मतलब अलग सपना देखने की क्षमता हमारी नष्ट नहीं हुई है।

गोमती ने यों ही सिर हिलाया।

लेकिन मुझे एक ही शिकायत है अम्मा। उस राजकुमार और घुमक्कड़ गायक को अम्मा ने अनावश्यक मार्जिन तो दिया था, यही सच है। सपने में और जीवन में एक ही तरह बहुत सारा मार्जिन तो दिया।

कादम्बरी ने आगे कहा :

मतलब कि अम्मा ने अपने एम.ए. पहले वर्ष की जानकारी का जरा भी उपयोग नहीं किया था। फिर हेडमास्टर तात्ता का दिया बड़ा प्रकाश और आत्मबल

का भी।

तुम्हारे अप्पा का स्वभाव तुम अच्छी तरह जानती हो न? शादीशुदा लड़की का प्रथम कर्तव्य अपने मंगलसूत्र को बचाना ही है। उसके बाद ही है बाकी सब कुछ।

नानसेंस! कादम्बरी की आवाज ऊँची उठी। चित्र कथा के पात्र जब मिट्टी पर उतर आते हैं तब जड़ें जम नहीं पातीं, यही समस्या है। जगतल प्रताप, आयिरम तलैवांकी सब सुनने के लिए अच्छी कहानियाँ हैं। लेकिन आज के जीवन में उन्हें कुछ और रूप-भाव मिलता है। इसलिए आज के जमाने में उन पुण्य पुराण कथाओं के लिए एक रीमेक आवश्यक है।

तब ये मंगलसूत्र का सौभाग्य क्या तुम्हारी दृष्टि में कोई छोटी चीज है?

छोटी है, नहीं कह रही हूँ, लेकिन बड़ी भी नहीं। जिसने मंगलसूत्र लगाया वह अयोग्य है तो उस पीले धागे का क्या मूल्य है? फाँसी में चढ़ने का फन्दा तो नहीं है।

वह सुनकर गोमती ने हँस दिया।

इस उम्र में ये सब कहना तो आसान है बेटी। पर उम्र के बढ़ने पर भी शादी न हो पाने की लड़की के अन्तर्मन की वेदना, वही जान सकती है जिसने अनुभव किया हो।

आज के जमाने में उसको एक पीड़ा न समझने वाले भी होंगे।

गोमती जरा डर के साथ बेटी के चेहरे की तरफ प्रश्न भरी आँखों से देख रही है।

कादम्बरी ने आगे कहा :

यह पुरुषों का जमाना है जैसा कथन सुनकर ऊब चुकी हूँ। एक पुरुष साथी के बिना कोई लड़की अकेले जीने लगी तो? हिम्मतवाली कहेंगे लोग? वैसे ही दो लड़कियाँ अच्छी सहेलियों के रूप में रहने लगीं तो...?

बेटी, तुम.....

गोमती ने बेटी की तरफ ध्यान से देखा। माँ के चेहरे पर डर बढ़ रहा है। यह क्या-क्या बक रही है?

यह तो मेरे बारे में है, कब कहा? बेटी ने याद कराया। अगर मेरा ही क्यों न हो इसमें क्या गलती है?

गोमती जल्दी जवाब नहीं दे पायी।

वैसा कहते समय वह सिर्फ एक नटखट कथन के परे कादम्बरी को लगा कि भीतर कहीं चुभकर अटक गया है। प्रायः ऐसा है। मन की गहराई से उभर आने वाली बातों को अनुमान से ज्यादा तेजीपन और निशाना मिल जाता है।

माँ का चेहरा जब बुरी तरह घबराने लगता है तो कादम्बरी उसे सान्त्वना देने के लिए कन्धे पर हाथ रखती है। लेकिन गोमती अनुभव कर रही थी कि वह तो बिल्कुल सान्त्वना तक नहीं बन रहा है।

सोलह

एक दिन पिल्लैयार मन्दिर की परिक्रमा करते समय कादम्बरी अपनी पुरानी सहेली मुत्तुलक्ष्मी से मिली। स्कूल के सीनियर क्लास में पढ़ी बड़े चश्मा वाली मुत्तुलक्ष्मी। किसी से ज्यादा बोले बिना हमेशा कहीं अन्तर्मुखी होकर रहने वाली मुत्तुलक्ष्मी। वह अब मथुरा में किसी नामी कॉलेज में पढ़ रही है। उसने बड़े गर्व के साथ कहा कि उसको किसी भी प्रोफेशनल कोर्स में भरती होने लायक अंक तो था फिर भी उसने तमिल साहित्य को चुन लिया है।

कादम्बरी जरा विस्मय के साथ देख रही थी। डॉक्टरी न पढ़ पाने के दुःख को ढोते रहने वालों के बीच में ऐसी भी कुछ लड़कियाँ तो हैं। मुत्तुलक्ष्मी ने कहा कि एम.ए. के बाद संघकालीन साहित्य पर शोध करने का विचार है। कादम्बरी के आगे की पढ़ाई के बारे में पूछा तो वह कुछ कह नहीं पायी। सचमुच अभी तक उसके बारे में कुछ सोचा तक नहीं था। बेटी की पढ़ाई के बारे में आजकल शंकररामन और गोमती कुछ पूछते भी नहीं। बारहवीं कक्षा की परीक्षा ने उनके जिस उत्साह को भंग कर दिया था वह वापस मिलने की कोई आशा कादम्बरी को नहीं है।

किसी भी विषय पर एक डिग्री। फिर कहीं एक छोटी-सी नौकरी। उतना ही अब कादम्बरी के मन में है। नहीं तो, उतना ही कादम्बरियों को आशा करने को है, उसने मन ही मन सोचा। बातें करते हुए परिक्रमा करते समय मुत्तुलक्ष्मी ने कहा कि पविष्नम से वह मिली थी।

पविष्नम! एक बार फिर पविष्नम! कादम्बरी ने धड़कते दिल से सोचा। वह बिल्कुल बदल गयी है! पीछे से देखने पर मुत्तुलक्ष्मी पहचान न पायी। बालों को बाय कट करके जींस-टॉप पहन के एक बिल्कुल बदला रूप। वह किसी कम्पनी में रिसेप्शनिस्ट का काम कर रही है। पढ़ाई सब लगभग समाप्त-सी लगती है। चेन्नै के किसी काल सेंटर में जरा और अच्छा काम मिलने की सम्भावना है।

जब उसने हँसते हुए कहा कि सब कुछ मार्क एंटोनी का आशीर्वाद है तब सचमुच उस पुरानी पविष्नम की याद आयी, मुत्तुलक्ष्मी ने कहा। अपने नीचे के क्लास के होने पर भी अपने बकवासों से वह सब के लिए परिचित थी।

कुछ पुरानी कहानियाँ जब वह कहने लगी तो कादम्बरी को आश्चर्य हुआ।

मथुरा के कॉलेज में जाने के बाद मुत्तुलक्ष्मी भी बहुत बोलने लगी है। कुछ भी हो पुरानी कहानियाँ सुनने के मूड में नहीं थी कादम्बरी।

पविष्रम के बारे में सुनते समय उत्पन्न धड़कन को कादम्बरी ने भीतर ही भीतर महसूस किया। उसको जानना था कुछ और।

पविष्रम ने मेरे बारे में कुछ पूछा?

मुत्तुलक्ष्मी का चेहरा मुरझा गया। पूछा नहीं, पर मैंने उससे पूछा। मुत्तुलक्ष्मी ने कहा क्योंकि तुम दोनों के बीच की दोस्ती के बारे में थोड़ा-बहुत मैं जानती थी।

तब? कादम्बरी की आवाज ऊँची हो उठी।

उसको बिल्कुल याद नहीं है। कौन कादम्बरी मेरे डिविजन में ही थी, ऐसे, उसने पूछा।

बिना कुछ कहे चेहरा नीचा कर कादम्बरी खड़ी थी। पूछना तो नहीं था। यों ही मन को दुखाने के लिए।

कुछ भी हो मुत्तुलक्ष्मी को अच्छी तरह मालूम था कि वह कोई भूलना नहीं था। कई सालों तक एक ही क्लास में आसपास बैठी अपनी हमदम सहेली को उतनी जल्दी भूल पाती है पविष्रम?

क्या हुआ कादम्बरी, कोई प्रॉब्लम? मुत्तुलक्ष्मी ने पूछा।

न, कुछ नहीं।

बचने को हुआ तो पविष्रम की बातों का मतलब समझ में नहीं आया।

मुत्तुलक्ष्मी ज्यादा कुछ कहने के पहले कादम्बरी को वहाँ से बच जाने को लगा।

जल्दी मुड़कर चलने के पहले वह फिर से पिल्लैयार के दहलीज पर पहुँची। आँखें बन्द कर प्रणाम करते हुए थोड़ी देर रुक गयी। फिर तीन बार प्रणाम किये।

सब कुछ पिल्लैयार की इच्छा है, उसने सोचा। एक तरफ पिल्लैयार मुझे बचा रहे थे कइयों से, कई प्रतिकूलताओं से।

अलमेलु पाट्टी कहा करती थी, जिन्हें और कोई सहारा नहीं उनके साथ ईश्वर रहेगा। लेकिन मुझे तो उसे सुधारने को लगता है।

जिन्हें कोई नहीं उन्हें वह खुद ही आश्रय है। कादम्बरी ने उसको कई बार दोहराया।

गर्मी। चैत्र महीने का अवसान। दिन भर अग्निनक्षत्र जलता रहा।

दिन की कड़ी धूप न सह पाने के कारण शाम को कादम्बरी को गुसलखाने में जाते हुए देखा। रसोई की दीवार से सटकर बनाया गया गुसलखाना। पानी के गिरने की आवाज जब सुन रही थी तब गोमती अँगीठी जला रही थी।

अचानक ही गुसलखाने से कादम्बरी की चीख सुनाई पड़ी। कुछ देखकर डरी हुई-सी चीख।

गोमती जब घबराकर, दौड़ आयी तो कादम्बरी गुसलखाने से गीले वस्त्र में रसोई के बरामदे की ओर दौड़ आ रही थी। खुले बालों से पानी गिर रहा था। जल्दबाजी में शरीर पर डाले गये लाल अँगोछे के ऊपर साबुन का झाग और पसीना।

गीले वस्त्रों से माँ की छाती पर पड़ते समय वह चीख रोक न पायी।

क्या हुआ, क्या हुआ? गोमती बेटी को सटाकर रखती है। गालों पर और गले में साबुन के झाग का गीलापन और सुगन्ध।

वह बोलती नहीं, लगातार रोती रहती है। गीले बालों से टपकते पानी में माँ का शरीर भी सन रहा है। पैरों पर स्वच्छ आँसू जैसे टपकते पानी की बूँदें।

देर तक दोनों वैसी ही खड़ी रही होंगी। माँ अनजाने ही उसके सिर पर यों ही सहला रही थी। उस सान्त्वना में कादम्बरी की आँखें जलीं।

थोड़ी देर बाद कुछ कहे बिना चेहरा पोंछते हुए कादम्बरी अन्दर की ओर चली गयी। बाल सुखाकर गीले वस्त्र बदलकर। बाल बनाकर फिर से रसोई के बरामदे में बैठते समय उसके चेहरे की लहरें शान्त हो रही थीं। तब भी उसके बदन के पसीने की बू उसे बेचैन कर रही थी।

माँ पीछे आकर खड़ी थी पर बेटी कुछ भी नहीं बोली। उसने याद की कि अब इस माँ से कहने को मुझे कुछ भी तो नहीं।

माँ ने धीरे से कन्धे पर हाथ रखा फिर भी वह हिली नहीं। गर्मी का एक और दिन जलकर समाप्त हो रहा है। धूल उड़ाते हुए हवा बह आयी। नहाने पर भी पसीज रहा है। आधा साफ किये शरीर पर फिर से धूल लग रही है।

धूप शान्त होने तक कादम्बरी वैसी ही बैठी रही।

खुले मैदान के बीच की कच्ची सड़क से होकर एक माल गाड़ी को आते हुए देखा। इस सन्ध्या के समय कहाँ से यह मुनिस्वामी फूल लेकर आ रहा है? नहीं तो पूरे दिन की गर्मी लगे फूल किसको चाहिए।

हमेशा की तरह घर के सामने रोककर इंजन रेस किये बिना गाड़ी वहाँ से गुजर गयी तो कादम्बरी को लगा कि उसके पीछे बैठी लड़कियाँ यहाँ की ओर देखकर कुछ बोलती हँसती हैं। उनके बीच में कुछ पुराने चेहरे। चेंतामरै, रोजा, चम्पा...नहीं तो और कई फूल।

इस सन्ध्या के समय ये कहाँ जा रही हैं। उस गाड़ी में फूल तो दिखाई ही नहीं देते।

बेटी कादम्बरी क्या हुआ तुम्हें?

कन्धे पर हाथ रखकर बुला रही है माँ। गले के पीछे गर्मी के जो दाने हैं उन पर हाथ फेरते हुए पूछ रही है माँ। लेकिन वह तो मुख दिये बिना बैठी है। उसको मालूम था कि माँ के चेहरे पर छिपे पड़े प्रश्नों का सामना करना मुश्किल है।

गोमती ने जान लिया कि उसके मन में कुछ घुमड़ रहा है। निचले पेट से कुछ

उभर आ रहे हैं। उसकी कड़वाहट मुँह में थी। उसकी बू नाक में।

उसकी चीख अब भी कानों में है।

गुसलखाने के पीछे की लकड़ियों के बीच की दरारों के बारे में अचानक गोमती ने याद की। पहले कभी बोर के टुकड़े से बन्द किया तो था पर कुछ दिन पहले वह गिर पड़ा था।

अचानक गोमती चौंक उठी। सारा बदन काँप रहा है। वह विश्वास नहीं कर पाती। उन दरारों के बीच में कादम्बरी ने जिन आँखों को देखा वे...?

बेटे, कादम्बरी। कन्धे पर माँ की हथेली थम रही है। उसकी आवाज काँप रही है। वो सब कादम्बरी जानती नहीं थी।

खुले मैदान के बीच की कच्ची सड़क से धूल उड़ाते हुए और एक गाड़ी आ रही है। हमेशा की तरह दरवाजे पर पहुँचने पर इंजन शोर करता है।

पीछे कोलाहल मचानेवाली वे लड़कियाँ। मल्लिका, कनकाम्बरम, चेंतामरै...

गहराती सन्ध्या की तरफ चमगादड़ों का एक दल आ रहा है। ऊँचे आम्र वृक्षों पर, इमली के पेड़ों पर बस जाने की जल्दबाजी में।

फिर से आ रहे हैं अपशकुन के चमगादड़। ऊँची आवाज में पंख फड़फड़ाये विकृत आवाज के साथ।

कादम्बरी ने धीरे से अपनी उँगलियाँ माँ की उँगलियों से मिलायीं। माँ तो यों ही बेटी के पीठ को सहलाती रही।

उसने कुछ नहीं कहा। कुछ कहे बिना ही बहुत कुछ समझ सकी वह माँ।

आगे के तीन दिनों तक कुछ बोले बिना कादम्बरी यों ही चल रही थी। पिल्लैयार मन्दिर की चहारदीवारी की परिक्रमा कई बार की। फिर बहुत सारी पगडंडियों से, तंग गलियों से, टीले के ढलानों से, खेतों से अपने आप से बात करते हुए। अन्तहीन बहुत सारे प्रश्नों और जवाबों को लेकर अपने आप से तर्क करते हुए। जवाबों से कितने बड़े हैं प्रश्न।

अनदेखे रास्ते। रास्ते में कभी अकेले कभी अचानक मिले तथा अनमिले लोग।

टीले के ढलानों पर तथा भाड़े पर बैठकर जंगली फूलों ने उसे देखकर हँस लिया। अब तक न देखे गये जंगली फूल। कादम्बरी को लगा कि उन्हें मुझसे कुछ कहने को है। सिर्फ एक लड़की से कहने योग्य रहस्य।

फिर एक पूरा दिन खाये बिना, सोये बिना अपने कमरे में वह आँखें बन्द करके बैठी रही।

शंकररामन बिल्कुल शिथिल हो रहा था। कमरे में जाकर उससे वह कुछ कहना चाहता है। पर दहलीज तक पहुँचते ही पीछे से गोमती की कड़ी आवाज सुनाई पड़ी। उसको और तंग नहीं करना चाहिए ऐसा इशारे से कहते समय गोमती के चेहरे पर एक अपूर्व डर और सन्देह था। एक बड़ी चेतावनी उसके चेहरे पर प्रकट थी।

शंकररामन और गोमती कुछ देर तक आपस में देखते रहे।

गोमती ने जान लिया कि उसके भीतर कुछ मथ रहा है। अत्ता को समझ न पाने के अनेक सन्दर्भो में यह भी। अब उसके चेहरे से और एक बात भी समझ ले सकती है। अत्ता खुद अपने को समझने में असमर्थ है।

कुछ पुराने चित्र मन के भीतर से गुजर रहे हैं। कल्की के और आनन्द विकटन के सुन्दर चित्रों को मिला के रखे दो युवकों के सुन्दर चेहरे। विवाह के मण्डप की तरह किसी के द्वारा जबरदस्ती ले आते समय की लज्जा। एक बार मेरे घर पर किसी बात को लेकर जब हेडमास्टर अप्पा ने कुछ डाँटा तब जिस प्रकार उन सबको अनसुना करके हँसते हुए खड़ा उस समय का वह मासूम चेहरा। अगर कोई होशियार पुरुष होता तो फिर कभी उस घर की दहलीज पर पैर नहीं रखता। गोमती वैसे ही देखती खड़ी थी। अब उस आदमी से सिर्फ हमदर्दी है या.....

थोड़ी देर बाद, यों ही नीला कुर्ता पहनकर जब शंकररामन वहाँ से निकल पड़ा तो गोमती कुछ नहीं कर पायी। उसने फिर से पूजा कक्ष में प्रवेश कर दरवाजा बन्द कर दिया। अब पता नहीं वह कितनी देर तक उस कमरे में बैठी रहेगी।

सत्रह

अगले दिन कादम्बरी लापता हो गयी। रोज के जैसे कॉलेज की तरफ बस में जाते हुए कइयों ने देखा है।

शंकररामन और मित्रों ने मिलकर बहुत ढूँढ़ा। गोमती और उनकी मित्र बहुत रोयीं।

फिर से मन्दिरों से होकर यात्रा शुरू की, बहुत सारी मनौतियाँ की गयीं। अब की बार अभी तक न गये कुछ नये मन्दिरों में गये और कुछ बिल्कुल नयी मनौतियाँ की गयीं।

गोमती रसोई के बरामदे के खम्भे के सहारे प्रायः बैठी ही रही। फिलहाल तो वहाँ बैठकर रोती तो नहीं। आस-पड़ोसियों को दिखाने की रुलाहट की प्रासंगिकता कब की नष्ट हो गयी थी।

शंकररामन भी बहुत बदल गया है। चेहरा तो पहले से ज्यादा काला पड़ गया है। कुछ दिनों से बोलना बिल्कुल बन्द है। अब तो गोमती की तरफ मुख दिये बिना बच के चल रहा है। बिल्कुल बेचैन होकर अपने आप से फुसफुसाते हुए जब वह आँगन में चलता तो उस तरफ गोमती भी देखती नहीं।

एक सन्ध्या के समय वेदनायकम हाँफते हुए आया। स्कूटर दरवाजे पर रोककर जल्दबाजी में आ जाते समय अपनी बेचैनी को शान्त करने के लिए वह छाती को सहला रहा था।

वेदनायकम की आँखें लाल हो चुकी थीं। आँखों का निचला भाग काला हो चुका था। इस बार उसे अन्दर आने देने में गोमती को कोई संकोच नहीं था। तब तक वह बरामदे में प्रवेश करके बैठ चुका था।

हाँफते हुए वह कुछ फुसफुसा रहा था।

उस दिन मैंने कहा था कि उसे कॉलेज मत भेजना। मैंने कहा था कि बड़ी पढ़ाई के लिए जाने की अपेक्षा नृत्य एवं संगीत पढ़ना काफी है। तब कोई सुनने वाला नहीं था। अब सब कुछ हो गया, सब कुछ हो गया.....

वेदनायकम अपना दुःख दबा नहीं सका। जो कुछ उसने कहा उसको कई बार दोहराता रहा।

अपनी बेचैनी को शान्त करने में थोड़ा समय लगा। तब तक दरवाजे के पीछे खड़े होकर गोमती सिसकियाँ भरने लगी थी।

अब तो वेदनायकम आसन मारकर आँखें बन्द करके बैठा है। कुछ देर तक वह वैसा ही बैठा रहा। पलकें फटकने लगीं। होंठ कुछ जप रहे हैं।

थोड़ी देर बाद उसकी काँपती आवाज सुनाई पड़ी। वह आयेगी, कादम्बरी आयेगी। आये बिना नहीं रहेगी। कम से कम एक हफ्ता, नहीं तो दो हफ्ते।

गोमती कुछ भी कहे बिना सुनती रही।

ज्यादा दूर तो नहीं गयी। दक्षिण-पश्चिम दिशा की ओर गयी है। अकेली गयी है। हाथ में एक काली थैली ही है। चमड़े की हल्की थैली।

वेदनायकम के लिए यह बोधोदय का क्षण है, गोमती ने सोचा। कादम्बरी ने एक बार कहा था कि दूसरों की व्यथाएँ जब उसे बेचैन करती हैं तब ही उसे इस प्रकार का बोधोदय होता है।

अपने लोगों की पीड़ा हो तो उनके भीतर की पीड़ा अपनी बन जाती है। तब वह जो कुछ कहता है वह सच निकलेगा। टीचरम्माओं को इसमें कोई सन्देह नहीं।

गोमती कान लगाकर खड़ी है। और भी कुछ कहेगा वेदनायकम। भीतर की पीड़ा की गहराई उसके चेहरे पर दिखाई पड़ती है।

किसके लिए वह गयी है? गोमती ने सोचा कि वह उसके बारे में कहेगा। पर वेदनायकम को ज्यादा कुछ कहने को नहीं था। छूकर न समझ पाने वाली किसी पीड़ा को शान्त करने के लिए वह पुरानी बातें तो दोहराता रहा।

वह आयेगी, कादम्बरी आयेगी। आये बिना नहीं रह पायेगी। ज्यादातर एक हफ्ता नहीं तो दो हफ्ते।

वह जो वादा दे रहा था उसकी नाकाबिलियत के बारे में गोमती उस समय सोच नहीं पाती थी। उसने सोचा कि वह अकेली तो है। करुणाहीन इस बड़ी दुनिया में मेरी बेटी अकेली है। थोड़ी देर बाद फिर आने का वादा करके वेदनायकम जब निकल पड़ा तो गोमती ने कुछ नहीं कहा।

गन्दगी, कीचड़ एवं अँधेरे से भरी एक दुनिया में मेरी बेटी अकेली तो है सोचकर गोमती बहुत दुखी हो गयी।

अनाथों की दुनिया से आयी वह उस ओर ही वापस जा रही थी?

पर क्यों? क्यों?

यों ही प्रश्न छोड़ते समय वे दुगुनी शक्ति के साथ विष लिप्त तीरों के जैसे अपनी छाती की ओर वापस आते हैं। उनके जवाब ढूँढ़ने का दायित्व अपने ऊपर ही आ जाता है।

वह अक्लमन्द है, समझदार है। बहुत सोचने के बाद ही वह कोई निर्णय लेती है।

फिर क्यों? क्यों?

अचानक गोमती के मन में कोई चमक।

पविष्रम? मंगलम?

नहीं, यहाँ से जाने के बाद फिर पविष्रम से कभी कोई सम्बन्ध नहीं हुआ था। उसका नाम भी लेते नहीं सुना है। फिर मंगलम?

कई बार कादम्बरी और मंगलम को कहीं हटकर फुसफुसाते देखा है। वह अन्धी लड़की मेरी बेटी को कौन-सा नया दृश्य दे पाती है।

गोमती जब उस ओर सोचने लगी तो वह बेचैन होने लगी। मंगलम को ढूँढ़ने की बात पर गोमती ने जब हठ किया तो शंकररामन जरा हिचक गया। शहर के बाहर का कोई अनाथालय। उसको ले आने वाले घोड़े वाले को वह जगह मालूम होगी। फिर भी वहाँ तक ढूँढ़ते जाना तो उतना अच्छा नहीं लगा।

फिर भी गोमती के भीतर बैठकर कोई कह रहा है कि मंगलम कुछ जानती होगी। लड़कियों के मन में माँ-बाप से न कह पाने वाली कुछ बातें होंगी। वे कभी मन खोलती हैं अपने हम उम्र वालों से। अगर पविष्रम होती तो उससे कहती। अब वह भी नहीं। और कोई मित्र नहीं है। कॉलेज के नये मित्रों के बारे में अभी तक कुछ कहा भी नहीं था।

हमेशा की तरह जब शंकररामन कुछ कहे बिना निकल गया तो गोमती को लगा कि उसको ही यह दायित्व निभाना है।

उस बूढ़े के इक्के पर पूरा शहर घूमती हुई एक यात्रा। गोमती ने याद किया कि शादी के बाद पहली बार इक्के पर सवारी कर रही है।

शहर के बाहर एक खुले मैदान के कोने में था वह टीन के छप्पर का पुराना मकान। बहुत ढूँढ़ने के बाद जब वहाँ पहुँच गयी तो गोमती को लगा कि नहीं आना चाहिए था। बिल्कुल गन्दे कमरे में एक चारपाई पर लेटी हुई थी मंगलम। एक सहेली ने कहा कि उसको बड़ा बुखार है। मलेरिया का सन्देह है। गोमती को देखकर थोड़ी घबराहट के साथ वह उठने लगी तो गोमती ने मना कर दिया। अपने कमजोर शरीर को सीधा करके वह दीवार पर सटकर बैठ गयी।

कादम्बरी के चले जाने के बारे में मंगलम को कुछ भी मालूम नहीं था।

अपनी गलत बुद्धि को कोसते हुए गोमती सिर पर हाथ रख लेती तो मंगलम धीमी आवाज में रो रही थी। वह कुछ भी समझ नहीं पाती। मुझ जैसी अन्धी को जो बुरा विचार नहीं सूझा वह तेज दृष्टि वाली कादम्बरी के मन में कैसे आ गया?

थोड़ी देर बाद रोना बन्द करके, कुछ याद करते हुए मंगलम ने कहा, आखिरी कुछ दिनों में कादम्बरी मुझसे कुछ बोलती भी नहीं थी। बड़े सबेरे कमरे में आना भी बहुत कम। आने पर भी दीवार से सटकर यों ही खड़ी रहती थी। हमेशा किसी बड़ी चिन्ता में थी। हम उसके बारे में पूछती ही नहीं। वे सब बड़ों की दुनिया हैं।

बड़ी पढ़ाई करने वालों, बड़ी जिन्दगी जीने वालों के बारे में हम जैसे कीड़ों को क्या सोचना है? फिर भी एक बात तय थी मंगलम को। कादम्बरी के मन में कुछ दिनों से कुछ अनावश्यक बातें चढ़ गयी हैं। शहर के कॉलेज जाने के बाद ही होगी।

एक बार किसी को जाने बिना वह इस अनाथालय में आयी थी। यहाँ जगह मेलेगी, उसने पूछा तो सुपरिंटेंडेंट को वह सबसे बड़ी तमाशा लगी। उसके जाने के बाद हम लोग उस बात को लेकर देर तक हँसती रहीं।

गोमती स्तब्ध रह गयी।

क्यों? किसके लिए था वो सब? मैंने जिस बच्ची को गोदी में बिठाकर पाला-पोसा उसको अब ऐसा बुरा विचार क्यों?

फिर वहाँ रुक नहीं पायी गोमती। मंगलम से विदा लेकर निकलते समय लगा कि वहाँ जाना ही नहीं चाहिए था। अनावश्यक जानकारियों से बच सकती थी। मन में हमेशा के लिए प्रतिष्ठित अपनी नन्ही बेटी के रूप को वैसा ही सुरक्षित रख सकती थी। समय का असर पड़ने पर भी शब्दों के कुछ बदल जाने पर भी वह चित्र वैसा ही भीतर कहीं। उसको कोई नुकसान हुए बिना यों रखना ही आगे की दिक्कत होगी।

लौट आते ही सीधे पलँग की ओर गयी। दोपहर तक वैसी ही लेटी रही।

अठारह

कहीं न कहीं भटके कड़ी धूप में लौट आये तो कुछ भी कहे बिना गोमती ने भोजन परोस दिया। मंगलम से मिलने की बात छुपाकर रखी तो भीतर ही भीतर एक अपराध बोध था। इतने सालों के बाद यह पहली बार गोमती अत्ता से छुपाकर एक रहस्य रखती है।

फिर से पलँग की तरफ। थोड़ी देर ऊपर छत पर रेंगती छिपकली को देखते हुए लेटी रही। फिर खुद नींद की तरफ।

बहुत समय के बाद जब आँखें खोलीं तो अँधेरा छा चुका था। तब तक फटफटाहट की ऊँची आवाज के साथ चमगादड़ों ने पेड़ों पर लौट आना शुरू किया था।

वह लेटी रही। गोमती फिर उस कमरे से बाहर निकली नहीं।

उठते-बैठते, रोते-कलपते, हँसते, सोते-जागते वहीं उस कमरे में ही रही। बाहर के सूर्योदय और रात की चाँदनी से वह बिल्कुल अनजान रही। एक सन्ध्या के समय हवापानी काँच की खिड़कियों पर जोर लगाने लगे। उसका ठंडापन वह भीतर की ओर खींच लेने में असमर्थ हुई तो जरा घबरा गयी।

उसका वह लेटना शंकरामन बाहर खड़े देख रहा था। वह उसका मतलब समझ नहीं पा रहा था।

शुरू में उसका कारण पूछने को नहीं लगा। खुद शान्त हो जायेगा ऐसा विश्वास किया उसने। आजकल वह भी ज्यादा समय सामने की आरामकुर्सी पर ही बैठा रहता था। नहीं तो किसी मन्दिर के मैदानों में, भोजनालय में।

पलँग पर तकिये से सटकर बैठते समय कुछ पुराने चित्र अपनी आँखों से गुजरते हुए गोमती ने देखा।

उत्सव के मैदान के पीपल की छाया में बिछाया गया चादर। बड़े सबेरे जब चौंक उठे तो अपनी ओर रेंगते आने वाले बालों का ढेर। जटा लगे सिर के नीचे गीला, कालिख एवं कीचड़ लगा एक छोटा-सा चेहरा। थोड़ी-सी दया के लिए याचना करने वाली आँखें,.....

फिर अमरूद के पेड़ के नीचे के पत्थर पर अलमेलु पाटती ने उसे नहाने बिठाया। खून एवं मवाद निकले तो बच्ची जरा कराह उठी। कीचड़ निकल गयी तो

इधर-उधर जलन के निशान। गन्दगी जब दूर हो गयी तो उसके बदन को मधु की चमक। चेहरे को एक खास तरह का प्रकाश और सौन्दर्य।

सचमुच कादम्बरी कौन थी मेरे लिए? अनावश्यक कुछ प्रश्न एक-एक करके उभर आ रहे हैं।

क्या वह बेटी थी, बेटी मात्र थी?

पालतू बेटी ने अपनी बेटी से ज्यादा प्यार देकर मुझे मोहित किया था, तब उसके मन में क्या था? छोटी उम्र में अपने को अलग रखने का बदला ले रही थी?

लेकिन उस दिन की उस छोटी-सी गलती को स्नेह के महा प्रवाह से ही मैंने धोकर शुद्ध कर डाला था। इससे बढ़कर क्या दे सकती है एक माँ?

वापस मिलने के लिए मैंने उसको कुछ भी नहीं दिया था।

बहुत पीड़ा सहकर ही बच्चे को पैदा करने की इच्छा थी। उससे बढ़कर स्वयं शुद्ध करने के बारे में कोई लड़की सोच भी नहीं सकती थी। और किसी से अप्राप्त एक विशुद्धि इस पीड़ा में है। हमेशा के लिए याद रखने योग्य कुछ यादें। बड़े होकर अपने जच्चाघर लेटते वक्त ही सही प्रत्येक बेटी अपनी माँ ने जिस पीड़ा को सह लिया था उसके बारे में अवश्य याद करेगी।

स्नेह देने के लिए नाभिनाल के नसों की जरूरत तो नहीं चाहिए। नाभिनाल सम्बन्ध को तोड़कर ही हर बच्चा जीना शुरू करता है।

कुछ शेष रखे बिना सब कुछ दे देते समय ही सम्बन्धों के बारे में कुछ नयी पहचान तो मिल जाती है। बेटी की परिकल्पना में कुछ सुस्पष्ट रूप एवं सीमाएँ तो होती हैं। लेकिन उन सबके परे अपनी सहेली बनकर, माँ बनकर, बाप बनकर, रक्षक बनकर खड़ी थी यह कादम्बरी। एक बेटी जो दे सकती है उसके परे और कुछ, और कुछ।

शंकररामन देख रहा है गोमती का ऐसा बैठना। क्यों इस प्रकार अपने आपको दंड दे रही है? यह पूछने की हिम्मत नहीं उसको। मन के साथ को भी वह बुरी तरह दंड दे रही है।

कभी-कभी दरवाजे तक आकर उससे सटकर थोड़ी देर तक झाँककर देखते हुए वह खड़ा रहेगा। दोनों कुछ भी बोलते नहीं। दोनों के बीच के मौन का भार जब असह्य बन गया तो एक दिन दहलीज पर खड़े होकर उसने पूछा :

किससे हैं ये सब?

गोमती बोली नहीं।

वह बिस्तर पर तकिये के सहारे से खिड़की से बाहर सन्ध्या को गहराते देख रही थी। शंकररामन को लगा कि वह अचानक बूढ़ी हो गयी है। चेहरा तो पीला पड़ गया है। सूखे हाथ-पैर। बालों पर सफेदी। चेहरे पर गहरी शान्ति।

मुझसे है तो बताओ। शंकररामन का गला सूख गया। गोमती ने धीरे से मुख

मोड़ लिया। निगाह तब भी उसकी ओर नहीं थी।

पता नहीं, शायद मुझसे भी होगा।

गोमती के होंठ काँपने लगे। बिल्कुल शिथिल धीमी आवाज।

जरा भी खाये बिना इस प्रकार कितने दिन तक...?

घड़े में पानी है।

शंकररामन काले पड़े उस चेहरे की तरफ ज्यादा समय देख नहीं पाया।

उसका ऐसा लेटना लम्बा हो रहा था। और एक सन्ध्या के समय जब शंकररामन डॉक्टर को लेकर आया तो गोमती ने शुरू में विरोध किया, फिर तो मान लिया। उसकी जाँच करते समय डॉक्टर के चेहरे पर नापसन्दगी से अधिक गुस्सा था।

आप जैसे समझदार लोग इस प्रकार करने लगे तो...डॉक्टर फुसफुसाता रहा।

अस्पताल जाने के लिए जब गाड़ी में घुस गयी तो गोमती ने मुड़कर देखा। वर्षों पहले अपने मन पसन्द पुरुष के साथ दाहिना पैर रखकर आया घर। गाड़ी चलने लगी तो वह घर पीछे की तरफ दौड़कर एक बिल्कुल अपरिचित अन्धकार में डूब गया जैसा लगा।

आँसू विहीन आँखें अब दुःख रही हैं। एक दफा रोते बहुत दिन बीत गये।

अस्पताल के पहले तल के एक कोने का कमरा।

खिड़की के पास खड़े तो नीचे सड़क के उस पार की बंजर लाल मिट्टी देख सकते हैं। आकाश की सीमा तक फैली बिना हरियाली की भूमि।

एक सन्ध्या के समय खिड़की के सहारे पश्चिम में सूर्य के अस्त होते देख खड़ी रही थी। अचानक एक थकावट महसूस हुई। शरीर से एक ठंडापन ऊपर की तरफ चढ़ रहा था। नसें ढीली हो रही थीं। पूरा शरीर शिथिल होता जैसा।

हल्की रुलाहट के साथ जब गोमती गिर गयी तो सहारे के लिए कोई नहीं था। सामने के बरामदे से शंकररामन के दौड़ आने के पहले ही गोमती फर्श पर गिरकर हाँफ रही थी। फिर दो हफ्तों तक अस्पताल में रही। दो-तीन दिन बीतने पर डॉक्टर ने कहा कि सारे सम्बन्धियों को खबर दें। खबर मिलते ही तिरूप्पुर से सुन्दरम आ गया। फिर गोबिच्चेट्टिपालयम से और तेन्काशी से कुछ रिश्तेदार भी आ गये।

सुन्दरम के चेहरे पर दुःख से बढ़कर गुस्सा था। शंकररामन कुछ कहने लगा तो उसने मुँह मोड़ लिया।

कमजोर आँखों से सुन्दरम से वह कुछ कहने लगी। मुझको लेकर किसी को दुखी होने की जरूरत नहीं। मेरा समय आ गया होगा।

गोबिच्चेट्टिपालयम से और तेन्काशी से आये रिश्तेदारों को देखकर वह हँसी।

फिर किसी अस्पष्ट शब्दों में कुछ कहा।

किसी ने भी कादम्बरी के बारे में कुछ पूछा तक नहीं। उस लड़की ने अपने खून का स्वभाव दिखाया और क्या? उन्होंने आपस में फुसफुसाया। कितनी मुसीबतों को झेलकर पाला-पोसा हो, कितना भी स्नेह दिया हो पर अवसर आने पर खून अपना स्वभाव दिखाये बिना नहीं रहेगा।

शंकररामन कुछ भी कहे बिना सर झुकाकर सब कुछ सुनता ही रहा।

और भी एक हफ्ते तक गोमती सोती-जागती लेटती रही। बीच में जब नींद से जागते समय कुछ न कुछ अस्पष्ट रूप में कहती थी। उसका मतलब एक हद तक शंकररामन समझ लेता था। आखिरी बार तो सही मैं अपनी बेटी की ओर देख नहीं पायी। बहुत कुछ कहना है उससे। बहुत माफी माँगनी है।

दीवार से सटकर डाले गये लोहे के पलँग पर लेटते समय दूर चारदीवारी के उस पार तारकोल के रोड पर जलते सूर्य का प्रकाश दिखाई देता था। उससे कार, रिक्शा सब जा रहे थे। किनारे के छायादार वृक्षों की छाया से होकर कोई शीघ्र चल रहा था। कुछ भी साफ दिखाई तो नहीं दे रहा था फिर भी गोमती की दृष्टि हमेशा सड़क पर थी। दीवार के बीच के गेट पर थी।

वह जरूर आयेगी। जान-पहचान के सभी पते पर खबर दी गयी है। फिर समाचार-पत्र में उसके फोटो के साथ एक खबर, मृत्यु के इन्तजार में पड़ी एक माँ की प्रार्थना।

वह आयेगी, जरूर।

पास के स्टैंड पर लटकायी गयी बोतल से किसी का खून नसों पर चढ़ रहा था। गोमती को मालूम नहीं कि शुद्धाशुद्ध से बिल्कुल अनजान किसी के रक्त के बल पर ही वह इस प्रकार लेटी हुई है।

आखिर घर जाने का हठ बढ़ गया। डॉक्टर ने भी कहा कि वही अच्छा रहेगा। इससे ज्यादा यहाँ कुछ करने को नहीं।

घर पहुँचने पर गोमती को तसल्ली मिल गयी। शयनकक्ष का वही पुराना पलँग। एक तरफ की ओर के लेटने से सामने का फफूँद लगा दरवाजा दिखाई देता है। दरवाजे पर मुनिस्वामी की गाड़ी के इंजन की आवाज।

वह आयेगी। इन्तजार कर रही है गोमती। आखिर निराश होकर उसने एक शाम को शंकररामन से पास आने का इशारा किया। उस समय उसकी आँखों में एक अपूर्व शान्ति दिखाई दी। उसने जान लिया कि वह जा रही है। उसके हाथों को पकड़ते हुए अस्पष्ट शब्दों में वह कुछ कहने जा रही है।

उसकी ठंडी उँगलियों को दबाते हुए उस पर अपनी गर्मी फैलाने का प्रयत्न करते समय शंकररामन को लगा कि वह व्यर्थ है। दूसरी दुनिया की अनजान ठंड अपने नसों में भी फैलती हुई-सी लगी।

थोड़ी देर बाद बिल्कुल शान्त होकर जब उसने अपनी आँखें बन्द कर लीं तो नर्सों को आश्चर्य हुआ कि रोने के लिए कोई नहीं था। वे लोग पहली बार देख रही हैं कि मृत्यु के अवसर पर रोने के लिए कोई न हो। वह माँ भाग्यवती है। नर्सों ने आपस में फुसफुसाया। पीड़ाजनक कोई रिश्ता तो छोड़े बिना वह चली गयी है।

सामने के खम्भे के सहारे खड़े रहते समय शंकररामन को लगा कि वह भी जरा रो नहीं पा रहा है।

उन्नीस

आखिर जब उस पुराने घर में वह अकेला हो गया तब ही चमगादड़ों के सान्निध्य के बारे में शंकररामन जानने लगा था। उसकी सन्ध्याएँ अब तक उस फूल की दुकान में ही थीं नहीं तो किसी उत्सव के मैदानों में।

रात के अँधेरे में ऊँची आवाज में पंख फटफटाते हुए विचित्र आवाज में रोते हुए आने वाले चमगादड़ उसे बुरी तरह डरा रहे हैं। आँगन के सामने के अँधेरे में, पेड़ों की शाखाओं पर झूलते चमगादड़ों की छायाएँ।

आखिर.....

अचानक एक सन्ध्या में कादम्बरी का एक पत्र शंकररामन की तलाश में आ गया। हल्की गर्मी से युक्त पूर्वी हवा में उड़ आया पत्र।

अप्पा, मैं कादम्बरी। फिर एक बार कादम्बरी।

मैं अब इधर हूँ अप्पा। दूर बहुत दूर।

कादम्बरी ने लिखा है। गहरी नीली स्याही में अच्छी लिखावट में।

पता तो नहीं रखा है। कहाँ से भेजा इसकी कोई सूचना भी नहीं।

कई बार खत लिखने को सोचा था, कादम्बरी ने लिखा है। लेकिन काटकर, सुधारकर, फाड़ डालकर वे कागज के टुकडे कहीं भी पहुँचे बिना उड़ गये। शायद वे सब मेरी सुख-शान्ति को नष्ट कर देंगे इसी स्वार्थता के कारण होगा। फिर जो कुछ भी लिखे वे पूर्ण तो नहीं होंगे ऐसा अनावश्यक डर। कोई मेरे भीतर बैठकर याद दिला रहा है कि यह निर्ममता है। पर क्या करूँ, मैं ऐसी हो गयी हूँ। अब बदलना आसान तो नहीं है।

जो बीत गये वे सब सपने जैसे। बहुत मिला, बहुतों से। कुछ भी वापस दे नहीं पायी। मुझे मालूम था कि अनन्तरामन के वंश के समाप्त होने का आरोप भी मुझ पर आ जायेगा। लेकिन उससे एक वंश की पूरी विशुद्धि को सुरक्षित रख सके तो वह एक बड़ी बात बनेगी न?

उतनी ही भलाई मेरे हिसाब में कोई रख दे तो.....

शंकररामन ने जरा रो दिया। आँखें दुखती हैं। मोटे फ्रेम वाले चश्मे को उठाकर

आँखें पोंछते समय आँख के कोने में हल्का-सा दर्द।

कादम्बरी ने आगे लिखा।

दूर एक प्रान्त में और एक फूलवाले की कोठरी में छठी लड़की बनकर मैं यहाँ हूँ। छठी लड़की। छठा जंगली फूल।

अब तो बड़ी तसल्ली हो रही है। अब भी तो एक छठी लड़की बन सकी। पर यहाँ तक पहुँचने के लिए इतने दिन, इतनी दूरी, वही मुझे सता रही है।

यहाँ भी है एक मामा और मामी। कोठरी की लड़कियों को उन्होंने भी दिये हैं फूलों के नाम। अन्धे, काने, लूले-लँगड़े, बुद्धिहीन। किसी अनाथालय से बड़े सवेरे घोड़े की गाड़ी में यहाँ पहुँचा दिया जाता है। उनके बीच में बैठते समय कभी भी ऐसा गर्व नहीं होता कि मेरा सारा अवयव तो ठीकठाक है। उनसे भी बड़ी कमियों के साथ मैं उनके बीच में।

अन्त में आ जाने के कारण होगा कि छठी लड़की को देने लायक कोई नाम उन्हें अभी तक नहीं मिला। इसको लेकर मामा और मामी के बीच में बड़ा तर्क भी होता है। वे कहते हैं कि मैं बहुत होशियार हूँ। इसीलिए मेरे योग्य एक नाम नहीं मिल रहा है। अप्पा बता सकता है मेरे लिए योग्य एक नाम? यहाँ के मामा-मामी के तर्क को शान्त करने वाला एक नाम। मुझे अच्छी तरह जानने वाले अप्पा को छोड़कर और कौन यह कर सकेगा?

एक और बात भी कहकर मैं समाप्त करूँगी। तुम्हारी कादम्बरी हार तो नहीं गयी है। हारेगी भी नहीं। यहाँ से मिलने वाले अनुभव तथा वहाँ से मिली कुछ अच्छी आदतों को मिलाकर एक दिन मैं एक फूल की दुकान शुरू करूँगी। एक दूसरी जगह में, एक-दूसरे ढंग से। वह तो अनन्तरामन के वंश के फूल की दुकान नहीं होगी। कादम्बरी की दुकान। सिर्फ कादम्बरी की। वंशों के बन्धन हीन कादम्बरी को नष्ट होने के लिए कुछ तो नहीं है।

गोमती के बारे में कुछ भी पूछा नहीं गया सोचते समय पत्र के अन्त में एक कोने में कुछ लिखा हुआ देखा।

कुछ दिन पहले मैंने अम्मा को सपने में देखा। माँ तब किसी घने जंगल की तरफ जा रही थी। वहाँ न कोई पौधा है, न फूल है, पर बड़े-बड़े वृक्षों के पत्तों का गहरा अँधेरा छाया जंगल। जंगल के अँधेरे में छिप जाने तक उसकी साड़ी की लालिमा मैंने देखी थी। आखिर जब अचानक नींद से जाग उठी तो मैं अम्मा को पुकारकर बहुत रोयी।

अम्मा को भूलने की कोशिश कर रही हूँ, अप्पा को भी। वैसे आप दोनों से होकर जिस किसी ने मुझे स्नेह दिया था उन सबको। कृतघ्नता से मैं सबसे पहले अपने आप को ही दण्डित कर रही हूँ। फिर मुझसे होकर किसी और को।

शंकररामन की आँखें जल रही हैं। उसके गले में कुछ घुमड़ रहा है।

आँखें बन्द न कर पाने की स्थिति में वह कुछ देर तक बैठा रहा।

अचानक पेड़ों की ऊँचाई पर किसी छाया की हलचल दिखाई पड़ी। साथ ही ऊँची आवाज की फटफटाहट। उसके सिर के ऊपर से चमगादड़ों का एक झुंड अन्धकार की ओर उड़कर आ रहा था। वह और एक रात का आगमन था।

❑❑❑